송화강에서
우수리강까지

송화강에서
우수리강까지

주철수 지음

좋은땅

〈흑룡강성〉

- 하이럴요세
- 대흥안녕산맥
- 소흥안령산맥
- 러시아
- 흑룡강
- 지지하얼
- 경안현
- 나북
- 학강
- 화천 성화향
- 부금
- 우수리강
- 대경 송화강
- 탕원
- 목란 가목사
- 쌍압산
- 보청
- 호두요새
- 하얼빈 방정
- 평방 아성 연수
- 상지
- 계서 밀산
- 호림
- 오상
- 목릉
- 경박호 발해 목단강
- 흥개호
- 혜림 동경성 영안
- 수분하
- 동영
- 장춘 길림
- 돈하
- 왕청

〈길림성〉

- 흑룡강성
- 장춘
- 길림
- 왕청
- 사평
- 봉오동 도문
- 유화현
- 안도 연길
- 훈춘
- 삼원포
- 어랑촌 화룡
- 블라디보스토크
- 용정 종성
- 심양
- 환인 백산
- 청산리
- 회령
- 경흥
- 통화 임강
- 백두산
- 나진
- 심지연 보천보
- 함경북도
- 요령성
- 장백
- 혜산
- 자강도
- 양강도
- 단동 신의주
- 강계

머리말

○

'아, 무사히 건넜을까

이 한밤에 남편은 두만강을 건넜을까?

이 한밤에 남편은 두만강을 탈 없이 건넜을까?'

저리 국경선 강안(江岸)으로 시작되는 파인 김동환 시인의 〈국경의 밤〉을 읽을 땐 두만강 건너편 간도는 그리움과 두려움, 때로는 경외심이 교차했던 곳이었다.

간도 중에서도 최북단에 자리한 하얼빈 흑룡강 동방대학에 부임해 온 이후 강의가 없는 월요일은 안중근 기념관에서 중국 공무원에게 한국 문화를 강의를 했다.

필자에 앞서 강의를 한 분은 지금은 고인이 된 고 서명훈 선생이다. 그 분은 흑룡강성 민족문화 종교 국장을 역임한 고위 공직자이자 안중근 의사 연구에 평생을 바친 원로 사학자이기도 하다.

그와의 만남을 통해서 일제 강점기 시 간도에서 일어났던 독립 투쟁사를 섭하게 되었고 그 과정에서 우리에게 알려지지 않은 채 사라진 무명의 별들도 적지 않다는 것을 알게 되었다.

이들이 낯선 이국으로 와 조국을 되찾기 위해서 목숨까지 바치며 희생되었는데도 어떠한 기록도 없이 묻혀 있었다. 그들의 숭고한 희생을 그대로 두기에는 안타까워 알리고 싶었다. 그러나 어떠한 사료도 없는 상황에서 실체를 파악하기 위해서 할 수 있는 것은 사건현장으로 찾아가 확인을 하는 것이다. 대부분의 사건은 오래전에 일어났고 관계자들 대부분이 돌아갔기 때문에 진상을 파악하기가 힘들었다. 그나마 할 수 있는 것은 사건을 목격한 노인들의 증언이나 그들이 부모로부터 전해 들은 이야기에 의존할 수밖에 없었다. 그래서 주말이면 카메라를 메고 현장으로 찾아가 그들을 만나곤 했다. 그렇게 해서 만난 사람 중에는 연해주에서 의병 활동을 했던 의병의 손자, 정주에서 3.1운동을 주도했던 애국지사의 후손, 북한의 김일성과 소련의 제88 국제여단에서 함께 훈련을 받았던 노전사, 휴전 회담 시 중공군 대표로 참석했던 대표자의 조카 등도 있다.

답사 지역도 흑룡강성의 최북단에 위치한 하이랄 요새를 시작으로 2차 세계 대전의 마지막 격전지인 호두 요새와 동명 요새, 독립군이 건넜던 우수리강, 최초의 해외 항일 무장기지인 밀산의 한흥동과 허형식 장군이 희생된 경안현의 청솔령 등 여러 곳이었고 구입한 기차표만도 70여 장이 넘고 거리로는 수십만 km에 달했다.

답사 과정 중에도 예기치 못한 일도 있었다. 제2차 대전의 마지막 격전지 동영 요새에 갔을 땐 독사에 물릴 뻔했고, 독립군이 건넜던 우수리 강가에서 독립군들을 생각하면서 넋을 잃은 채 걷다가 강물에 빠져 수장될 뻔도 했고, 항일 연군의 밀영지를 찾아 천 수백 m의 산을 오르다 길을 잃어 눈 속에서 사투를 벌이기도 했다. 만보산 사건의 현장을 찾아갔을 땐 한국 사람이 왔다는 말을 듣고는 수십 명의 동네 주민이 몰려와 필자와 함께 사진을 찍으려고 해 한류 열풍을 실감하기도 했으며, 사드문제로 한

중 간에 갈등이 심할 때는 안전을 위해 신분을 숨기며 다녀야만 했다.

각 지역을 다니면서 노인들을 만나 목격담을 듣다 보면 묻힌 항일 투쟁 그 자체도 의의가 있고 덮어 둘 수 없는 중요한 역사지만 그들이 이국땅에서 살아오면서 겪은 삶의 여정 즉 월경죄를 무릅쓰고 두만강을 넘어온 사연, 노예와도 같은 생활, 일제의 폭정과 항일 투쟁, 동족 상전의 비극인 6.25 전쟁 참전, 문화대혁명 시 소용돌이에 휘말려야만 했든 암울했던 과거사도 또 하나의 역사였다

원래 계획은 묻힌 독립 운동사를 먼저 쓰려고 했으나 그들이 살아온 삶의 여정도 남기고 싶어 먼저 《송화강에서 우수리강까지》를 집필하게 되었다.

조선족 노인들을 만날 때마다 빠지지 않고 하는 말이 있다. 고국에 대한 섭섭함이다. 사실 이들은 19C 말 제국주의가 발호해 약육강식이 지배하던 시대에 살아남기 위해 동토의 땅으로 건너가 지주의 횡포와 억압 속에서 노예와 같은 생활을 하면서도 조국의 독립을 위해 목숨을 걸고 격렬한 투쟁을 하면서 총에 맞아 죽고 작두에 잘려 죽고 심지어 생매장까지 당하면서도 살아남은 들꽃과도 같은 사람들이다.

그렇지만 우리나라에서는 조선족에 대한 인식이 별로 좋지 못하다. 같은 동포라기보다는 3D 업종에 종사하는 하층민이나 보이스피싱으로 범죄를 저지르고 사기를 치는 사람들이라는 부정적인 인식을 가지고 업신여기는 것이 현실이다.

필자가 중국에서 생활하면서 본 조선족은 전혀 그렇지 않고 정반대였다.

오늘날의 시각으로 보면 안중근 의사나 김좌진 장군, 이회영, 김동삼,

안창호, 윤봉길, 홍범도 등의 애국지사나 시인 윤동주도 우리가 업신여기는 조선족이 아닌가!

본 서는 조국이 일제에 의해 찬탈당하자 살아남기 위해 망국의 한을 갖고 떠나간 동포들의 항일 투쟁과 그들이 겪은 삶에 관한 이야기이다.

본 서를 읽고 조선족에 대한 인식의 변화가 있기를 기대한다.

이 책이 나오기까지 도움을 주신 안중근 기념관 관장 최경매, 731부대 기념관 관장 김성민, 대장암 투병 중에도 곳곳을 다니며 도움을 주신 천만수 교수, 연변시 출판국장 최성춘, 흑룡강 신문 총감 주성일 님께 감사드린다. 한편 증언만 하고 출간되기 전에 고인이 되신 분들께 이 책을 바치고 싶다.

② 하얼빈 이일구

1

목릉 김두천

안중근의 장남은 어떻게 살해되었나?

이번 답사 코스는 안중근 의사가 순국한 이후 그의 가족이 살았으며 장남이 살해된 목릉의 팔면통 일원이다. 안중근 의사는 1909년 10월 26일 겨레 원흉 이토 히로부미를 하얼빈역에서 저격해 살해한 후 여순 감옥으로 이송되어 이듬해인 1910년 3월 26일 순국했다.

일본 제국주의자들은 의사를 사형시킨 이후에도 그의 가족에 대한 감시를 계속하면서 생명을 위험하고 있었다. 그래서 안창호 등 독립 운동가

독립군이 러시아 블라디보스토크에서 무기를 사기 위해 이용했던 기차

들은 이들 가족의 안안위를 여러 곳을 답사한 후 숙의 끝에 가장 안전하다고 찾아낸 곳이 바로 중국 흑룡강성의 동북에 위치한 목릉이다. 목릉은 동정 철도가 통과하는 길목이어서 교통이 편리하고 러시아와 가까워 유사시에는 대피하기도 쉬운 곳이다.

안중근 가족의 안위와 관련해 안중근 기념 사업회에서 펴낸《안중근과 그 시대를 통해서》에 따르면 "안정근, 안공근 형제는 가족들의 안전한 거주지를 물색하였다. 이들이 거주지를 선정하는 데에는 안창호가 도움을 주었다. 안창호는 1910년 8월 말부터 1911년 3월까지 연해주와 중러 접경 지대를 무대로 독립운동 근거지 개척 사업을 비롯한 다양한 독립 활동을 모색하였다. 1911년 2월 7일 그는 개척 사업의 일환으로서 안정근, 공근 등과 함께 밀산현 봉밀산 개척지를 둘러보았다. 4월에는 안중근의 가족을 데리고 밀산에서 수백 리 떨어진 동청 철도 동부 선상에 있는 목릉으로 가서 팔면통에 정착하도록 도와주었고 목릉에서 18길래 농장을 했다."라고 기록되어 있다.

김좌진 장군이 무기를 구입하기 위해서 자주 이용했었던 하성자역 부근 동정 철도길

하얼빈 주변 지역을 답사할 때는 별 어려움이 없지만 수천 리나 떨어진 목릉에는 아는 사람이 없어서 어떻게 해야 할까 하고 고심 중일 때 마침 목릉이 고향인 제자가 있어 부탁했더니 목릉 조선족학교 김일수 교장선

생님을 소개해 주었다.

그분과 통화한 지 일주일이 지난 후 약속 장소인 리카리노 빈관으로 갔더니 김 교장을 비롯해 고교에서 정치를 가르쳤던 김종태, 철학 교사 김도근, 전 원동대 교수를 이종영, 항미원조 지원군으로 참전했던 김두천 옹 등 일곱 명의 조선족 노인이 자리하고 있었다. 모두가 80대 중반을 넘긴 전직 교육자 출신이고, 고등학교에서 역사를 가르친 선생님도 있어서 이번 답사는 성공적일 것이라고 기대했으나 아쉽게도 안중근의 가족이 살았던 곳을 아는 사람은 아무도 없었다.

필자가 아쉬워하는 표정을 짓자 연세가 가장 원로하신 김두천 옹께서 말씀하셨다.

"몇 해 전에도 한국의 어느 사학자가 안중근의 가족이 살았던 곳을 찾기 위해 왔는데 나도 따라가 봤어. 그 학자를 안내한 사람은 여기서 300리나 떨어진 목단강에 사는 사람인데 그 양반이 데리고 간 곳은 몇백 년 전 조선의 병자호란 당시에 볼모로 잡혀 와 환국하지 못했던 사람들이 살았던 곳이었어. 안중근 의사 가족과는 전혀 관계가 없는 곳으로 안내 하더라고. 여기서 별로 멀지 않아 내일 아침에 잠시면 다녀올 수 있어."

"아! 양지 앞 산자락에 있는 공터 자리 말씀이죠?"

"맞아."

"거긴 우리가 산에 갈 때 자주 지나다니는 곳인데 그 곳은 아니지."

"그래도 이 주변에 살았을 만한 곳은 하마촌 뒤에 있는 양광촌이 아닐까? 지금은 조선족이 한 가구도 없지만 80년 전까지만 해도 한 300가구가 살았지 않소. 그리고 마을 뒷산에는 지금도 조선족 묘가 많이 남아 있지."

김좌진 장군이 활동했던 소추풍마을

"소추풍 뒤에 있는 마을도 조선족이 살긴 했는데….'

"책에는 18갈래 농장에 살았다고 쓰여 있는데 그 농장의 위치만 알면 쉽게 찾을 수 있을 텐데요."

"18갈래 농장이라고? 그런 농장은 여기에 없는데 다른 지역이겠지요? 어디에 그런 기록이 있어요?"

"여기 이 책입니다."

"어디 한번 봅시다."

"목릉에서 18갈래 농장을 했다는 이 구절 말입니다."

"아니 이것은 농장 이름이 아니고, 논의 길이를 측정하는 길이의 단위에요. 책을 쓴 저자가 그것도 모르고 쓴 것이네요."

"좀 전에 양광촌 뒷산에 조선 사람 묘가 있다고 하셨는데, 묘에 비석이 있습니까? 있으면 도움이 될 텐데요."

"안중근 의사의 가족묘가 목릉에 있단 말이요?"

안중근의 장남의 묘가 있을 것으로 추정되는 곳을 가리키는 김두천 옹

"예, 안중근 의사의 맏아들이 이곳에서 사망했으니 그 무덤이 이 부근 어디에 있을 겁니다."

"나이도 얼마 되지 않았었을 텐데 어째서 그렇게 됐지?"

"맞습니다. 그때 겨우 7살밖에 되지 않았습니다. 동네 앞에서 놀고 있을 때 누군가 그에게 사탕을 주자 그걸 먹고 바로 사망했다고 해요."

"일본 밀정의 소행이 분명하구나. 나쁜 놈들, 어린아이까지 죽이다니."

그날 모임에서 안중근 의사에 관련해서는 아무런 소득이 없었다. 그 대신 필자는 목릉시 역사관 관장을 역임하신 95세의 김두천 옹이 겪어 온 이야기를 듣고는 평범한 삶과는 너무나 대조적이라 더 많은 이야기를 나누고 싶었지만 일정상 시간이 없어 다음에 만나기로 약속을 한 후 하얼빈으로 돌아왔다.

두천은 왜 계서의 주먹이 되었나!

목릉을 답사한 지 5달 후에 영하 28도의 혹한에도 불구하고 필자는 하얼빈과 계서를 운행하는 K747 열차에 몸을 실었다.

중국 침대차는 우리나라의 기차와 시스템이 다르다. 승객이 탑승하면 승무원은 침대칸 승객에게는 탑승권을 플라스틱 패찰로 바꾸어 준다. 그렇게 하는 까닭은 침대차 승객은 대부분 장거리 손님이라 취침을 하기 때문에 승객이 목적지에 도착하기 20~30분 전에 승차권을 주고 플라스틱

독립군들이 자주 이용했던 팔면통 역사 앞에서 김두천 옹과 함께

패찰을 받는다.

이번 답사에서도 그렇게 믿고 깊이 잠들어 있을 때 휴대폰 벨이 울렸다. 목릉의 팔면통역 마중을 나온 일행이 필자가 보이지 않자, 혹시 다른 기차로 오는지 물었다. 시계를 보니 도착한 지 3분이 지나 차가 막 움직이기 일보 직전이었다. 서둘러서 위기를 모면했지만 승무원을 믿었다간 하마터면 목릉역에서 내리지 못하고 이백 리나 떨어진 종착역인 계서역까지 갈 뻔했다.

호텔에서 숙박한 후 이튿날 아침 김두천 옹을 찾았다.

그는 북청사자 놀이와 김동환의 시 〈북청 물장수〉로 잘 알려진 함경도 북청 출신이며 90이 넘은 나이에도 목릉 역사관에서 지역사를 연구하고 있다고 했다.

노인은 5살 때 고향 북청을 떠났던 이야기를 시작으로 자신 살아온 과거사를 이야기했다.

"어릴 적부터 어찌나 별났는지 5살 때 집 앞에서 놀다가 우물에 빠져 죽을 고비를 넘겼어. 부모님은 이곳에 있다가는 큰일이 나겠다고 생각해 북청 집을 떠나 친척이 살고 있던 러시아의 블라디보스토크 신한촌으로 이주를 했어."

"그곳은 우리 독립운동의 메카와도 같은 곳이지요."

"맞아. 최재형, 안중근, 이상설 등 독립운동사에서 기라성 같은 분들이 활동한 곳이지."

"그곳으로 간 후 어르신 가족도 독립운동을 하셨나요?"

"우리 가족은 독립운동과는 관련이 없고 북조선 북청에 살았던 친척이 그곳에 살고 있어 찾아갔지. 처음엔 친척의 도움으로 별 문제 없이 지냈지만 마냥 도움만 받으면서 살 수 없어 중국 밀산으로 이주를 했어."

"홍개호가 있는 곳이지요?"

"맞아. 홍개호 때문에 그곳으로 이주했어."

"왜 그랬지요?"

"당시 블라디보스토크에서 중국으로 오려면 배를 타거나 걸어야 했는데 우리는 돈이 없어서 배를 탈 형편이 못 돼 걸어야 했는데 당시에 내 나이 겨우 여섯 살밖에 되지 않아 수백 리 길을 걸을 수가 없어 겨울이 오기를 기다렸어."

"왜요?"

"겨울이 되면 홍개호의 물이 얼기 때문이지."

그들 가족은 설 다음 날 눈썰매에 짐을 싣고 영하 30~40도를 오르내리는 혹한의 추위와 바람에 시달리면서 어렵게 홍개호를 건넜다. 그 후 자리 잡은 곳이 중국 밀산현 봉밀산 아래에 있는 한흥동이었다. 한흥동에서 몇 년을 지낸 후 다시 서쪽에 있는 계서시로 이주했다.

계서로 이사 간 지 4년 후인 1943년. 계서 지방은 사상 유례가 없을 정도의 폭우가 쏟아져 목릉강이 범람했다. 하지만 산자락에 쌓아 두었던 아름드리 목재가 떠내려가 다리에 걸치면서 제방 역할을 했다. 계속된 폭우로 다리가 붕괴되면서 쌓였던 목재가 아래에 있는 철길을 덮치자, 그 옆에 있던 일본군 군영의 막사가 무너지면서 700여 명의 일본군이 수장되고 인근에 살던 우리 민족도 21명이나 희생되었다.

독립군이 머물렀던 한흥동 마을

"도대체 얼마나 많은 폭우가 쏟아져서 그렇게 되었지요?"

"열흘 동안 계속해 내렸으니 그렇게 되었지. 도시 전체가 물에 잠기고 물살에 휩쓸려 얼마나 많은 사람이 죽었는지 정확히 알 수가 없을 정도였어."

두천은 계서에서 소학교 재학 중일 때 종군 위안부의 슬픈 삶을 떠올렸다.

"계서 주변에는 수많은 일본군이 주둔했어."

"계서 같은 오지에 왜 일본군이 주둔했는지요?"

"석탄과 목재 때문이지. 계서나 이춘 쌍압산 일대는 자연자원이 무궁무진해. 그 자원을 일본으로 수탈해 가기 위해 군을 배치했어. 폭우 때 떠내려간 목재도 일본으로 가져가기 위해 쌓아 두었던 것이야."

그 군인들을 상대로 윤락업을 하는 악덕업자가 있었는데 안타깝게도 그자가 바로 두천의 절친한 친구인 김철민의 부친이었다고 한다. 철민의 아버지는 36명의 위안부를 두고서 하루 3교대로 나누어 일을 시켰다고 한다.

두천이 소학교 6학년일 때 친구 철민은 희한한 것을 보여 줄 테니 자기 집으로 가자고 해 그를 따라갔다고 한다. 그는 두천

마교하에 있는 종군 위안소

을 뒤뜰 창가로 데리고 가 창호지에 침을 발라 구멍을 내고 방 안을 들여다보라고 한다. 그 때 두천은 차마 보지 못할 장면을 보게 된다. 굶주림에 지친 하이에나가 먹잇감을 앞에 두고 덤비듯이 관동군 병사가 앳된 모습의 여인을 덮칠 때 그녀는 모든 것을 포기한 채 절망에 빠져 새파랗게 질려 있었다. 그 모습을 보자 어린 두천은 충격을 받아 일본 놈들에게 원수를 갚기로 마음을 먹고 무술을 연마하면서 때가 오기를 기다렸다고 한다.

소학교를 졸업한 후 그의 나이가 17~19살쯤 되었을 무렵 주변에 주먹깨나 쓰는 일본인이 있으면 아무리 멀어도 가서 결투를 해 그들을 모조리 때려눕혔다고 한다. 그 때문에 그의 싸움 실력이 계서 일대에 널리 알려졌고 일본 주먹과 결투가 있는 날이면 많은 사람이 몰려들었다고 한다. 지금까지도 기억에 남는 결투는 기무라라는 이름난 싸움꾼이 그에게 본때를 보여 주겠다며 도전해 왔다고 한다. 그는 가라데 유단자에다가 키가

180㎝에 몸무게도 90kg이 넘어 당시로서는 거구였다. 그와 기무라는 계서 극장 앞에서 결투를 벌였다.

싸움이 시작되자 그는 공중으로 몸을 날려 돌려차기로 놈의 눈덩이를 정확하게 가격해 30초도 안 되어 KO시켰다고 한다. 그 이후 그는 계서의 주먹이 되었으며 지금까지도 전설로 남아 있다고 한다.

그렇게도 증오한 일본인이지만 시대적 환경은 아이러니하게도 그는 매부의 동생과 함께 일본 해군 사관학교 시험에 응시해 합격했다.

"그때 입학금이 100위 엔이었어. 당시에 황소 한 마리를 살 수 있는 거금이었지."

그러나 그는 아버지가 돌아간 후 누나 집에서 얹혀사는 형편이라 학비를 감당할 수 없어서 진학을 포기하였다.

"합격을 하고서도 진학할 형편이 못 돼 꿈을 접어야해 무척 섭섭했겠네요?"

"그렇진 않았어. 오히려 포기한 것이 천만다행이었어. 한때나마 일본군에 마음을 두었던 것을 생각하면 얼굴이 후끈거린 적이 한두 번이 아니었어."

"왜 그렇게 생각했어요?"

"좀 전에 말했지만 우리가 살던 계서시에 홍수가 나서 일본군이 700명이나 죽어 놈들이 몰살하다시피 했을 때 우리 마을 사람들은 마음속으로 얼마나 기뻐했는지 몰라. 사람이 죽으면 원수끼리 지내다가도 막상 마지막 가는 길에는 측은지심이 드는데 그러기는커녕 '못된 놈들, 천벌을 받아서 그렇지.'라면서 반겼어. 동네 어른들이 일본 놈들에 대한 원한과 증오심이 그렇게 클 것이라고는 생각지 못했어. 내가 만약 당시에 입학해 일본군 장교가 되었다면 그들이 나를 어떻게 생각했겠어?"

두천은 계서에서 해방을 맞이했다.

"1945년 8월 15일 해방된 날 분위기나 상황은 어떠했습니까?"
"고국에서는 어떠했는지 알 수 없지만 독립 투쟁을 하면서 많은 희생을 당한 이곳 사람들의 기쁨은 이루 말할 수가 없었어. 마을마다 난리가 났고 고국으로 돌아가느냐 아니면 여기서 정착할 것인지를 두고 모두들 고민을 했어. 특히 땅을 더 가진 사람들이 고민이 많았지. 왜냐하면 애써 일군 땅을 가져갈 수가 없으니 그대로 두든지 헐값으로 팔든지. 그러나 거의 동시에 매물이 나오니 어디 제값을 받을 수 있겠어. 그냥 공짜나 다름없이 거래가 되었지.

많은 사람들이 귀국을 앞두고 기대와 설렘으로 웅성대고 했지만 우리 집은 아무런 느낌도 없었어. 돌아가더라도 의지할 친인척도 없고 땅도 없으니 차라리 여기서 품팔이라도 하는 편이 나을 것 같아 일찍부터 남기로 결심을 했어."

해방이 되던 해 그의 가족은 고국으로 돌아가지 않고 첫 번째 정착지였던 밀산으로 이사를 하지만 그곳에서도 먹고살기가 힘들어 그는 이듬해 팔로군에 입대했다.

조선족 팔로군은 왜 하남성 정주에 집결했나?

1946년 팔로군에 입대한 후 그는 당시 살아 있는 전설의 장군 무정 휘하의 포병부대에 배치됐다. 무정 장군은 일찍부터 사회주의 길을 걸어 우리에게는 잘 알려져 있지 않지만 중국인이나 북한에서는 전설적인 존재이다.

그는 1904년 함경북도 경성에서 태어나 서울에서 고학 중 경성기독교청년회에 가입해 노동운동을 하다가 1923년에 중국으로 건너가 하남 보정 군관학교 포병과를 졸업한 후 장개석의 국민당 군대에서 근무한다.

그러나 장개석의 국민당은 자기가 지향하는 노선과는 다르다는 사실을 알고는 지하 공산 활동을 하다가 무한에서 체포돼 사형 언도까지 받았다. 탈옥 후 중국 공산당 홍군에 재입대해, 6.25 전쟁 시 중국 지원군 총사령관으로 참전했던 팽덕회 장군의 휘하에서 포병연 연장으로 근무했다.

그가 포병연 연장으로 근무 중일 때 미국, 영국, 일본군으로 구성된 연합 군함 전단이 악주성을 공격할 때 팽덕회가 이끄는 홍군 제5군과 함께 참전해 전투를 지휘했다. 당시 그의 부대가 가진 무기는 야전포와 산포가 고작이었다고 한다. 그런데도 다가오는 전함 수척을 정확하게 명중시켜 불길에 휩싸이게 해 무정이라는 이름이 세상에 알려졌고 포병의 전설이

하이랄 전쟁기념관 야외 전시장

되었다.

청년 군관 김두천은 동향의 무정 장군과 누구보다도 더 가까이 지내면서 포격술에 관해서 많은 것을 배웠고 중국 해방 전쟁 시에는 사평, 장춘, 천진, 금주 전투에 참전해 여러 번 생사고비를 넘겼다. 1945년 일본군이 패망하고 돌아간 후에는 중국의 최북단에 있는 내몽고의 하이랄 요새와 동북단에 있는 호두 요새를 넘나들면서 일본군이 남기고 간 포를 비롯해 각종 무기를 회수해 중국 인민군의 포병 전력을 강화시키는 데 많은 기여를 했다. 그 후 북경 포위전에 참전해 무혈로 북경을 접수한 후 대만 해방을 위해서 대기 중일 때 하남성 정주에 집결하라는 명령을 받는다.

명령을 받은 사람은 함께 근무한 조선족 전사 모두였다. 그들이 정주에 집결 명령을 받게 된 것은 중공군사위원회의 결정에 따라 조선족 병사로 구성된 제15독립사의 창설 때문이었다.

1950년 3월 중순 정주시 광장에는 18,000여 명의 조선족 병사로 이루어진 독립 15사의 열병식이 성대하게 진행되었다. 광장 주변은 온통 깃발로 가득했다. 1946년경 이들이 입대할 무렵엔 총이나 군복도 제대로 지급 받지 못했을 정도로 열악했지만 그동안 국민당 군에서 빼앗은 전리품과 일본군이 패망 시 버리고 간 경기관총, 기관총, 대포 등으로 무장했을 뿐만 아니라 제멋대로였던 복장도 통일되어 있었다. 더구나 1945년부터 1949년까지 4년 동안 무수히 많은 적과 싸워 오면서 터득한 전투력은 세계 어느 최강의 군대 못지않았다고 한다.

6.25 전쟁에 참여하기 위해 조선족 군인들이 승차했던 하남시 정주역

두천이 소속된 동북 제4야전군 포병단 '단장 송성지 장군'은 하남성 정주에서 며칠간을 머문 후 4월 21일 정주역으로 이동하라는 명령을 받는다. 그들이 왜 정주역으로 가는지 행선지는 어딘지도 알지 못했으며 묻는 병사도 없었고 물을 필요도 없었다. 군이라는 조직은 오로지 명령만 존재할 뿐 명령 따라 행동하고 실천하는 것이 군인 본연의 본령이기 때문이다.

5년차 중간 간부가 된 청년 장교 두천은 기차에 승차했을 때 분위기가 평상시와 다름을 보고 의아했다. 창문은 모두가 검은 천으로 가려졌으며 콩, 감자, 조, 귀리를 실은 화물열차로 위장되어 있었다. 그뿐만 아니라 차 안 곳곳에 변기통이 놓여 있어 정차 없이 먼 거리를 갈 거라고 짐작은 했지만 알 길이 없었다.

차가 움직이기 시작했으나 차 안은 쥐 죽은 듯이 조용했고, 차창은 검은 천으로 가려져 밤인지 낮인지도 알 수 없었다.

상당한 시간이 지나자 간간이 대화 소리가 들렸고, 그도 옆에 있는 전우와 대화를 하면서 목적지가 어딘지 왜 그곳으로 가는지에 관해서 묻고 싶었지만 이심전심으로 그런 대화를 해서는 안 된다고 느껴 질문은 일체 주고받지 않았다. 암울한 분위기를 깨기 위해 그가 먼저 이야기를 꺼냈다.

"장춘 포위전에서 장개석의 국민당 군을 아사 작전으로 패퇴시킨 후 금주의 관문인 의현에 도착해 장개석의 제23사군과 대치하고 있을 때 공격 개시 명령이 떨어졌어. 100여 문의 포가 일시에 불을 내뿜자 지축이 흔들리면서 파편 조각이 난무했어. 2시간 정도 포격을 가하자, 의현성 성곽의 윗부분이 허물어지자 의현의 유명한 사찰인 대불사 방향으로 돌진 중이었는데 사거리 모퉁이를 돌려는 순간 반대쪽에서 뛰어오는 적군과 맞부딪쳤어. 순간적으로 일어난 일이라 방아쇠를 당기고 할 시간이 없었어. 적이 가진 무기는 경기관총이었고 내가 가진 무기도 경기관총과 대검이었어. 어느 정도 거리가 있으면 조준해 방아쇠를 당겼을 텐데 워낙 순간적으로 마주치다 보니 그건 아무 쓸모가 없어 잽싸게 대검을 빼 그의 심장을 찔렀어. 어차피 상대를 죽이지 않으면 내가 죽을 수밖에 없는 상황이기에 죽을힘을 다해 찔렀는데 칼끝이 그의 심장을 뚫었다고 느끼는 순간 가슴에서 뜨거운 피가 쏟아졌고, 나의 온몸도 피투성이가 되어 앞이 보이질 않았어.

내가 쏜 포에 희생당한 적군의 수는 헤아릴 수 없이 많았지만 그건 내 눈 밖에서 일어난 일이라 별다른 느낌이 없었는데 얼굴에 솜털이 있는 그 애송이를 그렇게 희생시키고 나니 마음은 참참했고 피 비린내가 배여 거의 사흘 동안 밥도 먹지 못했어."라고 하자 주변에 있던 전우들도 누가 먼저랄 것도 없이 전장에서 일어났던 일을 이야기했다. 그중에서 위험천만했던 순간을 경험한 병사는 장춘 전투에 참전한 김천우였다.

"반장님, 전쟁터에서 그런 것은 아무것도 아니고 이야기할 가치도 없는 작은 해프닝일 따름입니다. 그것 가지고 전투의지가 약해지느니 밥도 먹지 못했느니 하는 소리를 들으니 반장님은 군인 정신이 충일하지 못합니다. 군인의 몸은 육신이 아니라 무쇠로 되어야 한다는 사실 모르십니까! 우리가 그토록 훈련을 받고 하는 것도 정신이나 육체를 다 강철로 만드는 과정이지요."

"그래도 어린 애송이를 칼로 찔러 죽였는데."

"그건 아무것도 아닙니다. 장춘 전투에서 우리 부대가 적의 진지를 탈환하기 위해 치렀던 전투와 비교하면 조족지혈에 불과하지요."

"도대체 무슨 전투라 그렇지?"

"우리가 투입될 당시 시내 중심부에 있는 인민광장 주변의 주요 건물은 이미 적이 장악한 상태였고 앞에는 포치카까지 구축돼, 수차례의 공격에도 무너지지 않은 난공불락이었지요. 계속 공격을 했지만 희생자만 늘어날 뿐 아무런 진전이 없자 우리 퇀의 퇀장님은 특공대를 선발했지요. 그들의 임무는 화약통을 메고 토치카로 들어가 폭파하는 것인데 총알이 빗발처럼 숫아지는 상황에서 누가 과연 지원을 하겠어요? 그런데도 인간 무기가 되겠다고 지원한 전사가 6명이나 나왔어요.”

“대단한 전사들이군. 결과는 어떻게 됐지”

“기관총의 엄호를 40kg의 폭약을 메고 토치카로 접근해 6명이 동시에 도화선을 당겼으니 결과는 뻔하지 않겠어요? 한 명을 제외한 나머지 전사 5명은 산산조각이 난 채 흔적도 없이 사라졌어요.”

“태평양 전쟁 시 일본군이 가미가제 특공대를 만들어 인간 무기로 사용했다는 소리는 들었지만 우리 조선군 병사 중에도 그 못지않은 임무를 수행한 전사가 있었군.”

이에 뒤질세라 흑산 전투에 참전했던 한 전사도 말했다

“아시다시피 흑산도 공략전도 엄청 힘들었지요. 그 곳도 전략적으로 요충지라 적이 좀처럼 물러서지 않고 완강히 버터 희생자가 속출하자 경상도 안동 출신의 용맹스럽고 담력도 보통이 아닌 고기석이라는 전사가 있었는데 어느 날 밤중에 그는 국민당 군의 군관복으로 변장해 그들의 진지로 들어갔어요. 그때 한 병사가 인사를 않자 상관도 모르고 태도도 불손하다는 이유로 끌고 와 군관 이름, 암호 등의 정보를 알아낸 후 적의 진지로 마음대로 드나들었지요. 수차례의 공방이 벌어진 후 새벽에 모든 병사들이 잠든 시간 적의 진지에 다시 들어가 빨리 후퇴하라는 명령을 내리지요. 그중에 누군가가 누구의 명령이냐고 묻자 ‘야 임마! 한시가 급한데 뭐 우물쭈물하고 있어? 맹서범 탄장의 명령이야! 빨리 후퇴 해!’라고 명령을 내리자 미처 잠에서 깨어나지 못한 적들이 우물쭈물하는 사이에 우리 부대가 총공세를 가해 난공불락과도 같은 진지를 손쉽게 정복했지요.”

기차가 어느덧 압록강 철교를 건너 신의주역에 도착했다. 기차에서 내리기 전에 병사들은 상관으로부터 "지금부터 절대로 아무 말도하지 마라. 꼭 하고 싶은 말이 있으면 반드시 중국말로 해라."라는 명령을 하달받은 후 신의주 비행장으로 직행해 조선 인민군 군복으로 갈아입었다. 그때 김두천과 같은 군관도 일반병과 같은 옷으로 갈아입고는 곧바로 기차에 올랐다. 그들이 탄 기차는 조선 기차로 화물열차가 아닌 여객 열차였다.

기차는 또다시 동남쪽으로 향했다. 거리엔 흰 무명옷을 입은 조선 사람들이 보였고 그들은 차 안의 병사들이 중국에서 온 조선족 병사인 줄 몰랐고, 그저 훈련소로 입대하는 훈련병으로 생각했다.

중국의 하남성 정주역을 출발해 신의주를 거쳐 이들이 도착한 최종 종착지는 원산의 어느 군부대였다. 두천은 그 부대에서 직급에 맞게 군관복으로 갈아입고 조선 인민군 제7사단에 편성되어 약 두 달간 주둔했다.

6.25 새벽에 한국군 사령부에 있던
여인들의 정체는?

"원산에 온 지 두 달이 지난 6월 24일 밤 9시경 밖에는 비가 많이 내렸어. 그때 갑자기 이동 명령이 내려지면서 실탄이 지급되었어."

"전쟁이 시작된다는 사실을 알았습니까?"

"며칠 전부터 알았어."

"어떻게 알았지요?"

"6월에 접어들자 부식이 좋았어."

"부식이 전쟁과는 무슨 상관이 있나요?"

"어느 전쟁이건 전쟁이 임박하면 출전하는 병사들을 잘 먹여야 해. 힘이 있어야 싸움을 제대로 할 수 있지."

"어떤 부식이 나왔는데요?"

"평소에 나오지 않던 소고깃국, 명태조림, 돼지고기 두루치기, 두부 등이 나왔어."

"전쟁 개시 직전의 상황은 어떠했는지요?"

"6월 25일 새벽 38선 일대는 비가 부슬부슬 내려 날씨가 좋지 못했어. 우리는 이미 전쟁이 곧 시작될 것을 알고 있었기 때문에 공격 명령을 기다리고 있었어. 마침내 새벽 4시가 되자 공격 개시를 알리는 신호탄이 울렸어. 그와 동시에 기갑부대는 장갑차와 탱크에 시동을 걸었고 우리 포병대는 약 20분 정도 공중을 향해 포를 쏘아 댔어."

"공격 명령을 받았을 때 심정은 어땠어요?"

"죽지 않고 살아남기 위해서는 이겨야 한다는 생각뿐이었지."

"그래도 동족 간인데요?"

"총을 들고 전쟁에 임하면 그런 감정은 사라져."

"38선 돌파 후의 상황은 어떠했는지요? 한국군으로부터 저항은 없었습니까?"

"개미 새끼 하나도 보이질 않았어. B.O.Q 건물로 진입했더니 술병이 여기저기 흩어져 있고 전라의 여인이 한두 명도 아니고 여러 명이 실오라기 하나도 걸치지 않고 피투성이가 된 상태로 곳곳에 쓰러져 있었어. 아마 먼저 진입한 조선의 보병이 이들을 쏘았을 거야."

"B.O.Q인데도 군인은 한 명도 없고 술병과 전라의 여인들뿐이라니 도무지 이해가 되질 않네요."

"전투해야 할 군인은 다 도망가고 없었어."

"그걸 보고 어떤 생각이 들었는데요?"

"결과를 뻔히 알 수 있었지. 북쪽은 전쟁을 철저히 대비했는데 남쪽은 최전선인 적진 바로 앞인데도 술판을 벌이고 B.O.Q로 여자까지 불러 그짓거리를 했잖아. 최전선의 상황이 이러했으니 후방은 어떻겠어?"

"그런데 북한은 6.25 전쟁이 남침이 아니고 북침이라고 우기고 있는데요?"

"말도 되질 않은 소릴 하지 마. 누가 그 따위 소리를 해?"

"상당수 사람들이 북침으로 알고 있는데요."

"어째서 그렇게 생각하는지 이해가 되질 않아. 나 같은 사람이 눈뜨고 살아 있는데 그런 헛소릴 하고 있어! 어째서 그런 소릴 하는지 한번 만나고 싶어!"

"만나면 어떤 말씀을 하실 겁니까?"

"내가 보고 겪었던 사실을 그대로 말하면 되지."

"그게 뭔데요?"

"어이 이 사람아! 내가 바로 좀 전에 말했잖아. 우리 조선족 병사들을 데리고 올 때 탄로가 날까 봐 화물 열차로 위장을 했고 6.25 전쟁 당일 새벽에 38선에 병사들을 미리 집결시켜 놓고 새벽 4시에 전쟁 개시를 알리는 신호탄을 쏘아 올렸잖아. 이에 반해 남쪽 분위기는 어땠어? B.O.Q 사령부에 기생을 불러 놓고 술판을 벌일 정도였는데 무슨 북침 같은 소리하고 있어? 내가 비록 북쪽을 위해 싸웠지만 말은 바로 해야지."

두천이 배속된 북한군 제7사단은 SU-76 자주포를 앞세우고 어떠한 저항도 받지 않고 계속해서 남진했다. 5년간 전쟁터를 누빈 백전노장인 그에겐 이런 상황이 도무지 이해가 되지 않았다. 아무리 상대가 강해도 군인이라면 맞서 싸우다가 안 되겠다고 판단되면 퇴각해야 할 텐데, 몇 시간이 지나도록 단 한 번도 교전 없이 진격을 했으니……

"첫 교전은 어디서 있었나요?"

"춘천교를 지날 때였지. 춘천교에서 우리는 진격을 잠시 멈추고 나를 비롯한 6명의 간부가 차에서 내려 지도를 보고 진행 방향을 논의 중일 때 앞쪽 산에서 포탄이 날아오더군. 우리를 조준했을 터인데도 멀찍이 떨어져 적들의 포격술이 초보 단계를 벗어나지 못했다고 생각하고 대수롭지

춘천 소양교에서 바라본 봉의산

않게 여겼어. 그런데 연거푸 날아온 폭탄은 그 거리가 차츰 좁아지더니 급기야 바로 우리 옆에 떨어졌어."

두천은 여섯 번째 날아온 포탄의 파편을 맞고서 의식을 잃었다.

"호랑이가 토끼를 잡을 때도 집중력을 다해야 되듯이, 경계의 끈을 놓치지 않아야 했는데 상대를 너무 얕잡아 봤어. 내가 1992년에 한국에 갔을 때 제일 먼저 가 본 곳이 춘천교였어. 그 앞에 있는 봉의산은 천혜의 요새와도 같았어. 그 높은 곳에서 적은 우리의 이동을 손금 보듯이 훤히 뚫어 보고 있었는데 우리는 그것도 모른 채 지도를 봤으니…."

그로 인해 그를 제외한 나머지 5명의 지휘관은 현장에서 즉사했고 그는 다른 전우들의 도움으로 농수용 수로를 통해 춘천 중학교 교정에 마련된 임시 야전 병원에서 응급 치료를 받은 후 서울의 세브란스 병원으로 후송

됐다.

김두천 옹이 춘천교에서 당했던 현장 상황을 위키 사전은 다음과 같이
기술하고 있다.

춘천-홍천 전투는 6.25 전쟁 초기 조선 인민군 육군이 진공해 들어
오는 것을 중동부전선인 춘천 지역에서 대한민국 육군 제6보병사단
이 성공적으로 차단한 전투이다. 이 전투로 인민군은 단기간 내에 남
한을 점령하는 것을 실패하게 되었고, 국군이 군을 재편하여 지연작
전을 수행할 수 있는 계기를 마련한 전투 중 가장 전과가 높은 전투
이다.

춘천 옥산포를 장악한 북한군은 춘천의 군대가 사라졌으니 남진
해도 되겠다란 판단이 섰고, 춘천 시가지를 향한 공격준비 사격이
끝나기도 전에 2개 대대가 5번 국도로 내려와 강폭이 좁은 가래
목에 몰려 허겁지겁 도하를 시도했다. 하지만 춘천 소양강 이남엔

춘천 지구 전투에서 포획한 따발총과 군복

16포병대대가 아직 남아 있었고, 이를 본 봉의산의 3포대장 정오경 대위는 가래목의 좌표를 일러 준 뒤 북한군의 병목 현상이 절정에 다다를 즈음 포격 신호를 내렸고, 이에 춘천역의 2포대, 내의동 뽕밭의 1포대, 춘천 우시장의 3포대가 가래목을 향해 일제포격을 가했다. 이후 무자비한 불 포탄 속에서 적들이 엄폐도 못하고 여기저기 박살나며 우왕좌왕하자 정오경 대위는 계속 쏘라며 포병들을 마구 응원했고, 이에 M3 105mm 경곡사포 포신이 벌겋게 달아오르고 이를 물로 식히고 계속 쏠 정도로 신나게 포탄을 쏴댔다. 하지만 후방의 북한 포병들이 굉음과 포연으로 위치를 추격해 반격을 해 왔고, 그럼에도 가래목에 포격을 지속해 가래목의 북한군 상당수를 살상한 뒤 6사단 2연대를 지원하기 위해 퇴각한다. 이후 북한군은 일몰 무렵 춘천을 완전히 장악했고, 이 와중에 북한군 12사단 31연대는 퇴각 중인 6사단 행렬을 쫓아 춘천 남부로 향했다.

소양교 교각에 남아 있는 총알 자국

두산백과 사전도 당시의 상황을 다음과 같이 기술하고 있다.

> 6월 27일 병력이 증원된 북한군은 봉의산 일대에 포격을 가하며, 소양교를 확보하기 위해 대규모 공격을 해왔다. 국군은 북한군의 공격을 몇 차례 물리쳤지만, 북한군 전차가 소양교의 방어선을 돌파하자 춘천 시내로 철수했다.

서울이 점령당했을 때
세브란스 병원에서 무슨 일이 있었나?

"세브란스 병원에 입원했을 때의 상황은 어떠했습니까?"

"혼수상태에서 깨어나 의식이 들자 통증이 심해 참기가 힘들었고 의사는 파편이 머리 깊숙이 박혀 당시의 의술로는 제거가 어렵다고 했어."

그는 현재까지도 머리에 남아 있는 파편을 안고서 살고 있다.

"세브란스병원 입원 당시의 상황이나 서울 시민들의 반응은 어땠어요?"

"격세지감을 느꼈지. 반공정신으로 무장된 서울 시민들이 그렇게 열렬하게 환영해 줄 것이라고는 전혀 상상하지 못했지. 매일 방문객들이 몰려들어 문전성시를 이루었으며 빈손으로 온 사람은 드물었고 과일이나 꽃을 가지고 왔어. 어떤 사람들은 머리에 온통 붕대를 맨 내 모습을 보고 오열도 하더라고. 초중고생들의 단체 위문도 많았지만 지금은 고인이 된 A 씨, B 씨, C 씨 같은 당시 정상급 가수도 세 번이나 와서 위문 공연을 했어."

"그 가수가 누군데요?"

"지금 그거 말해 봤자 무슨 소용이 있겠어? 그리고 이미 작고해 이 세상 사람이 아니야. 위문을 온 사람 중에 아직도 잊을 수 없는 사람이 둘이 있어."

"누군데요?"

"한 분은 내가 계서에서 소학교를 다닐 때 담임인 강신옥 선생님이야. 그분의 가족은 해방이 되자 고국으로 돌아가 8년 동안 연락이 없었는데 서울에서 그것도 병원에서 만났으니 믿을 수가 있겠어? 꿈에도 생각 못 했지. 함경도 북청 출신인 내가 이국땅 북간도에서 서울 출신의 선생님을 만났고 또다시 서울에서 만났으니 세상은 넓다지만 그렇게 넓은 것도 아니었어."

"와! 그런 일도 있었군요. 어떤 대화를 나누었나요?"

"나는 온 머리와 얼굴에 붕대를 감아 선생님은 내가 누구인지 알 수 없었고 일어날 수도 없는 상태라 누운 채 말했어.

'선생님, 저는 가내이어 실도입니다. 선생님이 계서에 근무할 때 저는 선생님의 제자였습니다. 선생님! 여기서 이렇게 만나게 될 줄이야……'

'가내이어 실도라고? 아이고 어쩌다가 이렇게 부상을 당했어? 그 곱던 얼굴이… 통증은 없니?'

'예. 처음 며칠은 고통스러웠으나, 지금은 견딜 만합니다.'

'이 병원은 훌륭한 의사 선생님이 많으니 잘 치료해 줄 테니 걱정 마. 곧 회복될 거야.'"

"그때 어떤 생각이 들었어요?"

"한없이 죄송했지. 일제의 지배를 벗어나 자유를 누리고 있을 때 제자인 내가 그 짓거리를 했으니 속으로 얼마나 섭섭했겠어. 그래도 선생님은 나의 손을 꼭 붙잡고 안타까워하시는 모습을 보았을 때. 가슴이 찡했어. 그땐 공산주의니 사회주의니 하는 사상과 이념은 사라지고 사제의 정만

이 있을 뿐이었어."

* * * * *

그의 스승인 강신옥 선생님이 위문하고 돌아간 지 나흘째 되는 날 그는
또한 사람의 계서 출신 지인의 위문을 받는다. 위문을 온 사람은 자기 집
바로 옆에 살았던 김미란이었다. 그녀는 두천이 세브란스병원에 입원해
있다는 소식을 강신옥 선생님에게서 듣고서 달려왔던 것이다.

"아니 오빠! 왜 이런 모습이야? 그 멋진 모습은 어디가고 온 머리에 있
는 붕대는 뭐고? 왜 이렇게 됐어?"
"미란이는 벌써 처녀가 되었구나, 부모님과 오빠 순철이는 잘 있어?"
"그럼 부모님은 서울로 돌아온 이후 동대문에서 장사를 하는데 수입이
그런대로 괜찮아. 계서에 살 때보다는 형편은 못하지만 자유가 있으니 훨
씬 좋지. 나는 지난 3월에 이화여전에 입학했어."
"와! 공부를 꽤나 잘했구나, 너의 오빠도 천재였는데, 너도 천재인가
봐!"

그녀의 오빠 순철은 그와 둘도 없는 단짝 친구였고 학교 수업을 마친 후
엔 하루도 빠짐없이 두천은 순철의 집에 가서 함께 놀곤 했었다.

"그래, 순철이는 요즘 어떻게 지내니?"
"오빠는, 오빠는……."

그녀가 더 이상 말을 잇지 못하자 두천은 직감적으로 그가 이승만 군대에 입대했을 것이라는 생각이 들어 더 이상 묻지 않았다.

"너 참 이쁘게 자라 뭇 청년들의 사랑을 독차지하겠구나!"

"오빠는 참…오빠와 같은 멋진 남자가 나타나면 언제든지 ok하겠는데 그런 남자가 어디 있겠어?"

"그래. 서울 생활은 어때? 살 만하니?"

"사람 사는 데야, 뭐 크게 다를 것 있겠어? 일본 놈들도 패망해 돌아갔고 우리 조선 사람만 있으니 서로 믿고 의지하며 살 수 있으니 얼마나 좋아."

"나 같은 인민군이 쳐들어 왔는데 왜 피난을 가지 않았어?"

"이웃이나 친구 가족들은 남쪽으로 피난을 갔어. 우리 가족도 피난을 갈까 생각했지만 같은 민족이라 별다른 일이 없을 것 같아 가지 않았어. 우리가 계서에 살 때 네 편, 내 편이 어디 있었니? 거기서 살았던 덕분에 동족을 보는 시각이 서울 토박이와 좀 다르지."

"그런데 오빠는 어떻게, 조선 인민군으로?"

미란이 다녀간 후 두천은 깊은 고민에 빠진다. 그녀에 대한 연모의 정을 느끼면서 그리움이 나날이 더해 갔다. 위문하러 오는 사람들이 오히려 방해가 되었다.

'오빠처럼 멋진 남자가 나타나면.'

그는 하루에도 수십 번 그 말을 떠올렸다. 한편으로 "우리 집도 역시 피난을 가려고 했는데."란 말의 숨은 의도가 무엇인지에 관해서도 곰곰이 생각하곤 했다. 남쪽으로 피난을 갔으면 우리 인민군을 적으로 생각했을 것이고 그렇지 않고 서울에 남았으니 우리를 받아들였겠지….

　그녀가 다녀간 이후 그는 병상 밖으로 나가 밤하늘의 별을 보는 일이 잦아졌다. 별빛을 바라볼 때 그는 더 이상 전사가 아닌 낭만을 즐기는 젊은 문학도가 되었다. 주소를 안다면 붕대를 풀고 달려가고 싶은 마음이 하루에도 몇 번이나 들었다.

낙동강아 잘 있거라

그는 입원 후 30일이 지난 7월 말에 퇴원해 곧바로 낙동강 전투에 참전하지만 미란을 만난 후로는 중국의 국공 내전 시 국민당 군과 맞서서 싸웠을 때 가졌던 용기에 비해 기개가 약해진 것은 물론 의식도 변해 지금까지 취해 왔던 기계적이고 맹목적인 공산주의자가 아니라 사상보다는 민족을 우선시하는 민족주의자가 되었다. 그가 거칠어질수록 미란과 그의 가족에게 더 큰 아픔이 될 것이고 죽마고우 순철이가 강 건너편에서 그와 사투를 벌일 수 있다는 생각이 들자 전투 의지는 현저히 약화되었다. 또 한편으로는 함께 전장을 누비며 생사를 같이한 전우가 피투성이가 된 채 거친 숨을 거두며 죽어 가는 모습을 볼 때는 그런 생각은 사라지고 적개심이 솟아나곤 했다.

8월이 되자 낙동강 유역의 전황은 나날이 불리해졌다. 포병이라고 하지만 미군 폭격기의 잦은 공습으로 보급이 끊겨 포탄도 고갈되어 포를 버린 지도 꽤 오래되었고 식량도 제대로 제공받지 못했다.

당시 낙동강 전선으로 북한군에게 군수물자를 공급하는 보급로는 두 방향이었다고 한다. 하나는 만주에서 평양-서울-낙동강을 잇는 노선이었고 다른 하나는 러시아 블라디보스토크-청진-원산-서울-낙동강을 잇는 노선이었다고 한다.

미군은 이 같은 사실을 간파하고 보급로에 B-52 폭격기로 융단 폭격을 가함으로써 북한 인민군은 보급선이 끊기어 군수물자가 조달되지 못했다. 폭격기는 보급로뿐만 아니라 흥남의 합성 화학 공장, 평양 병기창, 진남포의 알루미늄 공장, 원산의 정류공장, 성진의 제철소 등 군수물자를 생산하는 시설도 남김없이 폭파했다.

전쟁 초기에 톡톡하게 재미를 보았던 소련제 T-34 전차도 추가 도입되지만 이동 도중에 폭격으로 파괴된다. 보급로가 차단되자 가장 시급한 것은 군량미였다.

"그러면 먹는 문제를 어떻게 해결했습니까?"

"주민들의 도움을 많이 받았어."

"그리 쉽지는 않았을 텐데요. 괴뢰군들이 와서 식량을 내라고 하면 누가 선뜻 주겠어요. 무서워 어쩔 수 없이 주었겠지만. 아참! 좀 전에 군량미라고 말씀하셨는데 그 말을 들으니 옛 동료의 말이 생각나네요. 제가 한국에서 근무할 때 동료 중에 낙동강 주변인 창녕 영산에 살았던 분이 있었는데 그 동네에 북한군 제4사단이 진격해 왔다고 해요. 그 부대도 식량 보급을 못 받게 되자, 인민군 지원군 사령관이 발행한 양권을 이용해 식량을 확보했다고 했어요. 쌀 1kg을 주면 이듬해 두 배로 준다는 조건이었는데 아무것도 몰랐던 동네 사람들은 앞 다투어 식량을 내 주고는 양권을 받았다고 해요. 게다가 양권이 주민 간에 웃돈까지 붙어서 거래되었다고 하니 믿어지지 않지요. 민심을 잃지 않고 배고픔을 해결하고자 한 방책이었겠지만 결과적으로 주민들을 속이고 그들에게 많은 피해를 준 셈이지요."

두천의 부대는 포항 비학산 정상에 진지를 구축했기 때문에 식수가 없었다. 식수를 확보하기 위해서는 산 중턱에 있는 샘으로 가 물을 길러야 했다.

8월 12일 아침밥을 짓기 위해 6명의 병사가 샘터로 내려가, 물을 길러 올라오는 도중에 포항 앞바다에 정박 중이던 미 해군 전함 미주리호에서 발사한 포탄을 맞고 그 자리에서 모두 즉사했다. 6명의 전사자는 모두가 김두천과 함께 오랫동안 장개석 군과 전투하면서 생사고락을 함께한 전우였다.

시신을 수습하기 위해 샘터로 내려갔지만 포탄이 계속 솟아지자 여러 명이 한꺼번에 접근이 불가능해 두천은 혼자서 풀숲 안으로 시신을 밀어 넣은 후 나뭇가지로 덮고 후퇴했다.

낙동강 전투는 세계 전쟁사에 그 유례가 없을 정도로 치열했다고 한다. 북한군은 1950년 6월 25일을 기해 기습적으로 공격을 단행해 불과 3일 만에 수도 서울을 점령하고 파죽지세로 남진해 7월 말경에는 낙동강 유역까지 진격해 국토의 90%를 점령했으며 부산 일원만 남겨 둔 상태였다. 부산만 함락하면 승리로 끝낼 수 있기 때문에 김일성은 낙동강 주변에 10개 군단의 대병력을 배치해 대대적인 공세를 가한다. 한편 남쪽은 전세가 풍전등화의 위기에 처하자 임시 수도를 제주도로 옮겨야 한다는 말까지 나올 정도로 전세는 날로 심각해졌다.

그러나 7월 초순에 부산항을 통해 미군이 들어오면서 전력이 강화되었고 군수물자도 속속 들어오면서 화력의 지원을 받게 되자, 전쟁 초반에는 오합지졸의 한국군도 시간이 지나면서 전투력이 향상돼 낙동강 전투에서는 무서운 전사로 변했다. 밀고 당기는 전투에서 주도권을 잡은 쪽은 제공권과 제해권을 가진 미군과 한국군이었다. 거기다 맥아더 원수를 수반으로 하는 UN연합군이 9월 18일 인천에 상륙을 하게 되자 전세는 나날이 남측에 유리하게 되어 갔다.

B-52폭격기가 쏟아 내는 네이팜탄과 폭탄 투하로 전사자가 속출했고 군수품도 조달이 되지 못하자 전투력이 나날이 약화되었고 전의마저 상실되자 김일성은 남침을 단행한 지 2개월 보름 만인 9월 중순에 퇴각 명령을 내렸다.

이때 포병 반장 두천은 상관으로부터 지도 한 장과 12명의 병사를 배정받고 백두대간을 거쳐 곡산으로 집결하라는 명을 받았다.

"패배의 발걸음은 무거웠을 텐데요?"

"장개석 국민당 군과 전투 시 30만~40만 대군과 싸워서도 이겼는데 고작해야 1만~2만밖에 안 되는 부대에 밀려 패퇴를 하니 발걸음이 무거울 수밖에 없었지."

일거에 패잔병으로 전락한 일행은 포항을 출발해 청송을 거쳐 이틀 후 밤늦게 안동의 어느 산기슭에서 잠시 등을 붙인 후 새벽에 일어났을 때 옆에는 미군 시신 10구가 있었다고 한다.

네가 어쩌다가 빨갱이가 되었나?

포항을 출발한 지 사흘째 되는 날 경상북도 풍기를 지날 무렵 대원 김병호가 두천에게 "조장님, 이 고개를 넘으면 나의 고향 마을입니다. 여기까지 왔는데 바로 지나가려니 마음이 좀 그렇습니더. 이 산길로 넘어가 먼 발치에서라도 고향 마을을 한번 보고 싶습니다."라고 부탁하자 안전엔 별 문제가 없어 산을 넘어 병호네 집이 내려 보이는 산기슭에서 밤이 되기를 기다렸다.

김병호네 가족이 고향집을 떠난 것은 6년 전 그가 16살이 되던 해인 1944년이었다. 만주로 간 사람 중 제일 후발 주자인 셈이다. 그의 부모는 이주하기 전에 인삼을 재배했다. 수확해 제값을 받으려면 최소한 6년 정도는 되어야 하는데 좀 자랐다 싶으면 제국주의자들이 찾아와 공출이란 명목으로 빼앗아 가곤해 더 이상 인삼 농사를 지어 봤자 별 소득이 없어 간도로 갔다고 한다.

해가 기울고 저녁밥을 지을 시각이 지났는데도 20여 가구가 사는 마을엔 아무런 기척이 없었다. 그들은 산을 내려와 병호를 따라 조심스럽게 골목 안으로 들어갔다. 앞서가던 병호는 낡은 초가집 앞에 이르자 사립문을 문을 열고 집 안으로 들어가 "당숙, 당숙모님." 하고 불렀지만 아무런 반응이 없었다. 마루도 반질반질하게 닦여있고 마구간에 소도 있는 것으로 보아 오랫동안 비어 놓은 집은 아닌 듯했지만 아무런 인기척이 없었다. 사랑채엔 병호네 가족이 북간도로 가기 전에 사용했던 쟁기, 지게, 괭이 삼태기 등의 농기구도 그대로 있었다.

병호네 집은 방이 둘이었는데 왼쪽 큰방은 병호의 아버지와 어머니가 사용했고 작은방은 그가 사용한 방이었다. 방문 위쪽 벽면엔 병호의 할아버지의 회갑연 때 찍은 가족사진이 있었다. 그 사진을 촬영할 당시에 인근에 사진관이 없어서 병호가 풍기읍내까지 가서 사진사를 모셔와 찍었다. 방바닥도 그가 만주로 떠나기 전에 있던 대나무 자리 그대로였고 벽지는 전과 달리 비료포대 봉지로 도배되어 있었다.

하루 종일 감 몇 개를 따 먹은 것 외는 아무것도 먹지 못해 배가 고파 부엌과 고방을 뒤져 봤지만 먹을 것이 하나도 없었다. 병호는 담장 옆으로 가 흙을 헤집고는 나무뚜껑을 열었다. 그 속에는 쌀이 있었다. 그 장독은 병호네 가족이 만주로 가기 전에 일본 놈들이 수탈이 심할 때 곡식을 숨겨 둔 땅 밑 창고였다. 그들은 가져온 쌀을 씻지도 않은 채 게 눈 감추듯 순식간에 먹어 치웠다. 밤 9시가 지났는데도 전혀 인기척이 없어 일행은 피곤해 잠에 빠진다. 그러나 병호와 조장인 두천은 만일의 사태에 대비해 잘 수 없었다. 9시 반이 지날 무렵 바깥에서 인기척이 들렸다. 병호는 재빨리 일어나 주변을 살폈다. 어둠 속에서 한 남자와 여자가 사립문을 열고 들어오더니 멈춰 서서 주변을 두리번거렸다. 순간 병호는 어둠을 깨고 낮은 목소리로 말했다.

"당숙, 당숙모."

"아니 누구신데?"

"만주로 간 조카 병호입니다."

"아니 병호라고?"

그는 기뻐 마당으로 성큼 내려갔다. 그런데 기쁘게 맞이할 줄 알았던 당숙과 당숙모의 시선이 돌변했다. 어둠속이지만 그의 당숙은 병호가 입고 있었던 인민군 군복을 보았던 것이다.

당숙은 "쉿!" 하고 소리를 내면서 그를 데리고 뒷간으로 갔다.

"너 어떻게 된 것이냐, 어떻게 된 것이라고?"라면서 놀란 기색이 영역했다 그는 자초지종을 말했다.

그러자 당숙이 말했다.

"이러다간 너도 죽고 나도 죽고 우리 집안 모두가 다 죽는다. 빨리 떠나거라. 요즘 미군이 속속 들어오고 분위기가 심상찮다. 이 시골 오지에도 하루에도 몇 번이나 미국 전투기가 지나간다. 내일 무슨 일이 일어날지 몰라. 하루하루가 매일 불안해. 지금도 버금더리 뒷산에 숨어 있다가 오는 중이야. 너와 내가 만났다는 사실이 알려지면 우리 집안은 박살 날 것이다. 미군이 들어온 이후부터는 공산당이니 공산주의 등 공자와 관련된 사람은 바로 변을 당해. 조금 더 있다가 사람들이 잠들 삼경쯤에 가거라."

"당숙, 기철이는 요즘 뭐해요?"

"쯔쯔, 세상에 참 별일도 다 있네. 기철이는 국군에 입대했으니 너와 적이 된 셈이지. 어째서 이런 일이 일어나노. 재종끼리 가슴에 총부리를 겨누어야 하니!"

"그럼 기철이와 함께 한준이와 준수도 입대했겠네요?"

"그들뿐만 아니라 그 밑에 애들도 엊그저께 징용되었어."

재종 기철은 혈연관계를 떠나 둘도 없는 단짝이었는데, 그 친구들과 생사를 걸고 싸우다니, 아마 그제까지도 낙동강 전선에서 그들과 나는 서로를 죽이기 위해 혈안이 되었을지도 모른다. 백두대간을 지나가다 그들과 마주친다면 나는 어떻게 행동할까? 생각조차 하기 싫었다.

　삼경이 될 무렵 당숙이 말했다.

　"이제 떠나야 할 것 같다. 빨리 채비를 해라. 무슨 일이 있더라도 살아남아 부모님 잘 모셔야 한다. 너의 부모님이 얼마나 고생을 했는데 이젠 고생이 끝나는가 싶었는데 또 다시 2대 독자인 너를 전쟁터에 보내 놓고 잠이라도 제대로 잘 수 있을지."

　당숙은 고방으로 가 계란 몇 개를 갖고 나왔다.

　"가다가 배고플 때 먹어라. 난리판이라 너에게 줄 것이 없어 어쩌노?"

* * * * *

　"곡산까지 가는데 꽤 시간이 걸렸을 텐데, 그간 숙식은 어떻게 해결하셨나요?"

　"숙식이라고 할 것이 있나. 계속해서 밤낮 가릴 것 없이 이동해야 했으니까 날이 어두워 더 이상 갈 수 없으면 등이라도 붙일 만한 곳이 있으면 거기서 새우잠을 잤는데 주로 묘지에서 많이 잤어. 비교적 평평하고 잔디도 있으니 등을 붙이기가 쉬웠지."

　"백두대간을 타고 후퇴를 했으니 사찰도 더러 있었을 텐데요?"

　"있었지. 그땐 절 요사채에 들어가 잠시 눈을 붙이곤 했지."

　"스님이 계셨을 텐데 어떻게?"

"어느 절에도 스님을 계시지 않으셨어. 아마 우리 때문에 소개령이 내려졌겠지."

인민군 군관이 불국사를 구했다니!

"절 이야기 나온 김에 하나 더 물을게요. 좀 전에 포항 비학산과 경주 부근에서 전투 시에 불국사 경내에서 3시간 머무르셨다고 하셨는데 당시의 불국사 주변 상황은 어떠했지요?"

"낙동강 전선에서 서로 공방을 벌일 때 내가 소속된 부대는 주로 포항과 경주 사이를 담당했어. 전선이 경주로 이동된 후 토함산을 두고서 공방이 일어날 수 있는 상황이었어. 그래서 지휘부에서는 경주 불국사를 중심으로 그 주변에 공격 진지를 구축해야 유리할 것이라고 판단했지. 난 불국사 가까이에 진지를 구축하는 것에 단호히 반대했어. 당시 나의 군 내 위치로는 반대 의견을 낼 수 없었지. 전시 중에 상관의 명령에 복종하지 않으면 당장 총살감이지. 그런데도 나는 반대했어."

"그 이유는 무엇입니까?"

"나는 경주 김가일세, 나의 선조들의 터전이 바로 경주였고 조상들은 그 사찰에 들러 나 같은 후손이 있게 해 달라고 얼마나 기도를 했겠어. 어떻게 보면 불국사는 '나'라는 존재를 이 세상에 탄생시킨 원천이라고 생각했어. 만약 우리가 절 부근에 진지를 구축하고 그 움직임이 적에게 포착되면 어떻게 되겠어. 상상 못 할 끔찍한 일이 일어나지 않겠어? 천년 고찰 불국사가 순식간에 불타서 소실되겠지.

그래서 나의 상관에게 '단장님, 불국사 바로 옆에 진지 구축은 피해야 합니다. 그곳에 진지를 구축하면 우리는 미군 폭격기나 포항만에 정박 중인 미군 군함 미주리호의 표적이 되어 불국사가 불바다가 됩니다.'라고 말하면서 반대를 했어."

"상관에게는 낙동강 혈투는 6.25 전쟁의 성패를 좌우하는 주요한 작전인데 불국사가 안중에 있겠어요?"

그래서 그는 상관에게 국공 내전 시 그가 직접 참전했던 베이징 전투의 예를 들면서 설득했다고 했다.

1949년 1월 말경 임표 사령관이 이끄는 동북군은 80여만 명의 장개석의 국민당 군이 철벽 방어를 하는 베이징으로 향함으로서 장개석 군대와 임표의 팔로군 간에 수도 북경의 패권을 두고 일촉즉발 위기의 순간을 맞아한다. 여기서 이기는 쪽이 패권을 차지해 대륙의 주인공이 되고, 내전이 종식될 수 있는 순간이었다.

이때 장개석은 비록 전쟁에서 패해 정권이 공산당의 수중에 들어가더라도 조국의 문화재 보호를 위해서 순순히 투항을 하고 대만으로 패주한다.

"나는 그런 사례를 들면서 사찰 가까이에 진지를 만드는 것을 반대했어. 그리고 그 부근에서 일체의 움직임도 있어서는 안 된다고도 했어."

"와! 정말 대단한 일을 하셨군요. 이 사실이 세상에 알려지면 영웅이 되실 텐데."

"내가 원수가 아니고 영웅이 된다고?"

"그렇지만 천년 고찰 불국사가 전화에 휩싸이지 않고 온전하게 보존되게 했으니 큰 역할을 했지요."

리엔신티엔신

"퇴각할 때 느낌은 어떠했지요?"

"비참하다는 생각뿐이었지. 몇 번이나 말했지만 수십만 명이 넘는 장개석의 국민당 군대와 맞붙어도 승승장구했는데 불과 수천 명밖에 안 되는 적과의 전투에서 패하고 도망자 신세로 전락했으니 괴로웠지. 그리고 난 이 전쟁이 호락호락하게 끝나질 않을 거라는 것을 일찍 짐작했어. 일전에 말했듯이 38선을 넘었을 땐 최일선 전방에 있던 지휘관들이 B.O.Q에서 기생들을 불러들여 술판을 벌인 광경을 보고서는 이 전쟁은 하나마나 승패는 이미 끝났고 시간의 문제일 뿐이며 부산까지 쉬어 가면서 가더라도 한 보름이면 끝날 것이라고 생각했어. 그렇지만 내가 춘천에서 부상당한 후 서울 세브란스 병원에 입원해 있을 때 아! 큰일 났구나. 수많은 희생자가 나오겠구나. 전쟁은 어느 쪽으로 기울지 모른다는 생각이 들었어."

"왜 그렇게 생각했지요?"

"나 같은 부상자들을 위문하러 온 서울 시민들의 눈빛 속에서 그것을 느꼈어. 대다수의 사람들은 입으로는 위로의 말을 했지만 그들의 눈빛과 표정에서 점령군이 침입해 왔으니 어쩔 수 없이 살아남기 위한 몸부림이라는 것을 직감했어. 나를 위로 한다고 잡았던 손은 전혀 온기를 느낄 수 없었고 눈빛은 공포와 두려움으로 가득했으며 가슴은 싸늘하게 식어 있다는 사실을 실감했어. 물론 그중에 일부는 진심으로 우리를 환영했지만 대부분의 사람들은 위로는커녕 저주의 눈빛이었어. 중국 속담에 '리엔신티엔신'이라는 말이 있어. 민심은 천심이고 천심을 얻어야 천하를 얻을 수 있다는 뜻이야. 저렇게 민심을 얻지 못한 상태에서 어떻게 이겨 낼 수 있을지 회의감이 들었어. 병사 수에서나 무기의 질과 양면에서 절대 열세였던 팔로군이 장개석이 거느린 대군과 싸운다는 것은 바위에 계란을 치는 것과 같이 전혀 상대가 되지 못했는데도 불구하고 그들을 물리칠 수 있었던 힘은 총구가 아니라 민심이 뒷받침해 주었기 때문이었어.

국공 내전 시 팔로군은 가난한 인민을 중시했기 때문에 중국 대륙 어디를 가도 환영을 받은 반면에 장개석 부대는 오로지 힘을 바탕으로 무단통치를 하니 민심은 나날이 싸늘하게 식어 갔어. 미국 등 서방이 지원하는 신식 무기와 수많은 병력에도 불구하고 끝내 패망한 것은 리엔신티엔신의 평범한 진리를 터득하지 못해서 나타난 필연의 결과였어. 그래서 내가 세브란스병원에 있을 때 김일성을 원망했어. 그가 너무 성급했다는 생각이 들었어. 민심을 얻지 못한 상태에서 무력으로 짓밟아서 이길 수 있다는 그의 판단은 잘못이었어."

"퇴각 시 먹는 것은 어떻게 해결했어요?"

"그땐 9월 말에서 10월 말경이라 산에는 감, 밤, 배, 칡뿌리, 다래 등 먹을 것이 많아 배를 곯지는 않았어."

"한 번씩 밥도 먹어야 했을 텐데요."

"팔로군 시절부터 우리는 철저한 원칙이 있어. 쌀 한 톨이라도 인민에게 피해를 입혀서는 안 된다. 인민은 우리의 수탈 대상이 아니고 도와주

어야 할 대상이라고 교육을 받아 왔기에 민가에 내려가 민폐를 끼칠 일은
전혀 생각 안 했어."

그들은 포항을 출발해 청송 주왕산 줄기를 타고 안동으로 가 영주, 태
백, 영월, 원주, 홍천, 양구, 내설악으로 이어지는 백두대간을 거쳐 보름
만에 북한 땅에 들어갔다.

"지름길도 있을 텐데 굳이 험한 백두대간을 이용한 이유가 뭔데요?"
"미군의 공습이지. 이동경로가 노출되면 기관총 소사와 폭탄 투하 등
연이은 공세 때문에 살아남으려면 그 길 외엔 다른 방법이 없지."
"북상 중에 한국군이나 미군과 부딪친 적은 없었나요?"
"한 번도 없었어."
"설악산을 넘어 조선에 들어갔을 땐 어떤 경로로 이동했지요?"
"최종 목적지는 중국 통화였어. 설악산을 벗어나서는 계속 서쪽으로가
강동을 거쳐 평양으로 들어갔어."
"당시의 평양 모습은 어땠습니까?"
"비참했지. 미군 폭격기의 공습으로 대동강 철교를 비롯해 주요한 건물
은 거의 다 파괴되어 마치 유령의 도시처럼 보였어. 고층 건물은 대부분
두들겨 맞아 온전한 건물은 보지 못했어."

6.25 전사 기록을 보면 당시 미군은 15개의 주일 미군 기지에서 100만
회가 넘게 출격해 사용된 네이팜탄도 300만 개가 넘어 제2차 세계대전에
버금 갈 정도로 융단 폭격을 가했다고 한다. 1951년 3월 미극동 사령부가

의회에 보고한 바에 따르면 한반도에는 더 이상 폭격할 목표물이 없다고
했으니 그의 말이 과장이 아님을 알 수 있다.

　"평양 주민들은 어떤 모습이었지요?"

　"모두가 불안한 기색이 역력했지. 민심은 흉흉했고 거리엔 별로 사람이
없었어."

　"적지인 서울에서는 열렬히 환영을 받았잖아요. 안방인 평양에서는 열
기가 훨씬 더했을 텐데요?"

　"비웃으려고 묻는 질문이겠지? 전혀 그렇지 않았어. 승리해서 돌아온
개선장군도 아니고"

　"그래도 북한은 안방과도 같고 다시 기회를 엿볼 수도 있잖아요?"

　"일반 개인도 싸움을 하다가 중간에 밀려 패하면 재기가 힘들어. 다음
에 기회를 엿본다는 것은 자기 위안에 불과해.

　"우리 한국 군대가 평양을 점령한 후 이승만 대통령이 평양에 갔을 때
시민들이 장롱 속에 숨겨 두었던 태극기를 흔들며 열렬히 환영했다는 소
식을 들었는지요?"

　"내가 중국에 돌아온 후 얼마 되지 않은 10월 중순 무렵에 그 소식을 들
었어."

전투가 즐거웠다니!

"중국에서 국공 내전 시 장개석 군과 5년을 싸웠고 한국 전쟁에서도 참전하셨는데 그중에서 가장 힘든 전투는 어느 전투였지요?"

"낙동강 전투가 제일 힘들었어."

"왜 그렇습니까?"

"미군기의 연이은 폭격으로 인명 피해가 속출했고 보급이 차단당해 군수물자를 공급 받을 수 없으니 전투를 더 이상 할 수 없는 지경이었으니 그렇지."

"그리고 기억에 남는 전투는?"

"장춘 전투와 사평 전투였어. 중국 전사에도 국공 내전 시 치른 전투 중에서 사평과 장춘 전투가 최고의 대전투로 기록되어 있어. 그런데 나는 이 두 전투가 가장 안전하고 편안했어."

사평 전투 승리 기념탑

"왜 그렇지요?"

"장춘 전투의 경우 초기엔 양쪽 대군이 맞붙어 사상자가 무수히 속출했어. 그러자 우리의 총사령원인 임표 원수는 천재적인 지략가답게 대세를 읽고 먼저 비행장을 장악한 후 시내에서 교전중인 우리 군을 시내 외곽 지역으로 빼내었어. 주 교수라면 그다음엔 어떤 작전을 하겠어?"

"글쎄요. 군사적인 지식이 없으니."

"역시 임표다운 책략을 쓰지."

"그게 뭔데요?"

"아사 작전이야. 적을 고립시켜 굶어 죽게 하는 작전이지. 이 포위전으로 나 같은 포병은 별로 할 것이 없었어. 하루에 포만 몇 번 쏘면 되니까 지루할 정도였지."

"그게 무슨 뜻인데요?"

"전쟁을 수행하기 위해서 필요한 절대적인 요소는 전투를 담당하는 전사이고, 그다음이 전사들을 먹여 살릴 군량미와 군수물자야. 장춘 전투의 추이를 관망하던 임표 원수는 장춘을 하나의 목표 단위로 설정하고 그곳

국공 내전 시 치열한 전투가 벌어졌던 인민은행 앞

을 고립시켜, 장개석의 국민당 군대는 상수라 고정 불변이지만 군량미나 군수물자는 변수가 될 수 있다는 결론을 내리고 철도와 공항을 장악했어. 그다음 작전은 뻔하지.”

“무엇입니까?”

“공항과 철도를 우리가 다 장악해 장춘으로 들어오는 기차나 자동차 비행기 등 일체의 수송수단을 차단시켰어. 그렇기 때문에 물자가 들어가지 못했어. 그것도 한두 달이 아니고 5~6개월을 차단시키면 그 내부는 어떻게 되겠어. 무기 등 군수물자는 아무것도 아니야. 우선 급한 것이 생존과 직결되는 군량미야. 먹을 것이 다 떨어지면 굶어 죽거나 항복해야 하는 외길 수순이지.

군수물자가 시내로 들어오지 못하자 이를 타개하기 위해 장개석의 국민당 군대는 장춘과 가까운 천진항에 군량미와 군수물자를 실은 화물선을 접안시켜 수송기로 조달하려고 했지만 공항은 이미 우리가 장악하고 있어 착륙이 불가능한 상황이었지. 그래서 차선책으로 공중에서 군수물자를 투하했어. 군량미를 비롯한 의약 용품이 낙하산에 실려 내려오면 우리 포병부대는 기다렸다가 과녁권 내에 들어오면 포를 발사해 낙하물을 산산조각을 냈어.”

장춘 포위전은 1948년 5월부터 10월까지 5개월간 지속된 아사 작전으로 김두천이 소속된 20만 명의 팔로군은 장개석의 제7군과 제60군 소속의 10만 명의 군인과 민간인 50만 명이 살고 있는 장춘시 전체를 2중으로 철조망을 친 후 50m마다 보초를 세워 일체의 출입을 봉쇄해 최소 12만 명에서 많게는 30만 명의 아사자가 생겼다고 한다.

37년 만에 찾은 평양

그는 한국 전쟁에 참전한 지 37년 만인 1987년도에 함경남도 출신의 조선족은 견학단을 조직해 조선으로 가 평양과 원산 판문점, 묘향산을 둘러봤다.

"1950년과 1987년의 평양 모습을 비교해 봤을 때 어떤 생각이 들었지요?"

"1950년 당시의 평양은 미군기의 폭격을 받아 폐허가 된 유령의 도시나 마찬가지였다고 이미 말했지? 그러나 1987년 평양의 모습은 사뭇 달랐어. 폐허의 아픔을 딛고 백지 상태에서 새로운 계획하에서 세워진 도시이

평양역 앞

기 때문에 구조적이고 짜임새가 잘 갖추어졌더라고."

"주민들의 삶은 어떠하던가요?"

"가난에 찌들어 있는 모습이 역력했어."

"가난에 찌들었다고 했는데 어떻게 그것을 알 수 있었나요?"

"묘향산에 갔을 때 군인을 몇 명 보았는데 훈련은 않고 도토리를 따고 있더라고, 먹을 것이 없어서 산에서 도토리를 따 먹는 실정이었어. 그리고 그 애들이 제대로 먹지를 못해 체격이 중국의 소학교 5, 6학년 정도밖에 안 돼 보였어."

"전력이 부족해 어려움이 많다고 하던데요?"

"하룻밤에도 몇 번이나 전기가 나갔어. 우리가 여름에 갔는데 전력이 약해서 선풍기가 제대로 돌아가지 못했어. 그리고 석유나 석탄 등 에너지가 부족해 아파트 위층에서도 장작불을 지피는지 연기가 창문 밖으로 나왔어."

"한국 TV에 비친 평양 거리는 광고는 보이지 않고 정치적인 구호만 보이던데요. 직접 보니 어땠어요?"

"아이구 말도 말아. 온 시가지가 김일성 우상화로 가득했어. 동서남북 어디로 가든 우상화야. 개선문, 만수대, 만경대, 주체사상탑 등의 피조물은 우상화를 위해서 세워졌어. 광고물이 있어야 할 주요 건물 벽면에는 온통 김일성과 주체사상을 찬양하는 광고였어. 주민들의 의식도 마찬가지였어. 만나는 사람마다 위대한 장군님께서는…. 조선은 마치 김일성교를 믿는 종교 왕국 같은 느낌을 받았어."

"상당히 충격을 받았겠군요?"

"충격이라니? 작금의 평양을 봐! 저들이 어디 인간이냐, 기계 아니냐!

인간이라면 여러 가지 생각이 있고 그 생각은 여러 갈래로 나올 텐데, 지금 조선 사람들은 지식 분자나 하층 노동자나 똑같잖아. 김일성의 은덕 때문에 세상에서 가장 행복하게 살고 있다고 개나발을 불고 있으니 한국인이 아닌 중국인인 나의 눈에도 어처구니없이 보이는데 한국 사람 눈에는 어떻게 보이겠어.

현재 평양에 살고 있는 사람들은 고 이승만 전 대통령이 평양을 방문했을 때 눈물을 흘리며 그를 환영했던 사람들이나 그 후손들 아니냐. 그런데도 여태껏 저항이나 반란이 일어난 적이 있어?"

"40여 년 전 조선의 군관학교를 졸업하고 6.25 전쟁 시 조선 인민군으로 참전까지 하셨는데. 한때나마 어르신도 신도가 아니었나요?"

"김일성 개인이 잘되라고 도와주었겠어? 그건 아니야."

"교통편은 어떠했습니까?"

"서울과는 정반대로 자동차가 거의 없어서 도로가 한산했어. 거리를 달리는 차중에는 유리창이 파손된 채 그대로 달리는 차도 있었고, 좀 특이한 점은 중국에서는 오래전에 사라진 전차가 다니더군. 사람들이 너무 많이 타서 차 안보다는 차창 밖에 매달려 가는 사람이 더 많았어. 위험천만하더라고."

"지하철을 타 보셨어요?"

평양 지하철

"김일성 광장 구경 갔을 때 타 보았어. 지하철 역사까지 내려가는데 꽤 시간이 걸리더군. 그 깊이가 무려 100m를 상회한다고 해. 그리고 지하철 역사는 전력난으로 어두침침했고."

"왜 그토록 유난히 깊을까요?"

"아마, 전시에 대비해 대피용으로 사용하기 위해서 만들었을 거야. 6.25 때 공습으로 너무 두들겨 맞았으니."

"음식은 괜찮았나요?"

"우리는 호텔에서 지내서 음식은 그런대로 먹을 만했어. 주민들은 어떤지 모르지만……."

묘향산

"묘향산에도 갔다고 했는데요?"

"묘향산의 아름다움은 한국 사람에게도 잘 알려져 있을 테니 따로 설명할 필요가 있겠어? 그렇지 않을 법한 것만 말할게. 묘향산 입구에는 1978

년 8월 개관한 국제 친선 관람관이 있어. 한옥 형식의 관람관 안에는 김일성이 각국 지도자들로부터 받은 도자기, 호랑이 가죽, 박제 곰, 악어가죽 가방, 총기류 등 수많은 물품들이 전시되어 있는데 그중엔 6.25 전쟁 시 소련의 스탈린이 김일성에게 선물한 방탄차도 있어. 선물을 받은 것까지는 괜찮지만 이를 설명하는 안내원이 '위대한 원수님께서는 인민과 함께 타려고 한 번도 탄 적이 없다.'고 말할 때 나는 속으로 피식 웃었어. '인민과 함께 타기 위해서 타지 않았다고?' 그의 야욕에 의해 동족 상전의 비극인 6.25 전쟁을 일으켜 무수히 많은 동족을 희생시키고 중국에서 잘 살고 있는 동포까지도 동원해 전쟁의 도구로 이용해 놓고 인민과 함께 타기 위해 한 번도 안 탔다는 건 소가 웃을 일이지. 세계를 호령했던 스탈린이 자기에게 방탄차를 선물할 정도로 서로 친한 사이며 자신도 스탈린과 같은 세계적인 지도자 반열에 있다는 것을 보여 주기 위한 우상화 작업의 일환인 것을 누가 모르겠어."

묘향산 보현사 13층석탑

　"원산에 갔다고 했는데 감회가 깊었겠군요? 혹시 옛날에 주둔했었던 부대도 가 보셨어요?"

　"나 혼자가 아니라 단체 관광이라 갈 수 없었지. 신어산 앞에 우리 부대가 있었는데 그 산 쪽을 바라보면서 옛 시절을 생각했지. 그리고 원산은

원산항

바닷가에 위치해서 그런지 반찬이 아주 좋았어. 싱싱한 해물 반찬 때문에
밥을 두 그릇이나 비웠지. 그리고 명사십리 해수욕장에 가서 모래도 밟아
보고."

"원산은 군사항이라 해수욕장이 없는 줄 알았는데 있군요?"

"명사 해수욕장은 그 길이가 무려 10㎞로 끝이 보이지 않을 정도로 넓더
라고"

"판문점도 다녀왔다고 하셨는데요?"

"판문점을 두고는 내가 할 말이 많아. 조선에서도 판문점을 가 봤고 한
국에서도 가 봤지. 똑같은 판문점이지만 분위기는 전혀 딴판이야. 조선
군인들은 마치 로봇처럼 몸이 굳고 경직되어 있었는데 반해 한국군은 너
무 자유분방했어. 저들이 과연 군인인지 민간인 안내원인지 분간이 안 될
정도였어."

"소감이 어떠했어요?"

"감회가 깊었지. 같은 민족인데 왜 그토록 으르렁거리는지. 6.25 전쟁이

남쪽이냐 북쪽 중 어느 쪽이 이기든 통일이 됐어야 했는데 분단이 되었으니 같은 동족으로서 가슴 아팠지."

"함경남도 시찰단으로 가셨으니 고향 방문도 하셨는지요?"

"모두가 함경남도 출신이지만 누구도 근처에도 가지 못했어. 자기들이 보여 주고 싶은 것만 보여 주고 그것으로 끝이야. 1957년에 평양시 복구 건설을 돕기 위해 조선에 가 현재 함흥에 살고 있는 하나뿐인 동생을 만나고 싶었지만 만날 수가 없었어. 꼭 만나고 싶으면 동생을 평양으로 초대해야 한다고 했어."

그는 시찰단의 일원으로 북한을 방문한 이후 고향 방문도 할 수 없고 동생도 만나 볼 수 없다는 사실에 심한 배신감을 느꼈다고 한다. 자신은 목숨을 걸고 조선을 위해서 싸웠고 동생은 전쟁으로 폐허가 된 나라를 복구하느라 헌신했는데 고향 방문도 못 하게 하고 형제도 만날 수 없었던 현실을 본 후 그는 군인 시절을 회상했다고 한다.

군이란 조직은 군율에 따라, 외출이나 외박이 자유롭지 못하며 군영 밖으로 가려면 외출증이나 외박증이 있어야 가능하다. 누군가가 면회를 오더라도 면회 온 사람은 군 영내로 들어갈 수가 없고 지정된 장소에서만 가능하다. 그가 본 조선은 수령인 최고 사령관의 지휘 아래서 그 명령에 따라 충실하게 행동하는 잘 조직화된 거대한 군영과도 같아 답답했지만 그래도 북한 주민은 이에 개의치 않고 살아가는 모습을 보니 참으로 신기하다고 몇 번이나 반복했다.

전우의 무덤을 찾아서

1950년 9월 12일 아침 비학산 정상 부근에서 여섯 명의 조선 인민군 전사가 아침밥을 짓기 위해 산 중턱에 있는 샘터로 내려와 물을 긷고 있었다. 이때 인근 포항항에 정박 중이던 미군 군함 미주리호에서 발사한 함포가 이들 앞에 떨어져 6명 전원이 전사했다. 산 위에서 이 광경을 지켜보고 있던 두천과 인민군 병사들은 현장에 내려와 시신을 수습하지만 연이어지는 포격으로 할 수 없게 되자 샘터 옆 골짜기로 옮긴 후 솔가지로 덮어 두고 떠났다.

포격으로 전사한 여섯 병사는 두천이 아끼는 부하들이라 이들을 그대로 방치하고 떠나온 것이 마음속으로 늘 부담이 되어 전쟁이 끝나면 찾아와 작은 표지석이라도 세우려고 마음을 먹었지만 한국과 중국은 문을 꼭 잠근 채 44년 동안 오도 가도 못 하는 미수교국이었기 때문에 올 수가 없어 늘 안타까워했다.

그러던 차 1992년도에 양국 간에 닫혔던 문이 열리고 수교가 되자 두천은 수교 2년 후인 1994년 8월 초에 그들이 희생된 곳을 찾았다. 하지만 시간이 많이 지나 정확한 위치를 찾을 수 없어 산 중턱 한가운데다 향을 피우고 술잔을 올린 후 50여 년 전에 그와 생사고락을 했던 전우를 생각했다고 한다.

여섯 중에 제일 먼저 떠오르는 전우는 키가 유난히도 컸던 김길식이다. 큰 키는 적진을 관찰할 때 유리하기도 했지만 드러날 위험도 그만큼 더 큰 전사였다. 그의 고향은 이곳 비학산에서 그렇게 멀지 않은 경북 달성군이다. 격렬한 공방이 벌어질 때도 저 서북쪽 산 몇 개만 넘으면 자기의 고향이라며 하루라도 더 빨리 고향집으로가 1943년에 만주로 떠나갈 때 족보를 챙기지 못하고 당숙 집에 두고 온 것을 두고두고 후회하던 아버지의 소원을 이루기 위해 목숨을 아끼지 않고 전장을 누볐던 전사였는데 유골이라도 찾을 수 있다면 달성 쪽을 향해 안장시키려고 했지만 그럴 수 없어 두천은 몹시 아쉬워했다고 한다.

두 번째로 떠오른 인물은 유상식이다. 그는 희생된 6명 중 유일하게 이 세상에 자기 씨를 남긴 전우이다. 3대 독자로, 할아버지와 부모님의 독촉에 못 이겨 19세에 결혼해 이듬해 아들을 얻어 자기보다도 어른들이 더 기뻐했다고 한다. 두천은 당시 삼식이가 아들이 있다는 사실을 알고 그의 부인에게 징표가 될 만한 유품이라도 갖다 주어야겠다는 생각이 들어 온몸을 뒤졌을 때 놀랍게도 그의 상의 주머니에 그와 부인 사이에서 해 맑게 웃고 있는 아들의 사진이 있었다. 그 사진을 전해 주려고 그의 고향집에 갔으나 부인은 남편의 전사 소식을 듣고 집을 나가 행방불명되었고 아들은 병으로 죽었다는 말을 듣고, 사진을 어떻게 해야 할지를 두고 망설이다가 주면 한 번 더 슬픔을 느낄까 봐 주지 못한 것이 지금까지도 후회가 된다고 했다.

그다음으로 떠오른 전우는 강만호이다. 충청북도 제천 출신으로 14살 되던 해에 만주로 이주해 유하현의 어느 수전공사에서 일하다가 해방이 되자 모든 것을 정리하고 귀국을 위해 단동까지 갔으나 전염병 때문에 압록강 다리를 건널 수 없어 유하현으로 되돌아가 이듬해에도 압록강을 건너 사리원까지 갔지만 38선이 가로막혀 수화에서 새 보금자리를 마련한 후 팔로군에 입대해 국공 내전 시 사선을 여러 번 넘었던 녀석. 그는 두천에게 틈만 나면 농담반 진담반으로 이렇게 말했다.

"지금은 반장님이나 나나 총부리를 같은 방향으로 향하지만 만약 내가 47년도에 38선을 넘었다면 나와 반장님의 총부리는 반대 방향이 될 수밖에 없었겠지요?"

네 번째 전우는 두천의 고향인 계서와 가까운 가목사가 고향이라 더 친하게 지냈던 박이천이다. 두천이 그를 잊지 못하는 것은 사평, 천진, 장춘, 흑산 전투 등에서 실과 바늘처럼 떨어진 적이 없이 생사고락을 같이했다고 한다. 일본군이 패망하고 떠난 후 숨겨 둔 무기를 찾기 위해서 몽고와 러시아의 접경지대인 하이랄 요새에 함께 가기도 했고 러시아의 아무르강이 내려다보이는 호두 요새는 물론 일본군이 항복하지 않고 8월 26일까지 버틴 제2차 대전의 마지막 격전지 동녕 요새 등 그 넓은 중국 대륙 곳곳을 누비면서 무기를 수거하느라 고생했던 모습이 아직까지 눈에 선하다고 했다. 모택동 주석 다음가는 서열로 위세를 떨쳤던 살아 있는 전설 제3사의 사령원인 임표 장군이 그들의 부대를 방문했을 때 직접 볼 수 있는 기회가 왔다면서 몹시 기뻐했지만, 포병단 사령부가 산꼭대기에 있어 50m 단위로 경호 경비를 섰을 때 그는 반대쪽 방향으로 섰기 때문에 사령원을 볼 수가 없어서 못내 아쉬워하면서 그의 생김새가 어떻고 키는 얼마나 되고 옷은 어떻게 입었는지 등을 수십 번이나 물을 정도로 천진난만하고 순박한 놈이었는데….

나머지 전우는 권상우로 1934년 무렵 조선족은 지주들의 횡포에 못 이겨 이를 완화해 달라고 집단적으로 저항한 추수 투쟁이 한창일 때 의협심이 강했던 그의 아버지는 선봉에 서서 투쟁하다가 일경에 희생되자 어머니는 집을 나가 할아버지 할머니 손에서 자랐다. 조부모마저 돌아가자 의지할 곳이 없어서 어쩔 수 없이 군인의 길을 걸었다. 어려서부터 부모의 사랑도 받지 못하고 자라서 언제나 기가 죽어 있었지만 일단 전투만 시작되면 물불을 가리지 않고 오로지 공격만을 생각했던 누구보다도 군인 정신이 충일했던 진정한 군인이었는데…….

두천은 비학산에서 희생된 전우들의 희생자와 그가 격렬하게 전투를 벌였던 임원동과 경주 등을 둘러본 후 자신의 일터로 돌아갔다. 그는 당시 서울의 가리봉동 농장에서 일용직으로 근무했으며 맡은 일은 땅을 파고 거름을 주는 것이라 땀이 비 오듯 쏟아졌다. 그럴 땐 매번 주막에 들러 한잔씩하곤 했는데 그땐 풋고추를 된장에 찍어 먹으면 다른 안주가 필요없었다. 그가 좋아하는 술은 막걸리다. 처음 한국에 왔을 때 소주를 마셨는데 소주의 도수가 중국의 백주보다 훨씬 낮아 한꺼번에 몇 병을 마셨더니, 이튿날 머리가 아파서 혼 줄이 난 후부터는 소주는 거들떠보지도 않고 계속해 막걸리를 즐겨 마셨다.

그가 매일이다 시피 들르는 대포 집은 정이네 집이었다. 그 집 주인 아주머니는 입담도 좋고 인심도 후해 인근의 노동자들로 항상 붐볐다.

그는 친구가 없기 때문에 혼자 가는 날이 많았고 더러는 농장에서 같이 일하는 그보다 세 살 아래인 김 씨와 가는 때도 있었다. 그땐 농장 주인에 대한 불평불만을 이야기하면서 막걸리 4~5통을 비웠지만 혼자 갈 때는 한 통만 마셨다.

혼자서 술을 마실 땐 옆자리에 앉은 주당들의 말을 듣곤 했는데 그들은 술을 많이 마실수록 말소리는 더 커지고 떠들썩했다. 앞서 했던 말을 또다시 되풀이할 때쯤 되면 그들이 이미 취한 것을 알 수 있다.

주당들의 주된 화제 중의 하나는 군대 생활이었고, 이야기를 들어 보면 모두가 군대에서 잘나갔으며 특등 사수가 아닌 사람이 없었다. 그런데 어느 날 나이가 그와 비슷한 60대 후반으로 보이는 반늙은이의 말은 그의 귀를 의심케 했다.

"너희 중에 전투해 본 놈 있나? 있으면 나와 봐. 내가 이래봬도 총알이 빗발치는 전쟁터에서 조국을 수호하기 위해 목숨을 마다하고 전쟁터를 누볐던 용사였어!"

그 말을 듣자 그는 귀가 솔깃해 들었던 잔을 내려놓고 숨을 죽이고 들었을 때 깜짝 놀라운 말을 듣는다. 도대체 무슨 말이기에 그가 그토록 놀랐을까!

옆에서 열변을 토하는 사람은 춘천에서 두천의 부대와 일전을 벌인 국군 6사단 소속의 전사였다. 그때 두천은 45년 전에 벌어졌던 춘천 전투 장면이 불현듯이 뇌리를 스쳐 갔다.

지금 그와 두천은 2m가 될락 말락 한 거리를 두고 술잔을 기울이지만, 45년 전에는 서로를 죽여야 하는 적이었다. 두천은 춘천교에서 포격으로 머리에 박혀 있는 파편 조각을 어루만지며 그를 쏘아보지만 이 사실을 알 리 없는 반백의 노인은 계속해 그의 무공을 자랑했다.

생각조차 하기 싫은 그 전투 이야기가 계속되자 두천은 더 이상 앉아 있을 수 없어 대폿집을 나오면서 "저 친구와 나는 동족이고 원수지간도 아닌데 왜 서로를 죽이려고 혈안이 되었을까? 아무리 생각해 봐도 싸울 이유가 없었는데 뭐 때문에 그렇게 싸웠을까?"라고 중얼거리며 집으로 갔다고 한다.

그는 4년간 한국에서 일하면서 상당한 돈을 번 후 중국으로 돌아갔다. 그 사이에 그의 큰딸은 충남 당진에 있는 농촌 총각과 결혼을 했고 둘째 딸도 중국에 사는 조선족과 결혼한 후 한국에서 일하고 있다.

2004년 그의 80회 생일 때 두 딸과 사위는 그를 한국으로 초청해 팔순 잔치를 벌였다. 그때 그는 큰딸과 함께 춘천의 소양호로 나들이를 갔다고 한다. 그곳으로 간 목적은 소양호 관광

춘천 지구 전적 기념관

보다는 그가 부상을 당했던 현장인 춘천교를 보고 싶었기 때문이었나. 격전의 현장에 이르렀을 때 주변의 환경은 상당히 달라졌지만 그 당시나 지금이나 산세는 변화가 없었다.

그가 소양강 강변을 따라 걷고 있을 때 생각조차 하기도 싫은 당시의 장면이 연이어 지나갔다.

54년 전 격전지였던 부근에는 아름다운 공원이 조성되었고 중앙엔 희생자 추모비가 있었다.

"여기는 조국의 운명을 가름한 격전의 땅

님들의 꽃다운 청춘이 호국영령이 되어

영원히 숨 쉬는 춘천 대첩의 성지라

그날 국군 장병 애국시민, 학생, 경찰이

하나 되어 총검을 들었으니

님들의 몸은 자유 수호 방패가 되셨도다

우리도 그 충혼 이어 받아

조국의 통일과 세계 평화 건설의 역군 되어리니

호국 영령들이여

이 땅을 굽어 비추소서"

그는 그 글귀를 읽고 난 후 마치 번갯불에 감전이라도 된 듯 온몸에 전율을 느껴 주변에 있는 의자에 앉아 참회의 눈물을 흘렸다고 했다. 님들의 몸은 자유 수호의 방패가 되었지만 그는 인민군 전사가 되어 자유를

춘천 지구 전적 기념관

괴멸시키기 위한 날카로운 창날이 되었던 것이다.

만추가 지난 11월 말이라 나무 가지엔 몇 개의 낙엽이 남아 있었다. 실바람이 불자 잎은 떨어지지 않으려고 발버둥 쳤다. 미물인 저 나뭇잎마저 생명을 더 지탱하려고 발버둥 치는데 여기 영혼들은 신록이 최고조로 무성할 때 폭풍우가 몰아치면서 생잎이 갈기갈기 찢긴 채 떨어졌으니!

그는 그 자리에서 '나는 누구이며, 정체성은 무엇일까?'라는 생각이 스쳐 갔다고 한다.

두천은 1924년에 함경남도 북청에서 태어난 중국 국적의 조선족이다. 그와 재혼한 부인 역시 조선족이고 국적은 중국인이지만 중국말을 못 한다. 일찍이 한국으로 시집 간 큰딸은 한국 국적을 취득해 한국인이 되었으며 외손자도 한국인이다. 둘째 딸과 사위는 중국 국적의 조선족이지만 현재 20년째 한국에서 살고 있다. 그의 동생 두수는 중국에 살다가 1958년도에 평양 복구 시 전기 기술자로 조선에 들어가 현재 함흥에 살고 있으며 그의 조카딸은 북조선 남포시에 살고 있다.

그는 함경남도 북청에서 출생했지만 〈렌노레이까 반자이코 노코시다 코요 와서라이카〉를 부르며 자란 '가내어 실도'라는 일본인이었다. 1920년대 말에 러시아 블라디보스토크를 거쳐 홍개호를 건너서 중국 땅에 왔지만 역시 일본 국적의 일본인이었다. 1945년 해방이 되자 그는 중국인이된다. 그리고 1950년 4월 21일 중국 정주에서 기차를 타고 압록강을 건너와 조선 인민공화국 군관이 되어 김일성 부대의 일원으로 6.25 전쟁에 참전함으로써 조선 인민 공화국의 전사가 되었다.

그는 경주 김씨의 혈통을 이어 받았지만 90 평생을 살아오는 동안 한국과는 전혀 관련이 없는 변방에 사는 이방인이고 막시즘의 추종자였다.

그러나 세월이 흐름에 따라 의식에 변화가 있었다. 외손자의 탄생이 동기감응을 일으켰다. 한국인인 이치호와 중국인인 김두천은 영상 통화를 하지 않고는 하루도 지낼 수 없다고 한다.

"손자 녀석이 군대에 입대한 후로는 편히 잠잘 날이 없어. 북조선의 김정일이 핵무기를 가지고 장난질을 하고 있으니."

날씨가 따뜻해지는 봄이 되면 한국으로 가서 외손자에게 면회를 갈 거라고 한다.

"북조선에도 동생이 있으니 손자가 있잖아요? 그 손자는 북조선 군인일 텐데요?"

"물론이지 조선은 젊은이들이 10년 정도 군 생활을 하니 조선 인민군 소속의 군인이겠지."

"마음이 심란하겠네요? 외손자는 한국군이고 조선의 손자는 조선 인민군이라⋯⋯."

"글쎄 말이다. 내 세대가 그렇듯 두 손자도 서로에게 총구를 겨누고 있으니 내 대에서 그 짐을 벗어 줘야 했는데 어린 것들에게까지 그 멍에를 씌우고 있으니 답답해 죽겠어."

"그런 일이 있으면 안 되겠지만 지금 남북 간에 전쟁이 일어난다면 어떻게 하겠습니까?"

"대답을 꼭 듣고 싶어? 내 딸과 사위가 한국인이고 더구나 손자는 한국

군인이니까. 더 이상 말할 필요가 없지. 그런 일이 벌어지면 내가 더 앞장
서서 진공해 나갈 거야."

"본질에 어긋난 주제지만 얼마 전에 있었던 아시안 게임을 보셨지요?
한국과 북한, 한국과 중국의 축구게임이 한국인의 관심을 끌었었는데, 그
때 어느 팀을 응원하셨죠?"

"북조선을 응원했어. 불쌍하고 약하니 안쓰러워 그랬어. 중국과 한국
간의 게임에서는 당연이 한국을 응원하지. 조선 민족이 우수하다는 민족
적 우월감을 보여 주고 싶어서……."

대화 중 한 북한군 병사가 판문점을 넘어 한국으로 넘어오다가 북한군
이 쏜 총에 맞아 수술 중에 있다는 TV 보도를 보자 노인은 눈을 떼지 못하
고 걱정스런 모습으로 지켜보고 있었다.

2

하얼빈 이일구

가자 간도로

　밤중에 숨 가쁘게 달리는 여인의 정체는 누구일까? 1938년 9월 그믐 한밤중에 원미관을 나온 한 여인이 주변을 살핀 후 어둠을 헤집고 사라졌다. 칠흑 같은 어두운 야밤에 젊은 여인이 무슨 일로 몰래 나왔으며 행선지는 어디이며 그 여인의 정체는 누구일까?

　그 여인은 원미관에서 멀지 않은 금당마을 입구에서 잠시 서성거리다 아무도 없는 것을 확인하고는 이호구의 집으로 들어가 창문을 두드린다. 방에서 잠을 자던 이만돌 부부는 문 두드리는 소리에 깜짝 놀라며 말했다.

"아니 이 밤중에 누구요?"

"쉿, 목소리 낮추이소. 저는 원미관 주모 김달숙입니다."

"원미관의 김 주모라고? 아니, 이 밤중에 무슨 급한 일이라도 있소? 일단 안으로 들어오시게."

"서방님, 큰일 났어요."

"밑도 끝도 없이 큰일이라니 도대체 무슨 소리요?"

"빨리 몸을 피하시야 합니더. 그렇지 않으면 큰일 납니더."

"뭐라쿠노, 내가 왜! 무슨 일 때문에?"

"오늘 저녁에 후지모리 순사가 상촌에 사는 양 씨와 함께 와서 술자리를 가졌어예. 들어올 때의 모습과 분위기를 보니 무언가 심상치 않아 술상을 차리면서 밖에서 대화를 엿들었심더."

"그래서, 어쨌단 말이고?"

"며칠 전에 일본 천황을 욕하고 일본 놈들을 내 손으로 죽이겠다고 말한 적이 있지예? 그것이 문제가 크게 된 것 같아예. 후지모리는 끄나풀을 두고서 호구 아부지가 누구를 만나 무슨 작당을 꾸미는지를 미행하면서 지켜보고 있다고 했어예. 아직까지 구체적인 증거를 찾지 못해, 고문을 해서라도 음모를 밝히겠다고 했어예."

"놈들이 그런 음모를 꾸미고 있구나. 천황을 죽여 버리겠다고 한 것은 유두날 경식이 집 사랑방에서 몇몇 친구들과 놀 때 별다른 의미 없이 무심코 내뱉은 말인데, 그걸 걸고넘어지다니?"

"당신, 그걸 두고 시시비비를 따질 문제가 아니에요. 보아하니 아무래도 주재소로 불러 고문을 할 것 같아 예. 빨리 도주해 살길을 찾아야 합니다."

"이 일을 어떻게 하나?"

원미관 안주인이 호구의 집을 다녀간 지 이틀째 되는 날 야밤중에 40대 중반의 사나이가 원미관으로 들어갔다.

"호구 아버님이, 이 밤중에 여기를 빨리 피하시라고 했는데 뭐 합니꺼?"

"함께 가자. 간도로."

"내가 왜 간도로 가예?"

"함께 가자고, 어차피 여기 있다가는 살아남지 못할 것 같아. 천황의 역린을 건드렸으니."

"호구 아버님은 도피를 해야 하지만 내가 왜 고향과 부모 형제를 두고 그 먼 곳으로 뭐 하러 갑니꺼?"

"너는 나보다 더 큰 죄를 지었어. 일본 순사들의 비밀을 누설했어. 이 사실이 알려지면 너나 나나 둘 다 살아날 길이 없어. 너 지금부터 내 말을 듣지 않으면 바로 고발한다. 나는 이미 죽을 수밖에 없는 운명이니 이판사판이다. 빨리 함께 가겠다고 약속해."

"그래도 어떻게."

"허튼 소리 하지 마, 날이 새기 전에 결정해 그렇지 않으면 주재소로가 바로 신고할 테니, 알아서 해."

"그래도예."

"그러면 너 죽고 나 죽자."

"아이구 이 일을 어떡하나."

원미관 주인 김달숙은 동이 틀 무렵에 간도행 결정을 내린다.

조부의 통곡을 뒤로하고

장손을 간도로 보낼 수밖에 없는 사실을 알고는 온 집안이 발칵 뒤집혔고 그의 조부는 그 충격으로 식음을 전폐하다시피 했다.

"사정이 이리 됐으니 어짜겠노. 내도 백방으로 알아봤지만 천황 모독죄는 피할 방법이 없단다. 일단 몸을 피하는 것이 급선무이니 어쨌든 가서 몸 성히 잘 있다가, 세상이 바뀌면 돌아오이라."

일구의 할아버지와 할머니, 백부와 아버지, 원미관 주인 등 다섯 명은 야밤에 경주역으로 가 간도행 길에 오른다.

이일구 할아버지의 협박과 강요에 의해 느닷없이 따라가는 신세가 된 원미관 주인 김달숙은 억울하고 분해서 몇 번이나 길바닥에 주저 앉은 채 대성통곡을 하자 할아버지가 말했다.

"달숙아, 걱정 마."

"호구 아부지, 세상에 이런 일이 어디 있어예. 왜 나를 끌어들여 이렇게 합니꺼? 먼 간도 땅으로 가면서 부모님한테 말 한마디 못 하고 떠나야 하다니! 당신 부인도 아닌데, 왜 내가 당신과 함께 떠나야 합니꺼?"

"몇 년 후에 오면 되잖아, 돈을 벌기 위해 일부러 가는 사람도 얼마나 많노. 거기 가서 원미관보다 더 좋은 대포집을 열면 되지 내가 도와줄 테니 걱정 마. 일본 놈한테 당하면서 형무소 가는 것보다 이 길이 백 번 낫지. 그렇지? 손바닥만 한 좁은 감포보다는 넓은 만주가 더 나아. 내가 다 도와줄 테니 걱정 마."

압록강을 건너다

이 씨 가족을 태운 기차는 경주를 떠나 이틀 만에 신의주 도착을 앞두고 있었다. 신의주를 지나 압록강을 건너 국경을 통과하기 위해서는 이주증이 필요했지만 이들 가족은 이주증이 없어 피현역에서 내려 의주와 삭주를 지나 압록강에서 나룻배를 타고 건너가 처음 정착한 곳은 환인이었다.

환인은 들판도 넓고 물도 많아 농사짓기에 좋을 뿐만 아니라 훗날 고향으로 돌아가기도 쉬워 정착한 곳이다. 그들이 정착한 지 6개월이 될 무렵에 3명의 일본 영사 경찰이 갑자기 집으로 들이닥쳐 신분 확인을 했다.

"조선에서 온 정보에 의하면 이 집 주인 이만돌은 천황 폐하를 모독하고 이곳으로 도주해 와 숨어 지내고 있다는데 사실 확인을 위해 신분 조사를 하겠다. 당신은 경상도 울주군 감포읍에서 온 이만돌 아니냐?"

"아니라우, 우리는 평안도 해주에서 왔소이다."

"왜 거짓말을 해? 이 종간나 새끼."

"나는 천황을 욕한 적이 없지라우. 그리고 순사님이 찾는 사람은 경상도 감포 출신이라고 했잖수?"

"야! 임마, 너놈이 대일본 천황을 모독하고 조국의 독립 어쩌구저쩌구한 놈 아니냐. 이 새끼야!"

"나하고는 상관없는 일이라우. 저가 감히 어찌 천황을 모독하겠소?"

"이 새끼 봐라, 천황이라니 천황 폐하가 너 친구냐? 천황이 아니라 천황 폐하야, 이 새끼!"

다나카 순사의 오른 손이 그의 할아버지의 얼굴을 사정없이 후려갈기면서 손에 수갑이 채워질 순간이었다. 그때 그의 할아버지는 비호같이 몸을 날리며 도망을 치자 조사관들은 그를 뒤쫓으며 "멈추지 않으면 총을 쏘겠다!"고 하면서 뒤따라갔지만 이미 그들의 시야에서 사라졌다.

* * * * *

"이천 리도 넘는 거리인데 어떻게 할아버지의 소재를 알았을까요?"

"글쎄 말이요. 여러 정보를 이용해 추적을 했겠지요. 그 당시에 환인에도 영사 경찰서가 있었으니, 그쪽에서 눈치를 채고 찾아왔겠지요."

"아무튼 그 시절에도 이천 리나 떨어진 먼 곳까지 피신했는데도 끝내 찾아내는 것을 보니 정보력도 대단하지만 끈기도 보통이 아니네요."

"그 후에 조부는 어떻게 되었지요?"

"할아버지는 북만주 흑룡강성 깊숙이 잠적해 행방을 알 수 없었지요. 그 사건이 있은 후 매일같이 형사들이 찾아와 행방을 대라고 했지만 모르는데 어떻게 하겠어요. 주재소로 끌려가 이틀이 멀다 하고 고문을 당하자 할머니와 나머지 가족들도 흑룡강성으로 야반도주를 했지요."

"할아버지의 소재도 모른 상태에서 어떻게?"

"우리가 살았던 환인 주변은 압록강을 건너온 평안도 사람들이 대부분이었지만 북쪽 흑룡강성에는 남쪽 사람들 그중에서도 경상도 출신이 많이 산다는 사실을 알고 그쪽으로 가서 목란에 정착을 했습니다."

"조부와는 언제 연락이 되었나요?"

"3년이 지난 후 연락이 닿아 목란으로 오셨어요."

"목란에서도 두 할머니와 같은 집에서 살았나요?"

"예. 같은 방에서 함께 자고 생활했어요."

"어떻게 그런 일이 있을 수 있나요?"

"만주에 첫발을 디딘 후 두 분은 매일 싸웠는데 때로는 싸움이 격해 서로 머리카락을 끄집어 당기면서 사생결단으로 싸웠다고 해요. 그러나 환인에 살 때 주재소에 함께 끌려가 모진 고문을 받으면서 죽을 고비를 넘긴 적이 한두 번이 아니었어요. 그때 서로를 위로하고 격려하면서 삶의 의지를 불태웠다고 해요. 그 일이 있은 후 두 분은 친자매보다도 더 친하게 지냈고 목란에 온 이후에는 두 분 사이가 좋아 할아버지는 가운데 눕고 좌우 양쪽에 두 할머니가 누워서 같이 잤다고 해요."

벼락부자가 되다

이일구 가족이 사는 곳에서 멀지 않은 곳에 안가마을이 있다. 이 마을에는 진흥섭이라는 사람이 살고 있었다. 그는 수십만 평의 땅을 가진 대지주로 그 밑에서 일하는 일꾼만도 수백 명이 넘었고 그의 신변을 보호하는 무장 자위 대원만도 수십 명이나 되었다.

진흥섭은 만주국 관리와 일본군 장교와의 돈독한 관계를 유지하기 위해 매 분기마다 연회를 베풀었다.

1940년 늦가을에 벌이는 연회에도 전과 마찬가지로 만주국 관리와 일본군 장교 그리고 주변에 영향력 있는 인사를 두루 초청했을 뿐만 아니라 주흥을 북돋우기 위해 하얼빈에서 이름난 예능단도 초청했다.

진흥섭이 축하 연회를 연다는 소문을 듣고는 주변에 살고 있는 사람들은 물론 수십 리 밖에 사는 사람들까지도 이 행사를 보기 위해서 모여들었다.

만주국 관리와 일본군 장교가 나타나자 진흥섭과 그의 부인을 비롯해 일곱 명의 첩이 대문 밖까지 나가 그들을 맞이했다.

주빈이 연단에 착석하자 예능단은 풍악을 울리며 주흥을 북돋웠다. 행사가 무르익고 한창 신이 날 때 주석단에 자리한 진흥섭의 여섯째 부인이 일구의 할아버지 쪽을 보자 안색이 변하면서 어찌 할 바를 모르는 기색이 역력하더니 끝내 자리에서 일어나 어디론가 사라졌다.

이 부인이 일구 할아버지 쪽을 보고 안절부절못하며 자리를 떠난 이유가 뭘까? 이 수수께끼를 풀기 위해서는 석 달 전으로 거슬러 올라가야 한다.

1940년 7월 말 한밤중에 술이 거나하게 취한 일구의 조부 이만돌 옹은 음광촌 앞을 지나고 있었다. 평소 같으면 그 시간에 상당한 담력이 있는 사람이 아니고는 지날 수 없는 길이었다.

음광촌은 원래 조선에서 이주해 온 여섯 가구가 살았는데 일본의 3광 정책 때문에 폐가가 되어 여섯 집 중 네 집은 불살라 없어졌고 두 집만 흉가로 남아 있었다. 그 후 조선과 중국의 항일 연합군이 일본군에 맞서 투쟁을 할 때 숨어 있다가 다섯 명이 살해된 이후 누구도 그 집 가까이에 가지 않았다. 게다가 밤중이면 귀신불이 나타난다는 소문까지 나돌자 밤이면 어느 누구도 얼씬도 못했다. 하지만 일구의 조부는 의란에 사는 친구를 만나러 갔다가 차를 놓쳐 늦은 밤중이지만 그 앞을 지나지 않을 수 없었다.

술김에 담력은 커졌으나 그래도 폐가가 가까워질수록 초조감이 더해졌다. 숨을 죽인 채 그 집 옆을 지나가려는 순간 집 안에서 희미한 불빛이 깜빡거렸다. 소문대로 유령이 나타났음을 직감하고는 겁에 질려 더 이상 발걸음을 뗄 수가 없었다.

경주에 살 때 귀신에 홀릴 때는 정신을 차리지 않으면 홀려 죽는다는 말이 생각나 정신을 바짝 차리고 몇 걸음 더 나아가자 안에서 무슨 소리가 들려왔다. 귀신이 나타날 때는 이상한 소리도 난다고 하던데 역시 들은 대로였다.

그는 더 이상 한 발자국도 뗄 수 없었다. 귀신이다!라고 소리를 질러 주위 사람들에게 구원을 요청하고 싶어도 제일 가까운 마을인 서상툰(村)까지도 4㎞가 넘는 거리라 소리를 질러도 소용이 없을 것이라고 생각하니 무서움이 더했다.

바로 그때 어렸을 때 할머니를 따라 경주 기림사를 다녔을 때 무서운 공포를 느낄 때는 진언을 치면 마음이 안정되고 공포심이 사라진다는 생각이 떠오르자 즉시 진언을 쳤다. 그래서인지 그는 곧 평정심을 되찾았고 호기심이 그 자리를 대신했다.

그는 안에서 나는 소리가 무엇인지 궁금해 귀를 세우고 살금살금 다가가 몰래 문틈 사이로 안을 들여다보았을 때 눈을 의심하지 않을 수 없었다. 폐허가 된 방 안에는 두 남자가 2개의 가방을 앞에 두고 이야기를 나누고 있었다. 키가 큰 중절모를 쓴 남자는 가죽 가방에서 깔깔한 고액권 뭉치를 꺼내 액수가 맞는지를 확인해 보라고 하자 나이가 든 노인은 확인한 후 마약이 들어 있는 작은 가방을 그 남자에게 넘겨주고는 다음 달 그믐날 밤 자정에 만날 약속을 하고 헤어졌다.

일구의 조부는 마약 밀거래 현장을 확인하고 마약 가방을 든 남자의 뒤를 따라 추적하기 시작했다. 그가 들어간 곳은 놀랍게도 지주 진홍섭의 여섯 번째 첩의 집이었다. 그의 할아버지는 지주의 첩이 마약을 한다는 사실을 확인한 후 이 문제를 어떻게 할지를 두고 며칠 동안 궁리를 한 후 쾌재를 부르며 만면의 미소를 띠었다.

그날 이후 그는 여섯 번째 첩의 집을 자주 들락거렸다. 일손이 부족할 때는 농사일을 도와주었고 집에서도 온갖 궂은 일도 마다 않았다. 어쩌다 그녀와 우연히 마주칠 때는 일본말로 인사를 했다. 그가 일본어로 인사하는 것은 다분히 의도적이었다. 그럴 때마다 만주국 관리와 헌병들의 동정에 관해서 말하면서 은연중에 그들과 친밀한 관계임을 과시한 것이다.

그의 할아버지에게는 8월 한 달은 몹시 긴 시간이었다. 드디어 기다리고 기다렸던 8월 그믐이 다가왔다. 만날 시간이 다가 오자 그는 미리 폐가로 가서 몸을 숨긴 채 그들이 나타나기를 기다렸다. 약속된 시간이 되자 두 남자가 어두움 속에서 나타났다. 그들은 방 안으로 들어가 예전과 같은 방식으로 마약과 돈을 주고받은 후 한 남자는 목란 쪽으로 마약 가방을 든 남자는 동흥에 있는 첩의 집으로 향했다.

그의 할아버지는 평소에 생각해 두었던 계획을 다시 한번 되새기며 숨을 죽인 채 그 남자를 뒤따른다.

하인이 집 안으로 들어가 대문을 잠그자 그의 할아버지는 평소에 그 집에 드나들 때 눈여겨봐 둔 남쪽 담벼락 옆에 있는 큰 돌을 이용해 쉽게 담장을 넘어 첩의 방으로 향했다. 불이 켜진 방 안에서 도란도란 말소리가 들려 나왔다. 그는 문밖에서 쉼 호흡을 한 후 방문을 박차고 들어가자 놀랍게도 방 안에는 다섯 번째 첩도 함께 있었다.

복면을 쓴 남자의 기습적인 침입에 당황해하는 그들을 보면서 그의 할아버지는 복면을 벗고 자신의 신분을 드러냈다.

"나는 오래전부터 너들이 마약을 상습적으로 하고 있는 것을 알고 있었다. 벌써부터 일본 영사관 헌병대에 이 사실을 알리려고 했다. 그래도 시간이 지나면 정신을 차릴 줄 알았는데 이제는 더 두고 볼 수 없으니 알리지 않을 수 없다."

"이 노사, 제발 한 번만 봐주소. 오늘 이후부터는 다시는 이런 일이 없도록 약속하겠소. 한 번만 눈감아 주면 이 노사가 원하는 것을 모두 다 들어주겠소. 돈이 필요하면 얼마든지 드리겠소이다. 얼마면 되겠소? 20만 위엔? 그것으로 부족하오? 10만 위엔 더 얹어 30만 위엔? 말씀 좀 해 보시죠?"

그들이 이렇게 매달리는 이유는 당시 마약에 대한 처벌이 매우 엄격해 자칫하면 종신형이나 사형에 처할 수도 있었기 때문이었다.

마약범에 대한 처벌이 강화된 이유는 1800년대 중반으로 거슬러 올라간다. 18세기 중반부터 영국에서 시작된 산업혁명은 기술의 혁신과 새로운 제조 공정으로 대량생산 체제를 갖추어 상품이 대량으로 쏟아져 나와 자국 내에서는 상품의 판로가 막히자, 인구가 많은 아시아 쪽으로 눈을 돌렸는데 그 첫 번째 대상국이 인도였다. 영국 정부는 인도에서 상품을 팔아 막대한 이익을 챙기는 것도 부족해 끝내는 무력으로 인도를 식민지로 만든 후 생산에 필요한 원료도 확보했다. 영국은 이것에 만족치 않고 인도에 양귀비를 재배한 후 그 판로를 엄청난 인구를 가진 중국으로 눈길을 돌렸다.

영국 정부가 이런 야욕을 노골적으로 드러내자 청나라 정부는 문을 걸어 잠근 채 개방을 거부했다. 그럼에도 불구하고 영국 정부는 개항을 계속 요구하지만 청나라 정부가 받아들이지 않자 아편 전쟁을 일으켰다.

영국과 청나라 간에 벌어진 제1차 아편 전쟁에서 영국이 승리함으로써 개방은 되었지만 그들이 의도했던 만큼 결과를 얻지 못하자. 제2차 아편 전쟁을 일으켜 또다시 승리하게 되자 청조는 역사의 뒤안길로 사라진다.

세계 최대의 영토를 가졌던 청나라가 아편으로 조정이 망하는 것은 물론 거리에는 아편 중독자로 넘쳐 나 사회가 무기력해지자 신생중화민국 정부는 아편에 대한 징벌을 강화해 그 뿌리를 뽑고자 했다. 이 같은 사실을 알고 있었던 지주의 첩은 무슨 수를 써서라도 이 위기를 벗어나고자 했다.

"글쎄올시다. 돈은 나중에 이야기하고 이렇게 호위 호식을 하면서 세상에서 가장 행복하게 살아가는 당신들이 마약을 하다니 이해가 안 돼요. 도대체 그 이유가 뭐요?"

잠시 머뭇거리던 여섯 번째 첩이 말했다.

"3년 전에 남편이 일곱 번째 부인을 맞이했소. 젊고 예쁜 년이 온갖 교태를 부리면서 사랑을 독차지하자 남편의 출입이 뜸해졌고 우리에게 소홀했어요. 그년에게 사랑을 빼앗기자 죽고 싶은 심정이었지요. 외로움과 질투 때문에 도저히 견딜 수가 없어서 이렇게 되었소. 처음에는 나만 했는데 나중에 보니 옆에 있는 형님도 마찬가지로 가슴앓이를 하고 있는 것을 보고서 마약을 하니 그 괴로움에서 헤어날 수 있다고 말했더니 그렇게 해서 함께 시작했지요. 남들이 보면 호사의 극치를 누리고 살면서 복이 지나쳐 그렇다느니, 인생에서 험한 꼴 한 번도 경험해 보지 못한 년들이 그래도 입이 있다고 지절댄다고 욕하겠지요. 하지만 그렇지 않아요. 더 예쁘고 젊은 년에게 눌려서 이 꼴을 당해 보지 않으면 누구도 그 심정을 몰라요."

"당신들의 뜻은 이해가 돼요. 하지만 마약으로써 문제를 해결하고자 한 것은 분명 잘못이지요."

그러자 옆에 있던 하인이 말했다.

"이 노사, 이젠 밤도 깊어가니 계속 이럴 수는 없지요. 노사 어떻게 할까요? 얼마를 드릴까요? 이제 협상합시다. 30만 위엔?"
"…."

30만 위엔은 당시의 기준으로는 큰 액수였다. 논을 스무 마지기를 사고도 남을 수 있는 고액이었다. 일구의 할아버지는 이것에 만족치 않은 듯 말했다.

"이 돈을 내가 다 묵지는 못해요. 다나끼 경부, 히노부타 헌병대장 등 나도 인사할 데가 한두 곳이 아니요."
"그러면 지금은 가진 현금이 이것뿐이니, 앞으로 10만 위엔을 더 드리지요."

40만 위엔의 거금이 들어오자 할아버지의 씀씀이도 커졌다.

* * * * *

"그 돈으로 할아버지는 우리 집 바로 옆에다 작은할머니 집부터 마련해 주었고 경주 감포에 있는 가족들에게도 많은 돈을 보냈어요."

"그 먼 곳까지 어떻게 보냈지요?"

"편지를 했지요. 편지를 받은 징조부께서는 셋째 아들을 보냈어요. 나에게는 셋째 조부가 되지요. 그 할아버지는 차비가 없어 목란까지 걸어서 왔다고 해요."

"그 먼 길을 걸어서 오다니."

"그러게요. 오는 데 3개월이 걸렸다고 해요. 한국의 경주와 달리 이곳 북만주의 추위는 대단하잖아요. 혹독한 추위를 몰랐던 작은 징조부가 우리 집에 도착했을 땐 손발이 동상에 걸린 상태였어요. 할아버지는 하얼빈에 있는 242병원으로 데리고 가서 치료를 했는데 그때 발가락 두 개를 절단했다고 해요. 그리고 할아버지가 준 돈으로 둘째와 셋째 할아버지의 결혼 자금으로 썼으며 이듬해에도 셋째 조부가 왔는데 그때도 많은 돈을 주었지만, 다른 가족들에게는 주지도 않고 몽땅 혼자 다 챙겼다고 해요."

"그 사실을 어떻게 알았나요?"

"1992년 내가 한국 갔을 때 이야기를 나누다 보니, 알게 되었고 그로 인해 형제간에 불화가 있었지요."

"그 이후에 그들은 마약을 끊었나요?"

"알다시피 마약을 손대게 되면 그 유혹에서 벗어날 수 없다고 하잖습니까? 그들도 마찬가지로 계속해 마약을 했어요. 물론 할아버지도 묵인했고요. 어떻게 보면 할아버지는 그들이 마약을 계속하기를 바랐겠지요. 그래야 수입이 생기니까."

"그렇군요?"

"그런데 그 일이 오래가지는 못했어요. 사달은 전혀 예기치 않는 곳에서 일어났어요. 바로 나의 할머니 때문이었어요."

"그게 무슨 뜻이지요?"

"할아버지의 씀씀이가 커지고 계속해 뭉칫돈이 들어오자 할머니는 그 돈의 출처가 어딘지를 알아봤다고 해요. 그 돈이 지주의 첩을 협박해 받은 것을 알고는 두 분 사이에 큰 싸움이 벌어졌어요."

"그래서?"

"'사내가 어디 할 짓이 없어서 아녀자를 등쳐먹느냐?'라며 대판 싸우고 난 이후로는 손을 끊었다고 해요?"

"그 이후 진홍섭과 첩은 어떻게 되었나요?"

"결과는 뻔하지요. 1946년 토지 개혁 시 그는 상농에 해당되어 땅은 몽땅 빼앗기고 고문의 후유증으로 제명대로 살지 못했으며, 일곱 명의 첩들은 뿔뿔이 헤어져 어디로 갔는지 누구도 행방을 아는 사람이 없다고 해요."

팔로군에 입대하다

만주에 와서도 할아버지의 수완 덕분에 먹는 문제는 해결됐지만 평생 농군으로 산다는 게 만족스럽지 못했던 일구의 아버지는 뭔가 돌파구가 필요했다.

그는 봉천(심양)으로 가 낮에는 자전거를 수리했고, 밤에는 야간 학교에 다니면서 주경야독을 했다. 머리가 뛰어난 그의 아버지는 소학교 과정을 3년 만에 수료한 후 고중에 진학해서도 우등으로 졸업해 담임선생님의 추천으로 황포 군관학교와 더불어 중국의 4대 명문 군관학교인 동북 보정 군관학교에 입학했다.

그러나 한국인의 피를 받은 자신이 다른 나라의 군관이 되는 것이 옳은 길인가를 두고 번민을 한다. 아무리 생각해도 이 길이 조국을 위한 것이 아니라고 판단해 입교 3일 만에 부대를 탈영한 후 다시 자전거 수리점에서 일을 도왔다. 그 일을 그만두고 고향으로 돌아가는 중에 공교롭게도 심양시 교외 고력둔 지역을 지났다. 그곳에는 당시 화북 지방에서 일본군과 맞서 항일을 했던 조선 의용군 부대원 1,000여 명이 주둔하면서 제1지대, 제2지대, 제3지대로 재편을 하고 있는 중이었다. 그때 조선족 젊은이가 지나가자 몇 명의 병사가 그에게 다가와 반갑게 맞이하면서 제안했다.

"우리 부대는 전원이 조선에서 온 청년들로 구성되었으며 해방 전까지는 일본군과 맞서 싸웠지만 그놈들이 물러간 후에는 우리 민족을 괴롭히는 토비를 소탕하고 중국의 해방 전쟁에 참전해 팔로군을 돕는 것이 임무요. 같이 동참해 우리 동포를 지킵시다!"

그는 가족에게 알리지도 못한 채 제3지대에 지원했으며 입대와 더불어 바로 사평 전투와 장춘포위전을 비롯해 천진 전투, 심지어는 2000리 길을 걸어 해남도 전투까지 참전해 사투를 벌였다. 이틀이 멀다 하고 벌어지는 전투로 그는 어느덧 뛰어난 전사가 되었다.

당시 3지대 병사들의 학력은 대다수가 무학이라 문자 해독도 할 수 없었지만 그의 부친은 고등학교를 졸업하고 군관학교에 합격할 정도로 보기 드문 재원인 데다, 타고난 용맹성과 전투를 치루면서 익힌 전술과 전략으로 활약상이 뛰어났다. 전투를 거듭할수록 그는 능력을 인정받아 전사에서 시작에 반장, 패장, 영장을 거쳐 퇀장의 지휘까지 올랐다.

그가 중국의 국공 내전에 참전해 두드러진 활약을 하고 대만 해방전쟁을 앞두고 있을 때인 1949년 7월에 정주에 집결하라는 명령을 받고는 화물기차를 타고 압록강을 건너 조선 신의주 비행장으로 가 조선 인민군 부대에 편성되었다.

김일성의 참모가 되다

"부친은 어느 부대에 배치를 받았나요?"

"평양에 있는 조선 인민군 총사령부입니다."

"보직은?"

"김일성의 기호 참모입니다"

"기호 참모라니요?"

"한국에는 그런 보직이 없나요?"

"예."

"뭐라고 해야 하나? 문서 담당인데."

"그러면 부관 참모와 비슷한 것 같군요."

"그렇겠군요."

"제가 이곳 동북에 와서 6.25 전쟁에 참전했던 많은 사람들을 만나 보았지만 김일성과 지근거리에서 참모로서 근무했던 분은 처음입니다. 6.25 전쟁과 관련해 궁금한 사항이 많이 있는데."

"저의 선친이 참전했지 제가 직접 참전하지 못해서…."

"그래도 평소에 들은 말이 있을 텐데…."

"저의 선친은 1953년 7월 휴전이 될 때까지 끝까지 근무하지도 못했어요."

"그래도 53년 초까지 근무하셨으니 꽤 오래 함께 있은 셈이죠?"

"부친이 맡은 업무는 거의 모두가 조선의 기밀 사항이 아니겠어요?"

"그래서 들은 것이 없다는 말씀이죠? 부친과 함께 조선으로 갔거나 비슷한 시기에 간 젊은이들은 대부분이 낙동강 전투에 사병으로 참전했는데 부친은 인민군 총사령부에서 김일성의 참모가 되었다니 대단하군요?"

"선친은 중국 내전 시 많은 전투에 참전했을 뿐만 아니라 고위직인 퇀장이었으니 그것이 영향을 미쳤겠지요."

"아참, 어머니도 총사령부에서 암호병으로 근무하셨다고 했는데?"

"어머니도 6.25 전쟁과 관련해 별 말씀 없었어요. 아! 이런 적은 있어요. 언젠가 라디오에서 6.25 침범의 주범이 누구냐를 두고 토론을 들은 적이 있어요. 그때 두 분이 싱긋이 웃으면서 '헛소리하고 있네.'라고 지나가듯 말했지요."

"그 이상의 말씀은 없었나요?"

"내가 옆에 있어서 그런지 별 말씀 없었지요."

"헛소리한다는 그 말속에는 책임의 소재를 알고 있다는 뜻이겠죠?"

"그렇지요."

"누가 먼저 침공을 했느냐의 문제는 한국에서도 오랫동안 논란이 되어 별의별 이론이 나왔지만, 몇 해 전 소련에서 6.25 전쟁 관련 문건이 비밀 해제됨으로써 그 문제는 일단락되었지요."

"어떤 내용이지요?"

"양친이 다 사령부에서 그 업무와 관련된 업무를 담당하셨는데 나에게 묻다니요?"

"이미 말했지요. 모든 것이 조선의 극비와 관련된 것들이라…."

"사실은 그 계획은 김일성이 북한군 총참모부에 지시해 총참모장 김건과 소련의 군사 고문단장인 비실이에프 중장이 중심이 되어 5월 29일에 완성된 문서를 1950년 6월 16일 스티코프 대사를 통해 스탈린의 동의를 받아 6월 25일에 남침하는 것으로 되어 있어요."

"그렇구나. 이제 이해가 가네요. 한번은 아버지가 어떤 문서를 보고 깜짝 놀랐다고 했는데, 아마 그것을 본 것이 아닌가 싶네요."

"남침 등 작전과 관련된 것은 극비사항이라 말할 수 없겠지만 일상적인 것은 더러 말을 했을 텐데요?"

"그렇지만 오래되어 기억이 없어요."

모택동의 아들 모안영이 희생되다

1950년 11월 25일 오후 강계 조선 인민군 총사령부 지하 1층 308호실의 텔레타이프는 계속 암호를 쏟아 냈다. 베테랑 암호병 박순희는 자신의 눈을 의심하면서 쏟아지는 전문을 해독했다. 몇 번을 확인했지만 해독에는 이상이 없었다. 도저히 믿을 수 없어 혹시 꿈이 아닌지 자신의 허벅지를 꼬집어보기도 했지만 이상이 없었다. 그녀가 바로 옆 309호실 문을 박차고 들어가자 부관참모 이재구는 참모장에게 보고할 보고서를 준비 중에

회창 중공군 사령부 입구

있다가 느닷없이 들이닥친 그녀를 못마땅하게 보면서 말했다.

"박 동무, 그 태도가 뭐야? 상관에게 볼일이 있으면 관등 성명부터 밝혀
야지. 군 생활을 7년이나 하고도 아직도 기본을 못 갖췄구먼."

"참모님 그런 것 따질 겨를이 없습니다. 큰일 났습니다."

"도대체 무슨 일인데 그래?"

"모 주석의 아들 모안영이 그만……."

"뭐라고? 모안영이, 왜?"

"많이 다쳤어? 중상은 아니겠지?"

"…………."

"그러면, 그러면……?"

"예!"

"그럴 리가 없어. 대유동 중공군 사령부는 금광을 채굴했던 굴이라 천
혜의 요새라 어떠한 사고도 일어날 수 없는 곳이야. 다시 확인해 봐. 암호
해독이 잘못됐을 거야."

"저도 믿기지 않아 몇 번이고 확인을 했습니다."

부관 참모 이재구는 박순희가 전해 준 암호 해독 전문을 가지고 103호
실로 달려가 말했다.

"참모장님 비상입니다. 전군에 시급히 비상을 걸어야 합니다."

"이 동무, 무슨 밑도 끝도 없이 비상부터 걸으라니? 맥아더 부대가 온 이
후부터 계속 비상사태인데 또다시 비상이라고?"

"그건 다 아는 사실이 아닙니까? 모 주석의 아들이 그만……."

"뭐라고! 모안영이가……! 참전한 지 한 달도 안 되었는데……."

"이봐 부관, 총사령관님께 연결해."

"뭐라고? 부관참모 대동해 빨리 오라우."

회창 중공군 사령부

곧바로 참모 회의가 소집되자 김일성은 먼저 중공군 사령부와 합동 작전 중인 박일우 장군에게 사실 관계를 파악하도록 지시한 후 우선 의전 담당인 기호 참모 이재구를 대유동으로 보내도록 결정했다.

그의 부친은 회창의 대유동으로 가서 조선 인민군 차수인 박일우 장군을 만났다.

* * * * *

"부친이 모안영이 희생된 대유동에 직접 갔다 오셨어요?"

모안영의 한국군 참전은 철저히 비밀에 부쳐져 팽덕회 총사령관 등 극히 일부를 제외하고는 아무도 몰랐다고 한다. 그런데 느닷없이 모안영이 한국전에서 전사했다는 사실이 알려지자 그 충격이 너무나 커서 모든 사람들이 패닉 상태를 맞았다고 한다.

필자는 이 같은 사실을 확인하기 위해 한국전에 참전했던 노인은 물론 80대 중반이 넘는 노인들을 만나 직접 확인해 보았다.

"황제의 아들이 전쟁에 나가 사망했으니 충격이야 이루 말할 수 없지. 어린 아이부터 노인에 이르기까지 눈물을 흘리지 않은 사람이 없었지."

"난 그때 항미원조 지원병으로 참전해 태평군에 있는 군사령부에 있을 때 그 소식을 들었는데 그때 전 부대원이 큰 충격에 휩싸였고 경계가 더욱 심해졌어."

"많은 충격을 받았지요. 두려워 문 밖을 못 나갈 정도였지."

"그 충격이야 이루 말할 수 없지. 주변이 온통 눈물 바다였으니."

모택동 아들 모안영의 묘

당시의 길림신문 기사는 모안영의 삶과 죽음 그리고 대유동에 안장되기까지의 과정을 이렇게 그리고 있다.

풍운아 모택동은 결혼을 여러 번 했었다. 중국 호남성 상담현 소산촌에서 그가 열네 살 때 부모가 시킨 첫 결혼은 그가 신부 꼴을 보려고 하지를 않아서 자연히 깨졌다. 이 첫 결혼은 비교적 잘 알려져 있지 않다.

그는 장사 사범학교 재학 중에 존경했던 스승 양창제 교수의 딸 양계혜와 사랑에 빠져 결혼해 안영, 안청 두 아들을 두었다.

특기할 것은 미국과 그렇게 치열하게 대결했던 모택동의 큰아들 모안영이 장사에 있는 미국 선교사가 세운 기독교 병원에서 탄생했었다는 사실이다.

모택동은 1927년 장사 폭동을 주도하기 위해 집을 떠남으로써 양개혜와 영원한 이별을 한다. 초대 극소수의 여자 중국 공산당원이었던 양계혜는 결혼 10년 뒤인 1930년 호남성 군벌 하건에게 체포되었다. 양계혜는 교도소에서 어린 모안영을 데리고 수감 생활을 했다. 그녀는 모진 고문을 받고 전향을 강요받다가 1930년 11월 14일 계해의 어머니, 즉 외할머니가 보육했다. 그때 모택동은 정강산에서 활동하고 있었다.

이 기간 네 살짜리 셋째 아들 모안룡이 병에 걸려 죽었다. 더해서 둘째 모안청이 거리에서 구타당하여 정신 이상이 되었다. 1937년에야 이들은 겨우 연락되어 소련으로 보내져 그곳에서 겨우 경제적으로 안정된 생활과 교육을 받게 되었다. 어머니를 잃은 지 7년 만의 일이었다.

큰아들 모안영은 이런 어려운 악조건에서 제대로 자라 2차 세계 대전 때는 소련의 프룬제 군사학교를 졸업하고 소련군에 입대하여 전차 소대장으로 베를린까지 진격하였다.

그와 동생 모안청은 1949년 중국에 공산 정권이 들어서자 귀국해 아버지 모택동과 실로 20년 만에 해후하게 되었다. 모안영은 북경의 한 기계 공장의 당 부서기로 일하면서 유사제라는 처녀와 결혼까지 하게 되었는데 신혼 1년 만에 한국 전쟁이 터지면서 다시 입대하여 한국 전선으로 참전했다.

모안영이 죽고 나서 모택동은 자기 친구에게 모안영이 한국 전선에서 전사한 것에 대해서 이렇게 말했다.

"내가 그 녀석(아들 모안영)을 파병하지 않았다면 그렇게 죽지는 않았을 텐데…. 그러나 명색이 중국 공산당 중앙 주석인 내게 자식이 있었다는 처지를 생각해 보게. 만약에 내 아들을 조선에 파병하지 않고 다른 사람의 자식들만을 전선에 파병했더라면, 내가 어떻게 중국 인민의 지도자라고 할 수 있겠는가!"

아버지의 부상과 입원

1952년 8월 38선을 두고 양측이 고지전을 한창 벌일 무렵 모택동 주석의 심복이며 실세인 허용 장군이 조선 전쟁의 상황을 직접 알아보기 위해 전선을 방문할 때 그의 부친은 허용 원수 일행을 수행했다. 그들이 현지 전황을 시찰하고 돌아간 후 얼마 지나지 않아 그의 부친은 다시 전선을 둘러보기 위해 원산 부근을 지나던 중 미군 B-52 폭격기의 폭격을 받아 중상을 당한 후 통화 병원으로 후송되었다.

당시 통화 시는 북한에서 피난 온 대량의 난민들 때문에 몸살을 앓고 있었다. 주거 시설 부족으로 거리 곳곳에 난민이 진을 치고 있었고 식수도 제대로 공급 받지 못했으며 전염병도 창궐했다. 그의 부친이 입원 중인 병원도 마찬가지로 한계점에 봉착한 상태였다. 의약품이 부족해 제때 치료를 받지 못해 희생자가 늘어났고 모르핀 등 진통제 없이 수술을 하자, 비명 소리가 끊길 날이 없었으며 의사와 간호사의 부족으로 손길이 못 미치는 경우가 허다했다.

그의 부친은 입원 중에 색다른 경험을 한다. 피난민 중에는 임산부도 있었다. 그들은 의료 시설도 없고 출산할 공간도 없을 때에는 밖에서 출산도 했는데 그럴 때마다 출산 경험이 있는 주부는 스스럼없이 속옷을 벗지만 경험이 없는 임산부는 수치스러워 차마 옷을 벗지 못해 낭패를 당하는 경우도 있었다.

배식 시에도 급식자와 환자 사이에 자주 충돌이 있었다. 미군 부상자에게는 계란 프라이와 빵과 부식이 제공된 반면 아군 부상자에게는 좁쌀죽과 약간의 부식뿐이어서 불만을 참지 못해 식판이 날아가기도 했다.

병실에는 가슴 아픈 사연을 가진 환자도 있었다. 부친의 옆 병상에는 조모라는 30대 중반의 환자는 1930년대 중반에 일본 조도전 대학을 졸업하였다. 그 후 서울에서 지하 공산당 활동을 하다가 자진 월북해 조선 공산당에 입당하였다. 6.25가 나자 인민군 군관으로 참전해 낙동강 전선까지 내려갔다가 바로 고향 함안에서 미군 제25사단과의 전투에서 B-52의 폭격을 받고 사지가 절단되는 중상을 입고 입원 중이었다. 만약 그가 사회주의 길을 걷지 않고 한국에서 살았다면 학력과 집안 배경으로 떵떵거리며 큰소리치고 살았을 텐데 어쩌다가 저 꼴이 되어 평생을 불구로 살아갈 것을 생각하니 마음이 측은했다고 한다. 병실에는 부부 환자도 있었는데, 그들도 서울의 부유한 집안에서 태어나 대학을 나와 지하 공산당원으로 활동 중 전쟁이 나자 월북해 인민군으로 참전해 오성산 전투에서 사지가 절단되는 중상을 당해 움직일 수도 없었지만, 구두로 '서로 사랑하며 부부가 되자'라는 약속이 결혼식의 전부였다고 한다. 그들도 사회주의의 길을 걷지 않으면 많은 사람들의 축복을 받으며 화려한 결혼식을 올렸을 것이다.

병실에 있으면 밖에서 일어나는 소식도 들어온다고 한다. 조선과 중국의 변계 지역인 이곳에는 조선에서 피난해 오는 피난민들로 넘쳤는데 대다수가 여성들이며 그중에서 남편이 전쟁 중에 전사한 미망인이 많았다

고 한다. 이런 사정을 잘 알고 있었던 남정네 중에는 수 ㎞ 밖에 있는 먹잇
감도 찾아내는 맹수와도 같이 밀려드는 전쟁미망인을 용케도 찾아내 성
적인 쾌락을 즐긴 사람도 상당수 있었다고 한다. 더욱 가관인 것은 이들
중에는 자신이 저지른 행동을 자랑 삼아 떠벌리고 다니며,

"내가 뿌린 씨앗만도 100명이 넘는다."고 너스레를 떠는 사람이 있는
가 하면 또 다른 사람은 자신을 스쳐 간 여인이 3~4트럭도 넘는다는 사람
들도 있다는 소문을 듣지만, 그럴 때마다 호사가들의 허풍에 지나지 않을
거라고 생각했다고 한다. 그러나 그가 입원 후 상처가 어느 정도 회복된
후 밤늦게 병실을 나와 강변을 따라 걸을 땐 곳곳에서 여성의 신음 소리
를 듣곤 했다고 한다.

아! 불쌍한 내 백부

한편 이일구의 부친이 조선의용군 제3지대에 참전해 전장을 누비고 있다는 사실을 뒤늦게 알게 된 가족들은 안달이 나 가만히 있을 수가 없었다. 일구의 부친이 맞서서 싸우는 장개석의 국민당 군은 최신식 무기로 무장한 800만이 넘는 대군이고 그의 부친이 소속된 팔로군은 구식 무기에다 병력도 고작 30~40만에 불과해 전투의 결과는 누가 봐도 성패는 자명했다.

대전투가 벌어질 때마다 들려오는 사상자 수와 명단이 발표될 때마다 가족은 숨을 죽여야 했다. 가족 중에서도 가장 불안한 사람은 일구의 조부였다. 조부모님이 밤잠을 거르면서 애태워하시는 모습을 본 일구의 백부는 더 이상 볼 수 없어 동생을 찾기 위해서 제3지대로 찾아가 자원입대를 했다.

군대라는 조직 특히 생사를 다투는 전시 상황에서 군대는 그렇게 한가한 집단이 아니었다. 입대와 동시에 백부도 바로 전투에 투입되었고 동생을 찾기는커녕 총알이 빗발치는 전장이 그를 기다리고 있었다.

그의 백부는 팔로군에 소속되어 4년간 중국 내전에 참전해 길림, 장춘, 흑산, 대호산 유격전, 심양과 료심, 평진 전투를 끝내고 1949년 5월에 호북성에서 장강을 건너 강서성까지 가 남창시를 해방시키고 대기 중일 때 상급의 지시에 의해 1950년 4월에 하남성, 정주역에서 기차를 타고 신의주로 갔다. 그들은 기차에서 내려 곧바로 신의주 비행장으로가 조선 인민군복으로 갈아입고 조선 인민군 제4사단 18연대에 편입되었다.

소속 부대에서 휴식을 취하면서 2개월째 대기 중이었다. 1950년 6월 25일이 가까이 다가오자 부대의 분위기가 심상찮고 군관들의 눈빛이 달라졌다. 평소와 달리 소고깃국, 돼지국과 명태조림 등이 나왔다. 수년간 전쟁터를 누빈 베테랑 병사들은 이심전심으로 곧 전쟁이 일어날 것이라고 예감했다.

1950년 6월 25일 새벽 4시가 되자 조명탄이 쏘아 올려지면서 포성과 총성이 천지를 진동시켰다. 그의 백부가 소속된 인민군 4사단 18연대는 38선을 넘어 경기도 동두천에서 국군과 최초의 교전을 벌였다.

중국의 국공 내전에서 4년 동안 이틀이 멀다 하고 수많은 전투를 치른 베테랑 병사가 된 그들은 손쉽게 국군을 물리치고 의정부를 공략한 다음 전쟁이 발발한 지 불과 3일 만인 6월 28

6.25 때 파괴된 임진강 다리

일 수도 서울에 진입한 후 중앙청 청사 국기 게양대에 태극기를 걷어내고 인공기를 꽂았다.

한강 도하 후 수원과 오산에서 전투가 있었지만 큰 저항을 받지 않았고 오산 죽미령에서 미군 Smith 부대와 일전을 벌이지만 이 전투에서도 승리했다. 이후에도 대전과 추풍령에서 또다시 국군과 전투를 벌이지만 역시 큰 저항 없이 승전을 했다. 8월 초에는 합천을 거쳐 낙동강 전선에 진입했다.

의령 앞 낙동강

이 전선에 이르러서는 지금까지 치른 전투와는 양상이 전혀 다르게 전개되었다. 7월 5일 부산항을 통해서 들어온 미군이 참전해 전력이 강화되면서 큰 저항에 부딪혀 더 이상 전진이 불가능해졌으며 연일 물고 물리는 전투가 밤낮 없이 진행되었다.

이즈음 미군은 소위 워커라인이라는 최후의 방어선을 쳤다. 이 방어선은 마산 서동쪽 진동면을 기점으로 낙동강과 남강 합류점인 창녕, 남지읍을 거쳐 왜관까지 거슬러 올라가 안동, 영덕을 잇는 남북 약 135㎞ 동서 90㎞ 축선이다. 이 축선을 중심으로 낙동강 상류인 구미, 선산, 상주 일대와 낙동강 강남인 왜관, 다부동, 군위 일대에서 인민군 2개 군단과 5개 사단 병력이 남하 작전을 벌였고 UN군 미제8군 4개 사단과 국군 6개 사단은 이들을 제지하기 위해 이곳에 병력을 집결해 공방을 벌인다.

인민군 4사단 소속인 그의 백부는 이 방어선의 낙동강 서쪽축인 의령, 창녕, 남지 축선에서 미군과 맞서고 있었다.

인민군부대장이 발급한 통행증

북한 공민증

사면초가의 18연대장

낙동강을 중심으로 양쪽에서 개미 떼처럼 운집해 있는 전황에서 작전을 수행하는 것은 결코 쉬운 일이 아니었다. 전쟁이 시작한 지 불과 사흘 만에 수도 서울을 점령하고 연전 전승하면서 낙동강까지 진격해 가자 이에 고무된 김일성은 부산만 점령하면 그가 바라는 적화통일을 이룩할 수 있으므로 수안보까지 내려와 전쟁을 독려했다고 한다. 이 같은 사실은 6.25 전쟁 관련 전사뿐만 아니라 〈김일성 동지 전기 기록〉에서도 나오듯이 '김일성은 소련제 가즈 67을 타고 낙동강 전선을 독려차 경부축선을 따라 전선 사령부가 있는 수안보로 내려가

미군을 상대로 한 심리전단(박진전쟁기념관)

소나무가 촘촘히 들어선 산기슭에서 사령관인 김책과 밤을 새우며 전략을 숙의했다'고 한다.

이 무렵 조선의 문화 선전성에서도 점령지 전역에 "부산으로! 최후의 승리를 위하여 번개같이 진격하자! 적들을 가일층 무자비하게 소탕하라! 부산과 진해는 지척에 있다. 승리의 깃발 높이 들고 앞으로! 앞으로! 8.15에 부산에서 축배를 들자! 3500만의 겨레가 부산을 주시한다!"라는 벽보를 붙여 전투를 독려했다고 한다.

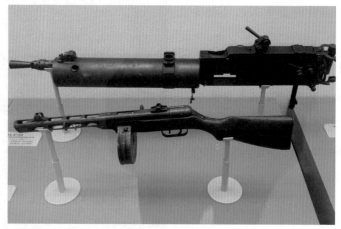

인민군이 사용했던 따발총

그런데 임시 수도인 부산을 점령하기 위해서는 그의 백부가 소속된 인민군 제4사단이 위치한 창녕 남지에서는 밀양을 지나야 했다. 밀양으로 가기 위해서는 낙동강을 도강해야 하는데 이 무렵 낙동강에 놓인 모든 다리는 8월 4일에 이미 미군 폭격기에 의해 모두 다 파괴되었기에 도강은 쉬운 일이 아니었다.

이러한 안팎의 사정을 고려해 제4사단 18연대장은 도강의 시기를 두고 저울질하고 있었지만 장애물이 한두 가지가 아니었다. 첫째 이유는 의령과 남지를 잇는 다리가 폭파되었고 건너편에는 미군 제2사단이 진지를 구축해 쥐새끼 한 마리도 지나가지 못할 정도로 빈틈없이 경계 태세를 취하고 있었기 때문이다. 둘째는 오랜 장마와 폭우로 낙동강 물의 수위가 높아져 도강이 힘든 상태였다. 이 외에도 서쪽 축선인 함안, 의령, 지수, 장지 쪽을 담당하던 방호산 사단장이 이끄는 6사단 제1연대 연대장 한일동 대좌가 며칠 전 남강을 도강을 하다가 전사했다는 소식도 불안감을 증폭시켰다.

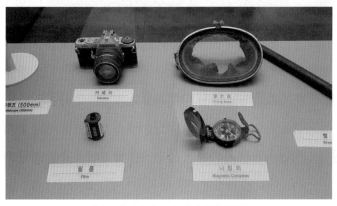

이일구가 낙동강 도강 시 사용했던 물품

그러나 현실적인 문제도 그의 머리를 어지럽혔다. 군수물자의 부족이었다. 전쟁 초기만 해도 큰 저항 없이 물밀듯이 내려와 별 어려움이 없었으나 낙동강 유역에서 공방을 벌이는 날수가 늘어가고 미군이 부산항을 통해서 들어오면서 제공권과 제해권을 미군이 장악해 보급로 곳곳을 폭격하자, 군수물품은 잿더미가 되었고 군사용 무기는 부품 부족으로 사용이 불가능해지면서 전력에 차질이 생겼다.

밀양 옆 낙동강

우선 급한 것이 군량미였다. 이를 확보하기 위해서 인민군은 이 지역에 사는 사람들에게 양권이라는 이상한 채권을 발행했다. 인민군 사령관의 직인이 찍힌 작은 종이 쪽지인 이 양권은 쌀 10근을 주면 이듬해에 20근을 주는 어음과 같은 채권이었다. 당시에 아무것도 몰랐던 농민들은 너나 할 것 없이 1년 후에 두 배로 준다는 말에 집에 있던 곡식을 내놓아 군량미는 어느 정도 확보했지만 그것으로는 부족이었다. 이런 상황에 처한 연대장은 더 이상 도강을 미룰 수 없어 D-day를 8월 7일로 정했다.

서쪽 삼랑진 쪽과 동쪽 삼랑진 쪽을 연결하기 위해서는 먼저 한두 명의 병사가 도강해 줄을 놓아야 했다. 이 작업을 위해서는 수영 실력이 상당한 병사가 필요했지만, 중국 내전 시에는 수많은 전투를 했던 베테랑 병사들이지만 도강을 해 본 병사는 없었다. 연대장의 고민이 깊어 갈 때 선뜻 그 일을 지원한 전사가 나타났다. 경북 경주 출신인 일구의 백부 이호구였다.

그가 태어난 감포는 문무대왕의 수중릉이 있는 바닷가 마을로 11살 때 만주로 가기 전까지 친구들과 바닷가에서 놀면서 수영을 해 수영 실력이 뛰어났을 뿐만 아니라 해남도 해방 전투 시에는 빗발치듯이 내려치는 폭탄을 꿰뚫고 도강에 성공한 노련한 병사였다. 이런 베테랑 병사가 선봉에 나섬으로써 연대장은 천군만마를 얻은 셈이었다.

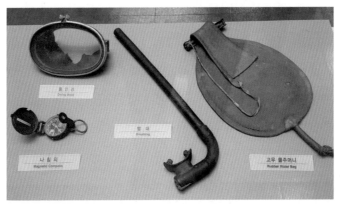

낙동강 도강 시 이일구가 사용했던 물품

망원경과 육안으로 사흘 동안 관찰해도 강 건너편 적진 속은 아무런 움직임도 없었다. 그곳에서 작전 중이던 미군 부대는 의령에서 작전 중인 방호산 사단장이 지휘하는 인민군 6사단의 공격이 더욱 격렬해 박진 쪽으로 방어선을 옮겼다고 판단한 연대장은 8월 7일 미명을 기해 공격개시 명령을 내렸다.

명령이 떨어지자 베테랑 용사 이호구는 가슴에 묶여진 밧줄을 다시 한 번 점검한 후 앞으로 나아갔다. 강물이 가슴까지 차오르자 살랑거리는 물소리와 더불어 그는 어둠속으로 사라졌다. 그가 중간쯤에 이르렀을 무렵 공중에서 조명탄이 터졌고 건너편 강둑에서는 총알이 빗발치듯 쏟아졌다. 이어서 B-52 폭격기 편대가 갑자기 나타나 휘발유를 쏟아 붓고 그 위로 네이팜탄을 투하하자 낙동강은 순식간에 불바다가 되어 생지옥으로 변했다.

　11살에 부모의 손을 잡고 고향 경주를 떠난 지 15년 후 동족 상전의 비극인 6.25 전쟁에 참전한 지 43일 후인 1950년 8월 7일에 자신의 고향에서 별로 멀지 않은 낙동강에서 26세의 나이에 흔적도 없이 사라졌다.

곡기를 끊은 할머니

섭씨 35도를 넘나드는 더위에도 아랑곳없이 방정마을 정자나무 아래서 마을 사람들은 걱정스런 모습으로 이야기를 나누었다. 이들이 좌불안석인 까닭은 바로 6.25 전쟁에 참전한 자식들 때문이었다.

이 동네 출신의 젊은 청년들이 중국의 국공 내전에 참전해 전사도 하고 중상을 당하기도 했지만 이번처럼 심각하게 받아들이지는 않았다. 중국의 국공 내전과 6.25 전쟁은 같은 전쟁인데도 이들이 전혀 다른 반응을 보이는 것은 낙동강 전투 때문이었다.

낙동강 전투는 강을 중심으로 동북쪽 방향인 포항, 영천, 군위, 칠곡, 경주 지역은 인민군 제1, 8, 12, 13, 15사단과 한국군 제1, 3, 6, 8, 수도사단이 대치 중이었으며 서남쪽 방향인 함안, 창녕, 달성, 남지, 밀양, 마산 영산에서는 인민군 제2, 4, 6, 7, 9, 10사단과 미군 24, 25, 미군 제1기병사단이 전선을 이루었다. 이런 상황에서 이 마을 사람들이 애타게 바라는 것은 남쪽이 이기든 북쪽이 승리하든 빨리 전쟁이 끝나는 것이었다. 그 이유는 마을 사람들의 대다수가 바로 낙동강 시역 출신 때문이었다.

1930년대 중반부터 1940년대 초중반까지 일제가 간도를 개발하기 위해서 개척단을 모집할 때 생활 형편이 어려운 사람들이 주로 지원했다.

당시 이곳 방정마을로 이주해 온 농가 중 약 900호는 달성, 경주, 의성, 포항 출신이었고, 약 550호는 함안, 사천, 의령, 창녕 지역 출신들로 1930년대 말에 6개월간 시차를 두고 온 사람들이며 이들이 떠나온 지 불과 10년 만에 고향이 전화에 휩쓸린 것이다.

"아이구, 이 일을 어떡하나 경주댁 친정집은 장성한 조카가 2명이나 된다고?"
"달성댁은 몇 명이고?"
"장조카가 24살이고 둘째가 21살이라 2명 다 참전할 나이인데…."
"그라몬 아들하고 마주칠 수도 있겠구나!"
"아이고 맙소사. 세상에 이런 일이 있다니!"

당시에 만주로 이주한 대다수의 가정은 남자들은 형제끼리 온 경우가 많지만 여자들의 대부분이 남편을 따라 혼자 온 사람들이라 친정집 식구들은 거의가 고향에 남아 있어 참전한 아들과 친정집 조카가 사투를 벌이게 된 것이다.
쉽게 끝날 것 같던 전투가 7월 초에 미군이 참전하면서부터 물고 물리는 처절한 싸움이 계속되자 전사자가 속출하고 있다는 소식이 연이어 들려왔다.

"어제는 의성댁 둘째가 희생되었는데 오늘은 또 무슨 변고가 있을지?"
"제발 아무 일이 없어야 할 텐데 매일 불안해서 살 수가 있나?"
"친정 부모님은 무사할까?"

"동생과 조카도 이 전선에서 마주보고 싸울 텐데…."

"이런 기막힌 일이 일어나다니!"

마을 사람들은 이번 전투를 두고 남쪽 편을 들 수도 없고 그렇다고 북쪽 편을 들 수도 없는 처지였다. 북쪽 편을 들 경우 고향에 있는 친정집이나 친인척의 희생이 따를 것이고 남쪽 편을 들 경우 참전한 자식들과 같은 이웃 청년들의 희생이 따르기에 이러지도 못하고 저러지도 못하는 난처한 입장이었다. 이런 와중에도 마을 사람들에게는 낙동강 전투에 참전한 가족과 그렇지 않은 사람들 간에는 미묘한 흐름이 있었다. 참전자 가족들은 어찌됐든 그 전투가 빨리 끝나기를 바랐고 참전치 않은 가족들은 남쪽이 이기기를 바랐다.

그들은 매일같이 전선에 나간 자식과 친정댁 걱정을 하지만 그들이 현실적으로 할 수 있는 일은 거의 없었다. 그러나 마냥 손을 놓고는 있을 수 없어 정화수를 떠 놓고 북두칠성을 향해 칠성기도를 올리는 집이 많아 7월 초부터 9월 중순까지 방정마을 샘터는 새벽이 되면 정화수를 뜨기 위해서 오는 여인들의 행렬이 줄을 잇곤 했다고 한다.

저승사자와도 같은 촌장

"오늘은 저 늙은이가 누구를 잡아먹으러 오지?"

중국 조선족 마을에서 촌장의 지위는 예나 지금이나 누구나 해 보고 싶어 하는 직책이다. 지금도 촌장의 인기는 대단해 선거가 있는 날이면 한 표라도 더 얻기 위해 한국에 나가 일하는 친인척이나 자신을 지지할 유권자가 있으면 항공료를 대신 지불해서라도 선거에 참여하도록 한다.

그러나 1950년 6.25 전쟁부터 끝나는 1953년 7월까지는 촌장은 천덕꾸러기가 된다. 그 이유는 대략 세 가지로 들 수 있다.

첫째는 1950년 9월 25일 미군이 인천 상륙작전을 강행한 이후 중공 정부는 항미 원조란 명분으로 한국 전쟁에 지원군을 참전시키는데 조선족 병사들은 더할 나위 없이 보배스러운 존재였다. 한국말을 할 수 있어 통역병이나 통신병으로서 적임자였을 뿐만 아니라 지리를 잘 알기 때문에 전투의 전봉에 설 수 있어서 이들보다 더 우수한 재원은 없었다. 그래서 중공 정부는 조선족 마을에 일정수의 항미 원조병을 배당했다. 항미 원조는 미군과의 전쟁에서 조선을 돕고 원조한다는 의미로 명분은 그럴듯하지만 사실은 강제나 다름없어 선발을 두고서 각 마을은 골머리를 앓고 있었다. 누구는 되고 누구는 안 된다는 원칙도 없었기에 촌장은 자신의 책임하에서 모병을 해야 하는 악역을 맡아야 했다.

두 번째 이유는 중공 정부는 오랫동안 국공 내전을 겪으면서 경제가 감당할 수 없을 정도로 사정이 악화되어 전쟁에 필요한 군수물자를 마련할 재원이 부족했다. 그 부족분을 해결하기 위해서 공산당 정부는 "한 대의 탱크라도 더 사 주자. 전투기가 절대적으로 부족하니, 우리 모두가 십시일반으로 전투기를 사주자."라는 사회운동이 온 사회를 휩쓸었다. 당시 국가 경제도 어려웠지만 가정 경제 사정도 좋지 못했다. 그렇지만 거국적인 국가사업에 나 몰라 라고 눈을 감을 수도 없었다. 이 모금을 담당하는 역할도 촌장이었다.

세 번째 기피 이유는 희생자가 생기면 촌장은 향이나 현의 반서처(면사무소나 군청)에 가서 전사자들의 열사증을 수령해 그 가족에게 전해 주어야 했다.

더구나 이 마을 사람들은 모두가 현재 전투가 한창 인 낙동강 유역에서 온 사람들이라 모병을 하고 무기를 구입을 위해 모금을 독려하는 것은 바로 고향에 있는 친인척과 고향 사람들에게 비수를 꽂는 행위와도 같아 더더욱 기피 대상이었다.

1950년 8월 초순 무렵 이형식 촌장이 어느 때와 마찬가지로 마을 사람들이 모여 있는 정자로 다가가자 사람들의 눈길이 온통 이 촌장에게 향했다. 그와 눈이 마주치기가 싫어 애써 고개를 돌리는 사람도 있었다.

"오늘은 저 영감쟁이가 누구를 잡아먹을까?"라며 시선이 그에게 집중될 때 "애석하게도 오늘도 여러분에게 슬픈 소식을 전하게 되어 죄송합니다. 열사 이호구 군에게 애도를 드립니다."라고 하자 사람들은 거의 동시에

일구의 할머니와 큰어머니에게 다가가 위로하지만 고부는 혼절하고 주변
은 온통 울음바다가 되었다.

　이 마을의 전사자는 계속 이어졌다. 그러나 9월 중순이 지날 무렵 전세
가 불리하자 김일성이 퇴각 명령을 내리면서 낙동강 전투는 끝나고 비보
는 거의 없었다. 그런데 호구가 전사한 지 2년이 지날 무렵 이 마을에는
또 다른 비보가 전해졌다. 고 이호구의 동생 이재구의 전사였다.

　청천벽력 같은 비보에 일구의 할머니는 큰아들의 비보에 이어 둘째마
저 전사했다는 소식에 충격을 받고 쓰러졌다. 가족과 이웃 사람들의 극진
한 간호로 의식은 회복되었지만 슬픔에서 벗어나지 못하다가 전사 통보
를 받은 지 사흘째 날 그녀는 목욕을 한 후 장롱에서 삼베옷을 꺼내 입고
는 작은 할머니와 고모를 방으로 불러 "장성한 자식을 두 명이나 보내고
무슨 염치로 더 산단 말인가? 어떻게 키운 자식인데 이토록 허망하게 그
애들만 보낸단 말인가? 나도 뒤따라가 그 애들을 보살펴야 한다."라면서
일체의 음식을 거부한 채 방에 누워 식음을 전폐했다.

　처음에 가족들은 반신반의하면서 대수롭지 않게 생각했다. 그러나 나
흘이 지나도록 물 한 모금도 들지 않자 사태를 심각하게 느낀 가족들은
이래서는 안 된다고 눈물 어린 호소를 했다. 그들 중에서 가장 심각하게
바라보는 사람은 아이러니하게도 남편이나 딸이 아닌 일구의 작은할머니
였다.

　한국을 떠나온 이후 한동안 하루도 싸움이 그칠 날 없이 으르렁 거리며
원수같이 지낸 사이였지만 피안에서 일본 헌병대에 잡혀가 모진 고문을
당한 후부터는 친자매보다도 더 잘 지낸 사이라 큰할머니의 단호한 결심
을 확인하고는 결사적으로 반대했다.

"형님이 정말로 이렇게 한다면 나도 뒤따라 가겠어예. 제발 멈추이소."
라고 하자 큰할머니는 "여보게, 자네마저 죽으면 저 불쌍한 영감을 누가
보살피노? 저 영감과 자네가 무슨 죄가 있어 죽는단 말이고! 나 하나만으
로도 충분해. 자네는 이승에서 영감과 막내딸을 보살피게. 나는 먼저 간
애들을 돌봐야 해. 산지옥에 사느니 저승에서 애들을 만나 마음 편히 살
련다."라면서 작은할머니를 오히려 진정시켰다고 한다.

평소에 그녀와 가까운 친구들을 비롯해 마을 사람들도 찾아와 설득했
지만 아무 소용이 없었다.

식음을 전폐한 지 열 이틀째 되는 날 촌장이 일구의 집을 다시 찾아왔
다. 동네 사람들은 그가 집 안으로 들어가는 모습을 보고는 내심으로 저
승사자가 왔으니 경주댁이 오늘을 넘기지 못할 것이라며 그의 방문을 저
주스런 눈으로 바라보았다.

"경주댁, 경주댁, 정신 좀 차리세요. 둘째 재구가 전사한 것이 아니라 오
른쪽 다리에 부상만 당했는데, 착오로 희생자 명단에 들었대요. 아들이
살아 있으니 얼마나 다행이에요. 살아서 아들을 보아야지예. 재구가 돌아
와 어머니가 돌아가신 것을 알면 얼마나 슬퍼하겠어예?"
"내 새끼가 죽지 않고 살아 있다고 참말이가?"
"그럼예. 반서처에서 내려온 여기 이 공문을 보이소."
"내 새끼가 살아 있구나. 그놈을 보기 위해서는 살아 야제. 얼마나 보고
싶은 내 새끼인데. 봉선아 미음을 좀 끓여라."

이 말을 듣자 가족은 물론 마을 사람들도 안도의 한숨을 내쉬며 모두가

자기 일처럼 즐거워했다고 한다.

"촌장님은 악마인 줄 알았는데, 오늘은 천사와도 같네에. 이후엔 이런 기쁜 소식만 가지고 오이소."

그런데 그것도 잠시뿐 일구의 할머니는 열이틀 동안 아무것도 먹지 않아 창자가 완전히 막혀 물이든 미음이든 목에 넘기는 순간 토했다.

* * * * *

"지금이면 링거를 맞으면 아무것도 아닐 텐데 그 당시 의료 수준으로써는 살릴 방법이 없었지요."

* * * * *

상태가 이렇게 되자 할머니는 죽음을 절감하고는 자신의 모습을 아들에게 남기기 위해 사진사를 불렀다.

"그놈이 돌아와 내가 간 것을 알면 얼마나 슬퍼하겠노. 사진으로라도 이 에미 모습을 볼 수 있도록."이라는 유언을 남기고 눈을 감았다고 한다.

백모의 재혼

일구의 할아버지가 터를 잡고 오랫동안 살아온 방정마을은 유수하강을 사이에 두고 조선족과 일본인이 서로 마주 보면서 살고 있는 마을이다. 해방이 되기 전까지는 두 마을 사람들은 원수처럼 지냈지만 패망 후 일본인들이 돌아간 이후부터는 친하게 지내고 있었다.

저녁노을이 지고 어둠이 깃들 즈음 우수하강 다리를 건너던 다나카 군은 여인의 비명 소리를 듣고는 직감적으로 뭔가 큰 사고가 났을 것이라고 생각하면서 지게를 벗어던지고 곡괭이를 들고서 소리가 나는 삼밭으로 달려갔다. 그 삼밭은 늑대들의 소굴이라 평소에 사람들의 발걸음이 뜸한 곳이며, 발정기에는 종종 사람들을 공격하는 경우도 있었다.

그가 도착했을 때 늑대 무리가 한 여인을 막 공격하려는 순간이었다. 그는 곡괭이를 휘두르며 늑대를 내쫓은 후 길 바닥에 기절해 있는 여인의 몸을 흔들었지만 깨어나지 않자, 업고서 마을로 갔다.

잠시 후, 의식을 되찾은 여인은 "당신이 누구길래 아녀자의 몸을 이렇게 해도 되느냐."며 발버둥을 쳤다. 그때 여인의 젖무덤과 두툼한 엉덩이가 다나카의 욕정을 자극했다. 여인도 말은 그렇게 했지만 오랜만에 남정네의 체취를 느끼면서 애틋한 쾌감을 느낀다. 이제 그들에게 이성은 먼 이웃나라 이야기가 되었고 감성만이 이들의 가슴을 채워 금단의 선을 넘었다.

* * * * *

"어쩌다가 그렇게 되었어요?"

"저녁 준비를 위해 호박을 따려고 무심코 밭으로 걷고 있을 때 늑대가 갑자기 나타나 놀란 것 까지는 알지만 그 이후에는 어떻게 되었는지 모르겠어요."

* * * * *

이 늑대 습격 사건으로 다나카 청년은 뽕도 따고 임도 얻는 겹경사를 가진다.

다나카는 1945년 8월 15일 악몽의 순간을 잊을 수 없었다. 그날 일본 천황은 태평양 전쟁에서 패배를 인정하는 항복 선언을 했다. 인류 역사상 가장 치열했던 제2차 세계대전이 끝나는 날이자, 한국인과 중국의 동북 3성에 사는 사람들은 일본 통치에서 해방되는 날이었지만 청년 다나카에게는 악몽과도 같은 날이었다. 그날 국민학교 5학이었던 그는 옆 동네에 사는 조선인 친구 김영식의 집에서 놀다가 돌아왔을 때 집은 온통 어지럽혀졌고 아무도 없었다.

천황의 항복 방송이 끝나자마자 2,000호가 넘는 일본인이 살고 있는 방정마을은 소개령이 내려졌고 마을 앞에는 이들을 싣고 갈 군용 트럭이 수백 대가 대기하고 있었다. 그동안 억압을 받아 왔던 중국인이나 조선인이 언제 들이닥쳐 보복을 할지 모르는 순간이라 한시라도 서둘러 떠나야만 했다. 그런 사정도 몰랐던 다나카 군은 텅 빈 집에 홀로 남아 고아가 되었다.

이 마을에는 다나카 군 말고도 이런저런 사정 때문에 귀국하지 못한 일본 어린이들이 다수 있었는데 한족들은 이들 일본 어린이들을 모두 입양시켰다. 이들 중 어렸을 때 입양된 어린이들은 중국인 양부모와 별 문제 없이 자랐지만 다나카같이 초등학교 고학년 이상의 어린이들은 양부모와의 사이가 좋지 못해 말썽을 일으키곤 했다. 다나카 역시 양부모와의 관계가 원활치 못해 늘 불만을 갖고 있었고 그 때문에 혼기를 놓쳐 노총각으로 지내고 있었다. 비록 결혼을 해 아이가 있는 여인이지만 그 여인을 가슴에 품었다는 것은 그에게 이 세상 전부를 얻은 것과도 같았다.

"이제 이렇게 되었으니 어떻게 하겠소? 아이 애비도 이미 이 세상 사람이 아니잖소. 앞으로 살아갈 날이 창창한데 어찌 젊은 나이에 혼자서 살아간단 말입니까. 한번 잘 생각해 보세요."

일구의 백모는 아무 일도 없었던 듯 집으로 갔다. 그날 이후 그녀는 일이 손에 잡히지 않았다.

'앞길이 창창한데 어찌 혼자 살아간단 말이요? 내가 평생 동안 지켜 주겠소.'란 말이 계속 뇌리에 떠올랐고 시간이 갈수록 그 남정네에 대한 그리움이 더해 하루에도 몇 번씩이나 방정마을을 보면서 그의 모습을 떠올렸다. 상사병이라는 말을 들었을 때 그런 병이 어디 있냐며 피식 웃곤 했지만 막상 자기 앞에 다가온 현실을 두고서는 가슴앓이를 하지 않을 수 없었다.

그런데 그 보다도 더 큰 문제가 눈앞에 다가왔다. 헛구역질이 나고 음식의 냄새도 맡기 싫었을 뿐만 아니라 차츰 배가 나오기 시작했다. 그래도 한 번의 관계로는 임신이 되었을 거라곤 생각지 않았는데 나날이 달라지는 배를 보자 깊은 고민에 빠졌다. '남편이 전쟁터에 나가 전사해 신랑이 없는 년이 임신했다는 사실이 알려지면 나는 어떻게 될까?' 머리가 터질 것 같았다. 그녀는 궁리 끝에 동네에 떨어져 있는 논둑으로 가 논바닥으로 몇 번이나 뛰어내렸지만 변화가 없자 짠 간장을 병째 마시기도 했으나 마찬가지였다. '어떻게 해야 하나 남편도 없는 년이 임신이라니? 대체 누구의 아이일까? 남편의 전사 소식을 들었을 때 그렇게 서럽게 울던 년이 그 눈물이 마르기도 전에 외간 남자 품에 안기다니. 그것도 쪽바리 놈에게….'

고민을 거듭한 끝에 그녀는 시아버지에게 있었던 사실을 실토했다.

"아버님, 아버님…… 저."

"무슨 일인데 그리 망설이노."

"아버님 저……."

"딱하구나."

"사실은…… 제가, 아버님께 죽을죄를 지었어예."

"아니, 갑자기 무슨 일이 있었기에 그러느냐? 도대체 무슨 일이야?"

그녀는 그간에 있었던 사실을 그대로 말했다. 며느리의 말을 들은 시아버지는 얼굴이 사색으로 변했고 어안이 벙벙해 차마 말을 할 수 없었다.

"어쩌다 이런 일이."

이제 심각해진 쪽은 그녀의 시아버지였다. 그렇지 않아도 젊은 여자가 평생토록 과부가 되어 홀로 산다는 것이 힘들 것이라 언젠가는 보낼 수밖에 없다고 생각했지만 이렇게 빨리 올 것이라고는 전혀 예상치 못했다. 이렇게 된 이상 더 이상 미룰 수 없었다.

"애야, 어찌할 방법이 없다. 너와 나의 인연은 여기까지인 것 같구나. 남숙이는 내가 키울 테니 아무런 미련도 갖지 말고 떠나거라. 내 눈에 보이지 않은 먼 곳으로 하필이면 어쩌다가, 일본 놈과 엮이다니!"

* * * * *

"그 이후에 큰어머니는 어떻게 되었나요?"
"할아버지와 대화 다음 날 종적을 감추었고 그 이후 소식이 두절되어 지금까지도 행방을 알 수 없어요."

암호병을 찾아서

　하얼빈역에서 러시아 국영기관차 사업소 소속 KW1321 국제선 열차에
탑승한 한 청년이 가을걷이를 마친 평원을 바라보며 생각에 잠겼다.

　10여 년 전 장개석의 국민당 군과 사평에서 격렬한 전투를 벌였고 장춘
에서는 국민당 군을 고립시키기 위해 수만 명을 아사시킨 장춘 홀로코스
트 전투에도 참전해 눈에 익은 지역이다. 그때는 생사를 건 전투 때문에
주변을 볼 겨를이 없었지만 지금 그의 눈앞에 보이는 북만주의 평원이 이
만저만 넓은 것이 아니었다. 그가 탄 열차는 심양에서 1박을 했다. 그는
승무원에게 1위안을 주고 도시락으로 식사를 해결한 후 침대칸을 나와 세
면대 쪽으로 가는 도중 몇몇의 북조선 사람을 보고 인사를 했지만 어느
누구도 반응이 없었다. 평양까지 시간이 얼마나 걸리느냐고 물었지만 모
른다는 대답만 돌아왔다.

　차 안은 스팀이 나왔지만 9월 말이라 바깥 날씨가 쌀쌀해 옆에 있는 이
불을 덮었다. 아침 7시가 되자 국제선 열차는 목적지 조선의 평양을 향해
거친 숨결을 내쉬며 평균 시속 130㎞로 달리다가 봉천 중앙역을 지나자
방향을 정남 방향으로 기수를 돌려 남쪽으로 접어들자, 지금까지 보았던

모습과는 전혀 다른 풍경이 나타났다. 산이 보였고 산기슭에는 농가가 띄엄띄엄 자리하고 있었다. 그가 어렸을 때 고향 경주에서 보았던 산세 그대로였다. 그는 6년 전에도 바로 이 길을 지나갔지만 그 당시에는 자신이 탔던 열차는 곡물을 실은 화물 열차로 위장됐고 창문은 검은 천으로 덮여 있어서 바깥을 볼 수 없었지만 지금은 마음껏 볼 수 있었다.

중국과 조선의 변계 지역인 단동을 지나 압록강을 건너 조선의 관문 신의주에 이르자 입국 수속을 밟아야 했다. 비자는 이미 받았기에 수하물 검사만 하기에 침대칸 상단 짐칸에 있던 가방을 내려 주자 이것저것을 확인한 후 구룡산 바이주 병을 보고는 이 안에 든 것이 무엇이냐고 물었다.

압록강 단교에서 본 신의주

"예, 웅담주입니다. 중국 동북의 최북단에 위치한 이춘의 깊은 산속에 사는 야생 곰의 쓸개로 담은 웅담주입니다."

"이것은 우리 공화국의 수입 금지 품목이라 통관이 될 수 없으니 압수해 폐기 처분하겠습네다."

"네? 폐기라고요? 한 번만 봐주시죠!"

"그럴 수 없습네다. 우리 공화국 법에는 이건 수입 금지품이기 때문에 안 됩니다."

거듭된 사정에도 세관원이 규정대로 처분하겠다고 하자 청년이 말했다.

"사실, 이건 김일성 장군님에게 드릴 선물입니다. 제가 6년 전 조선 전쟁에 참전해 작전 상황실에서 정보 분석 참모로 장군님을 보좌했습니다. 오랜만에 인사차 평양으로 가는 길입니다."

"아니? 예, 우리 장군님을, 장군님을 위해서! 중국 교포조차도 장군님의 만수무강을 위해서 이렇게 귀한 선물을 마련하다니, 역시 우리 장군님은 세계적인 지도자가 맞아. 불편한 점은 없는지라우?"

세관원의 태도가 돌변했다.

신의주역을 출발한 기차는 시속 40㎞로 속도가 낮아졌다. 아침 7시에 봉천을 출발한 열차는 국경도시 단동과 신의주역 두 곳을 제외하고는 계속 달려 왔는데도 출발한 지 12시간이 지난 밤 7시가 되어서야 평양역에 도착했다.

그는 바로 6.25 전쟁 시 함께 근무했던 옛 동료 김일수 상좌를 찾아갔다.

"김 동무, 오랜만이오. 나 이재구요."

"어, 이 동무 오랜만입네다. 사전에 아무런 연락도 없이 이렇게 갑자기 오시다니, 중국 생활은 괜찮아요? 우리 북반구 공화국에서 장군님 모시고 함께 살자고 했는데 그만 중국으로 간다고 했을 때 얼마나 섭섭했던지…."

"저도 그렇게 하고 싶었지만 보다시피 다리가 이렇게 되어서 장군님께 짐만 될 것 같아서 어쩔 수 없이 그렇게 되었소."

그날 밤 그들은 보통강 구역에 있는 해맞이 식당으로 갔다.

평양 해맞이식당

"재구 동무, 사전에 연락도 없이 무슨 일로 갑자기 찾아왔소? 무슨 급한 일이라도 있소?"

"있기는 뭐가 있어요. 상좌 동무도 보고 장군님께 인사도 드리고…."

"아니, 그것 때문만은 아닌 것 같은데…."

"사실은…."

"어디 말해 보시오."

"6년 전 우리와 함께 근무한 박순희는 지금 어디서 근무하는지요?"

"그렇지 내 추측이 맞구만…. 당시에도 이 동무가 박순희 동무를 대할 때 보면 눈빛이 다르더니……."

"그때 눈치를 챘다니요? 무슨 그런 말씀을. B-52 폭격기와 연이은 폭격으로 생사가 어찌 될지도 모를 때였는데……."

"아무리 전시이고 위기에 처한다 해도 남녀 간의 애정 문제는 그것과는 상관이 없지우. 안 그렇수?"

"이왕 말이 나왔으니 말이지. 그 동무는 지금 어디서 무얼 하오?"

"53년 종전이 된 후 어디로 갔는지 도통 알 수가 없수다. 우리 공화국 어디에 있으면 연락이 있을 텐데, 통 연락이 없는 것을 보면 아마 중국으로 갔는가 봐요?"

"중국으로?"

"그저 내 생각일 따름이요."

김상좌와 이재구는 그날 밤 송어 회를 앞에 두고 대동강 맥주를 마시며 즐거운 시간을 보냈다.

이튿날 오전 이재구는 금수산 궁전으로 가서 김상좌의 주선으로 김일성 주석을 만났다.

"어, 이 동무 아니야? 정말 오랜만이야. 그래 그동안 잘 있었수? 진뢰 성장과 이민 여사는 잘 계시우?"

김일성이 진뢰 흑룡강성 성장과 그의 부인 이민 여사의 안부를 묻는 것은 이들 부부와 김일성이 소련의 제88 국제여단에서 3년 반 동안 함께 근무했기 때문이다.

노전사 이민

"예. 성장님과 사모님 두 분 다 잘 계십니다. 이민 여사님은 대장암에 걸렸지만 수술을 받고 경과가 좋아 건강에 아무런 문제가 없습니다."

"그 양반은 어려서부터 소홍안령과 대홍안령 등의 심산유곡을 따라서 항일 투쟁을 한 것이 건강에 많이 도움이 됐을 거야."

"오면서 보니까 평양이 너무 많이 변했던데요. 우리가 강계로 갈 무렵엔 제대로 남아 있는 건물이 하나라도 있었습니까? 온 시가지가 폐허가 되어 마치 유령의 도시와도 같았는데 수령 동무는 역시 탁월한 지도자이십니다."

"강계에서 돌아와 보니 막막했어. 어떤 일부터 시작해야 하느냐를 두고 골머리를 앓았다우. 마침 러시아 고문의 소개로 러시아와 동유럽의 뛰어난 건축가들의 도움으로 백지 상태에서 설계를 했더니 전보다도 훨씬 더 구도적이고 균형적으로 되었어. 거기다 모란봉과 대동강까지 있으니 잘 조화가 되었더라우. 복구 작업을 시작할 무렵 기술력과 노동력이 부족해 모 주석에게 부탁했더니 우리 동포들 중에서 우수한 인력을 많이 보내줘 큰 힘이 되었다우. 내친 김에 물자도 부탁하려 했지만, 우리를 도와준다고 국방비를 너무 많이 지출해 재정이 바닥난 것을 알았기 때문에 차마 그 부탁은 못 했우."

김일성이 중국 조선족의 도움을 받는 시기는 1950년대 중반부터 1960년대 초까지인데 이 기간 동안 중국에 거주했던 조선족 엘리트 중에서 많은 이들이 조선으로 가 복구 작업을 도왔으며 그들 중 대부분이 현재도 그곳에 살고 있다.

주체사상탑에서 내려다본 평양

"그래, 이 멀리까지 힘들게 왔는데 무슨 일이라도 있어?"

"아닙니다. 장군님을 오랫동안 뵙지 못해 인사차 왔습니다."

그때 함께 배석한 김상좌가 말했다.

"그렇기도 하지만 암호병이었던 박순희 동무도 만나려고 왔습네다."

"아! 그 예쁜 박순희 동무 말이지? 상좌 동무, 그 동무 지금 어디 있지?"

"제대한 이후 전혀 연락이 없습네다."

"어서 찾아 만나도록 해 줘. 우리 공화국을 위해서 싸우다 다리가 저렇게 되었는데 어떻게 해서든 빨리 찾아."

김상좌의 도움으로 암호병 박순희는 중국 연변 가무단에서 근무한다는 사실을 알게 됐다.

"이 동무! 어찌 할 거야. 연변으로 갈 거요? 아니면 여기서 만날래요?"

"할 일이 태산 같아 여기서 더 지체할 수가 없어요. 연변으로 가려고 해도 교통이 여의치 못하니 하얼빈으로 돌아가서 어떻게 해야 할지 생각해 볼게요."

이재구는 그가 깊이 연모하고 있는 박순희가 연변 가무단에서 근무하고 있으며 아직도 미혼이라는 사실을 알고는 콧노래를 부르며 하얼빈행 열차에 올랐다.

그는 도착 즉시 연변 자치주 주장인 주덕혜에게 장문의 편지를 써서 박순희를 하얼빈 조선민족문화예술관으로 인사 명령을 내어 달라고 부탁했다. 그에겐 이 중차대한 일을 주 시장에게 직접 가지 않고 편지로 도움을 요청할 수 있었던 것도 그와 주덕혜와의 돈독한 관계 덕분이었다.

고등학교를 졸업하고 담임선생님의 추천으로 군관학교에 입학해 며칠간 군사 훈련까지 받았지만 아버지를 생각하니 도저히 장교가 될 수 없었다. 그의 가족이 고국을 떠나 이역만리 낯선 땅으로 몸을 피해야 했던 것은 바로 일본 군국주의자 때문이었는데 그들을 위해서 장교가 된다는 것은 부친을 위해서나 이씨 가문을 위해서 도리가 아니라는 사실을 깨닫고는 바로 연병장 담벽을 넘어 탈영을 했다.

그 후 곧 해방이 되어 고향집으로 갈 때 중도에서 조선족 병사들을 우연히 만났는데 이들이 조선 의용군 제3지대 대원들이었고 그 지도자가 바로 주덕혜였다. 그는 바로 주덕혜가 이끄는 의용군 3지대에 입대해 토비를 소탕하고 중국의 내전에도 참전해 맹활약을 하면서 주덕혜의 눈에 띄었고 승승장구해 퇴장의 지위까지 올랐다.

이재구의 편지를 받은 주덕혜 시장은 옛 시절의 부하가 찾고 있는 박순희를 시장실로 부른다. 암호병 박순희는 무엇 때문에 시장이 자신을 찾는지 의아하게 생각하면서 시장실로 들어가자 주 시장이 말했다.

"박순희 씨, 당신같이 예쁘고 재능이 뛰어난 인물이 우리 예술단에 있다는 것은 우리 자치주의 자랑이야. 예술단이 창단된 지 얼마 안 되지만 단원들의 노력에 힘입어 우리는 이제 연변을 넘어 중앙에 이르기까지 그 명성을 떨쳐 대견스럽고 자랑스러워. 박순희 씨, 그런데 이번에 당신은 더 큰 과업을 맡게 되었어. 흑룡강성의 성도인 하얼빈으로 가 조선민족문화

하얼빈 중앙대가

관 일을 맡아야겠어."

"네? 하얼빈 조선민족문화예술관이라고요? 흑룡강성에도 우리 민족이
살고 있습니까?"

"박순희 씨는 중국으로 온 지가 얼마 되지 않아 모르는구나. 흑룡강성
에도 약 45만 명의 동포들이 살고 있어."

"그렇게 많은 동포들이 살고 있군요. 그렇지만 아무런 연고도 없는 곳
이라……."

"아! 그 문제는 걱정 안 해도 돼. 다 준비가 됐어."

훗날 일구의 어머니가 되는 박순희 여사는 하얼빈으로가 하얼빈 조선족 민속 예술관에서 2년간 근무한다.

"하얼빈에 온 후 곧바로 결혼했나요?"

"그렇지 않았어요. 어머니는 아버지가 공장장으로 있는 하얼빈 제1기계공장 화염실(연구실험실)로 옮긴 후에 했지요."

"화염실은 뭐하는 곳입니까?"

"연구와 실험을 하는 아주 핵심적인 부서지요. 연구원들은 모두가 중국의 최고 명문인 하얼빈 공대나 칭화대를 나온 엘리트들입니다."

"어머니는 암호병 경력뿐인데 화염실에 어떻게 들어갔나요?"

"아버지가 데리고 갔지요."

"어머니의 환심을 사기 위해서 그랬겠군요?"

"예, 그렇지요."

"아버지의 결혼 제의에 어머니는 순순히 응했나요?"

"그렇지 않았다고 해요. 아버지는 조선 전쟁 시 당한 부상으로 대퇴부 부분을 잘라내 절름발이였지요. 그런 불구자를 보고 어디 선뜻 마음이 가겠어요. 자신의 처지를 알고 있던 아버지는 어머니의 환심을 사기 위해 미리 대비를 했지요. 어머니가 연구실에 근무 중일 때 공장장인 아버지가 연구실에 들를 때면 연구실장님을 비롯한 전 부서원이 일어나 깍듯하게 대하는 모습을 보면서 아버지의 위상이 얼마나 높은가를 알게 된 후부터 보는 눈이 달라졌다고 해요."

"철저하게 대비했군요?"

"그리고 하얼빈 분위기도 한몫했다고 해요. 당시에 인구가 500만 명이 넘는 하얼빈은 변방의 작은 도시 평양이나 연변과는 비교가 되지 않을 정도로 큰 도시였지요. 게다가 조선민족문화예술관이 자리한 중앙대가는 러시아 거리이잖아요. 건물 양식도 러시아식이고 거리를 누비는 사람들도 주로 러시아인과 유대인이었으며 들려오는 음악 또한 러시아풍이라 어머니는 생전 처음 보는 이국적인 모습에 매료되었다고 해요."

하얼빈 중앙대가에 소재한 빈관

"아버지의 직위와 중앙대가의 이국적인 분위기가 어머니의 마음을 사로잡았단 말씀이죠?"

일구의 부모님은 어머니가 하얼빈으로 온 지 3년째 되던 해 중앙대가가 있는 최고급 호텔인 마디엘 빈관에서 하얼빈시 명사들과 조선족 동포들의 축복 속에서 결혼식을 올렸다.

하얼빈 중앙대가. 러시아의 날을 맞이해 퍼레이드를 벌리는 러시아 여성들

문화대혁명과 이씨 가문의 몰락

해서 파관이란 한 편의 연극이 중국 현대사를 혼돈의 소용돌이로 몰아넣을지를 어느 누가 상상이나 했을까? 나아가 한국 경주 감포 땅을 떠난 이씨 일가가 그 연극의 영향으로 몰락으로 끝날 줄이야 더더욱 몰랐을 것은 당연하다.

1959년 북경시 부시장이었던 오함은 중국 인민일보에 〈해서, 황제를 꾸짖다〉라는 수필을 발표했다. 그 수필의 내용은 명나라의 해서라는 청백리가 황제인 가정제에게 바른말을 했다가 파직을 당한다는 내용이다. 이 수필이 극본화 되어 1961년에 무대에 올려졌다.

이것이 대륙을 혼란의 소용돌이로 몰아넣은 것은 아래와 같은 4줄의 대사였다.

"당신은 너무 독단적입니다. 당신은 지나친 편견을 갖고 있어요. 당신은 언제나 옳다고 생각하고 비판을 받아들이려 하지 않습니다. 온 국민이 당신에게 불만을 품은 지 이미 오래입니다."

이 대본은 전임 국방장관이자 6.25 전쟁 시 중공군 총사령관을 역임한 팽덕회와 관련될 수 있는 대사이기 때문이다. 그는 모택동이 실시했던 대약진 운동과 인민공사제가 잘못되었다고 지적해 국방장관에서 해임되었기에 충분히 그렇게 생각할 수도 있었다. 그러나 처음엔 모택동도 이 연극을 보고 난 후 해서를 높이 평가하며 당원들도 해서를 본받아야 한다고 했다. 그 후 모택동의 부인 강청과 4인방 중의 한 명인 오문원이 1965년 신문에 이 내용은 모택동 주석을 비판하는 글이 라는 칼럼을 발표하면서 문제가 생겼다. 모택동의 부인 강청은 해서는 팽덕회이며 황제는 모택동을 의미한다면서 비판을 가한 것이 문화대혁명의 발단이 됐다.

4인방

1976년 9월 마오쩌둥[毛澤東]이 죽은 후 중국공산당 내부 지도층 간에 격렬한 권력투쟁이 벌어지자, 마오쩌둥의 아내 장칭을 중심으로 한 '문혁파 (文革派)'들이 전면적으로 마오쩌둥의 권력을 계승하려고 하였다. 그들은 장칭을 중국공산당 중앙위원회 주석으로, 왕훙원을 전국인민대표대회 위원장으로, 장춘차오를 국무원 총리로 임명하려고 준비하다가 기밀이 사전에 누설되었다.

당시 중국공산당 중앙위원회 제1부주석 겸 국무원 총리인 화궈펑[華國鋒]과 군부 지도자들인 예젠잉[葉劍英]·리셴녠[李先念]·천시롄[陳錫聯]·왕둥싱[汪東興] 등이 연합하여, 그해 10월 이들 일당을 체포하였다. 그리고 중국공산당 정치국회의를 통하여 이들을 반당집단으로 결정하였으며 그 죄상을 발표하였다. 그 주요 죄상은 마오쩌둥의 지시로 자의를 수정하였고 총리 저우언라이[周恩來]를 모함하였으며, 당중앙위원회를 장악하고 당과 군부 책임자를 자기파 인원으로 교체하여 당과 국가의 최고지도권을 찬탈하고, 프롤레타리아독재를 뒤엎어 자본주의를 재생시키려 하였다는 것이다.

1980년 11월부터 베이징[北京]에서 이들에 대한 공개재판이 시작되어 1981년 1월 결심(結審)을 보았다.

장칭·장춘차오에게는 사형을, 야오원위안에게는 20년 징역, 왕훙원에게는 무기징역을 각각 선고하였으나, 장칭·장춘차오에 대하여는 2년간 집행을 보류하다가 1983년 무기징역으로 감형하였다. '4인방'의 체포와 재판으로 중국의 문화대혁명은 종결되었다고 선언하였고, 그 후 문혁파(文革派)들은 권력에서 숙청되었으며 덩샤오핑[鄧小平] 일파가 실권을 장악하였다.

출처: 두산백과

중국을 혼란의 소용돌이로 몰아넣은 문화대혁명은 동북의 변방도시 하얼빈도 예외가 아니었다. 흑룡강성 정부를 비롯해 모든 공공기관, 학교, 회사 등이 혁명의 광풍에 휩싸였다. 혁명 당시 하얼빈 제1기계공장 공장장인 이일구의 부친은 그 어느 누구보다도 더욱 가혹한 시련에 직면했다. 그가 책임을 맡고 있는 하얼빈 제1기계공장은 탱크를 제작하는 국가기관 산업체이며 근무하는 종업원만도 1만 명이 넘는 거대 기업이었다.

혁명이 시작되자 제1기계공장 노동자들은 실용주의 노선을 걷는 주자

파와 혁명파를 지지하는 급진파로 갈라져 격렬하게 맞서서 싸웠다. 두 그룹 간에 투쟁은 극단으로 치솟아 급기야 공장에서 제작 중인 탱크를 몰고 나와 시가전까지 벌였다.

이 시가전은 각 신문과 방송에 크게 보도됨으로써 하얼빈시 제1기계공장 사태는 전국적인 뉴스가 되었다.

급진파는 그의 부친을 비롯한 간부들은 공장 내 공구 창고에 감금해 놓고 매일 취조를 하면서 반성문을 쓰게 했고 내용 중에서 조금이라도 사실에서 벗어나면 바로 구타를 했다.

혁명이 시작된 지 5개월이 지나자 그의 부친은 감금과 구타로 인해 더 이상 몸을 지탱하지 못할 정도로 기력이 쇠약해졌고 기진맥진한 상태에 이르자 누군가가 이 자식이 꾀병을 부린다며 자전거 체인 줄로 등을 내리쳤다. "억!" 하는 비명과 함께 쓰러지면서 그는 의식을 잃었다. 그러자 급진파들은 찬물을 끼얹고 인공호흡도 해 보았지만 아무런 반응이 없었다.

혁명의 과정이지만 국가기관 산업 수장의 죽음은 예사로운 문제가 아니었다. 그들은 한동안 우왕좌왕하다가 시신을 화장하기로 결정하고 사체를 쓰레기 소각장으로 옮긴 후 휘발유를 가져오기 위해 유류 창고로 가는 중에 '매장을 어디에 할까?'라고 와자지껄하게 떠들었다. 그들의 소리에 의식을 되찾은 그의 부친은 사태가 심각함을 알고는 자리를 벗어나려 했지만 몸을 움직일 수 없었다. 체념을 하고 이대로 죽을 수밖에 없구나 하고 생각할 때, 경주에서 출생해 아버지의 손을 잡고 압록강을 건너 이국땅 만주로의 이주, 6.25 참전과 부상, 자신 때문에 곡기를 끊고 돌아가신 어머니의 잔상 등이 주마등처럼 스쳤다고 한다. 그때 초등학생인 막내아들이 떠올랐고, 그놈이 애비 없이 자라면 얼마나 외로울까를 생각하면서 다시 한번 힘을 가하자 일어날 수 있었다.

혼신의 힘을 다해 도리구에 있는 친척집으로 가 장롱 뒤에서 며칠을 숨어 지내다가 칠흑같이 어두운 음력 8월 그믐날밤 어린 시절을 보낸 목란 조선족 마을로 피신 길에 올라 4일 후 목란에 도착했다.

목란의 홍기툰은 조선족만 살고 있는 마을이지만 여기서도 사람들은 두 파로 나누어져 서로 싸우고 있었다. 이러한 상황에서 발각되어 소문이라도 나면 또다시 위험에 처할 수 있어 낮에는 짚동 속에서 숨어 지내고 밤 10시가 넘어서야 방 안에 들어가 잠을 잤는데 그 기간이 무려 2년이나 지속되었다.

그가 2년 동안 목란의 작은어머니 집에서 숨어 지내는 동안 하얼빈에 있는 그의 가족은 지옥의 나락으로 떨어졌다.

혁명파 일당은 매일 집으로 찾아와 물건을 샅샅이 수색했고 사진이나 인쇄물이 있으면 하나하나 확인하면서 과거 행적을 조사했다. 이때 일구 부친의 군대 생활 중에 찍었던 사진을 보고선 사진 속에 있는 인물이 누구냐고 그의 어머니에게 묻자 그때는 결혼 전이라 누구인지 모른다고 대답했다. 20년을 넘게 함께 살았는데 왜 모르느냐고 다그치며 거짓말을 한다고 린치를 가하자 이를 지켜본 일구의 막냇동생이 공포에 휩싸여 울자 '이 작은 꼬마 새끼가 어디 혁명에 훼방을 놓고 있어!'라면서 몽둥이로 사정없이 그의 머리를 후려갈겼다. 정수리에 몽둥이를 맞은 동생은 한마디 비명도 지르지 못한 채 바로 현장에서 즉사했다. 막냇동생의 죽음을 지켜본 그의 형 일훈은 울분을 참지 못해 방 안으로 들어가 다락방에 숨겨 두었던 일본도로 가슴을 찔러 자결했다. 두 아들을 순식간에 잃은 어머니는 혼절을 한 후 의식 불명이 되었다.

중학교 2학년인 일구는 친척과 조선족 어른들의 도움으로 형과 동생의 시신을 화장한 후 한 줌의 재로 변한 형제를 송화 강물에 떠나보냈다.

* * * * *

"당시에 하늘도 슬펐든지 먹구름이 갑자기 끼더니 소나기가 내렸어요. 어린 나이였지만 인생은 참으로 허무하다는 것을 실감했지요."

"참 힘든 시기였군요."

"어머니는 언제 깨어났나요?"

"나흘 만에 깨어났지요. 의식을 되찾자 형과 동생이 어떻게 되었냐고 물었을 때, 어떻게 대답하겠어요. 닭똥 같은 눈물만 흘렸더니 나를 와락 껴안고 대성통곡을 하셨어요. 그리고 정신을 되찾은 어머니가, 제일 먼저 챙긴 사람은 형수였어요. 이미 두 자식을 떠나보낸 현실을 되돌릴 수 없잖아요. 그래서 '너의 형수는?' 하면서 형수를 찾았어요."

"왜, 형수부터 찾았지요?"

"형수는 당시 임신 6개월이었어요. 유산하거나 집을 나가 행방불명이라도 되면 대가 끊어지니까 그렇지요. 다행스럽게도 형수는 아무 이상이 없었지요. 그것이 어머니를 살렸지요."

"두 자식을 잃은 슬픔에도 불구하고 악몽에서 깨어날 수 있었다니. 불행 중 다행이에요."

"불행하게도 슬픔은 여기서 멈추지 않았어요. 혁명파 무리들은 다시 어머니를 공장 내로 불러들여 온갖 구실을 꾸미며 괴롭혔지요. 어머니는 더 이상 잃을 것이 없잖아요. 죽음을 각오하고 덤벼들었어요. 그러자 그놈들은 더 이상 취조를 할 수 없어 집으로 돌려보냈어요. 그런데 어머니가 집에 돌아왔을 때 형수가 보이질 않았지요. 어머니와 나는 형수가 갈 만한 곳은 다 찾아다녔지만 찾을 수가 없었지요.”

“사태가 심각하게 되었군요?”

“예, 그랬어요. 예전에 할머니가 백부와 아버지가 전사했다는 비보를 듣고 식음을 전패한 것처럼 어머니도 일체의 음식을 거부한 채 죽기로 결심을 했어요. 고모와 내가 아무리 울며불며 설득을 했지만 소용이 없었어요.”

“할머니에 이어 어머니마저……..”

“그런데 큰 이변이 일어났지요. 이변이라고 하기엔 좀 그렇지만 식음을 전폐한 지 4일 만에 내가 갑자기 학질에 걸렸어요. 체온이 40도를 오르내리면서 사경에 처하게 되자 어머니는 단식을 중단하고 내 병 수발을 했지요. 내 병이 어머니를 살렸어요.”

“그때 아버지와 연락이 되었나요?”

“전혀 되지 못했어요. 서로의 안전을 위해선 어쩔 수 없었지요. 무소식이 희소식이었지요.”

어머니의 완강한 저항으로 혁명파의 시달림에서 벗어나고 일구도 병에서 회복되었지만 가족은 살던 집에서 쫓겨나 어머니는 친인척 집을 전전했고, 고모는 이춘으로 하방 되었으며 일구는 다니던 조선족 제1중학교에서 자퇴를 하고 노숙자 신세가 되었다.

“노숙자 신세가 되었으니 잠을 잘 공간과 먹는 것이 문제가 되었을 텐데요.”

하얼빈 역사 앞

"잠은 하얼빈 역사 안에서 잘 수 있어 괜찮았지만 먹을 것이 없어서 거지 생활이 시작되었지요. 역사 주변을 맴돌며 구걸하면 쫓겨나기 일쑤였어요. 그래서 어머니가 결혼 전에 근무했던 조선민족문화예술관으로 가기도 했어요. 그곳에 가면 어른들이 불쌍하다고 용돈도 주고 먹을 것도 챙겨 주었지만, 하얼빈역에서 그곳까지는 7㎞가 넘는 거리라 자주 가지는 못했어요."

그가 집을 나와 거리에서 앵벌이 생활을 할 때 하얼빈 역사 주변에는 그와 비슷한 처지의 청소년들이 몇 있었다고 한다. 그들은 동병상련의 처지라 '이렇게 눈치 보면서 빌어먹지 말고 소매치기나 도둑질을 하자.' 면서 유혹했다.

그럴 때마다 그는 역사 뒤에 있는 안중근 의사가 이토 히로부미를 격살

시킨 현장의 표지석을 보면서, 그들의 유혹을 물리쳤다고 한다.

1968년이 되자 중국 천지를 뒤덮었던 혁명의 먹구름이 물러가고 격렬했던 혼란이 어느 정도 가라앉고 사회가 점차 안정을 되찾자, 그의 부친은 목란에서 하얼빈으로 돌아와 가정에 불어 닥친 현실을 보고서는 망연자실하지만 어찌 할 방도가 없었다.

혁명이 끝난 후 그의 부친에 대한 조사가 있었지만 아무런 잘못이 없다는 사실이 밝혀지자 다시 공장장으로 복귀하라는 명령을 받았다.

"그런데 어머니가 절대로 못 하게 했어요. 그 자리에 있다가 또다시 무슨 일이 생길지 모르니 못 하게 했어요. 그뿐만 아니라 아버지가 돌아가실 때까지 두 분은 같은 방을 한 번도 쓴 적이 없어요."

"왜, 그랬지요?"

"자식을 두 명이나 보냈는데 그것도 부족해 또다시 그 험한 꼴을 볼 거냐면서 옆에 오지를 못하게 했어요."

네 에미마저 빨갱이란 말이가!

일구는 목란행 버스에 몸을 실었다. 그가 향하는 목란은 조부모가 돌아가실 때까지 살던 곳이고 그의 부친의 고향이기도 하다. 그가 이곳을 찾아가는 목적은 한국 출국을 앞두고 조부모의 묘에 성묘하기 위해서였다. 그는 조부모의 봉분에서 파낸 흙을 빈 병에 담았다. 이렇게 한 까닭은 조부 고 이만돌 옹의 유언 때문이다. 고 이만돌 옹은 41살 나이에 일본 순사에게 쫓겨 이 땅으로 온 이후 한시라도 고향 감포를 잊지 못했으며 언젠가는 돌아갈 것이라는 생각으로 살았지만 그 뜻을 이루지 못한 채 눈을 감았다. 그는 운명하기 전 아들에게 "내가 죽거든 다른 사람들처럼 화장해 송화강에 유골을 뿌리지 말고 양지 바른 이곳에 매장해 두었다가 한국으로 가는 길이 열리면 화장을 해 고향 감포마을 뒷산에 묻어라."라는 유언을 남기고 떠났다. 일구는 할아버지의 유언에 따라 화장을 해 유골을 감포로 모셔가고 싶었지만 1990년엔 한국과 중국은 미수교 상태라 절차적으로나 법적으로 문제가 있어 우선 흙만 가져가기로 했다.

이튿날 그는 하얼빈 국제공항으로 가 홍콩행 비행기에 올랐다. 하얼빈에서 한국으로 가려면 하얼빈 김포행 노선을 이용하면 채 두 시간도 안 걸리지만 서울과 반대 방향인 홍콩으로 가 홍콩에서 서울행 비행기를 타야 하므로 거리상으로나 시간상으로 몇 배나 더 걸리지만 당시로서는 한 중 간에 미수교 상태라 제3국을 경유해야 하므로 어쩔 수 없었다. 탑승을 하자 일구의 마음은 착잡했다. 할아버지가 생전에 그토록 가고 싶어 했던 고국이지만 끝내 그 뜻을 이루지 못한 채 눈을 감은 할아버지를 생각하면서 상념에 잠겼다.

입국 수속을 마치고 바깥으로 나오자 할아버지와 아버지에게서 한국에 관한 이야기는 많이 들었지만 중국에서 나고 자란 그로서는 낯설지 않을 수 없었다. 강남 시외버스 터미널에서 경주행 고속버스를 타고 경주에 도착한 후 다시 감포행 버스를 타고 땅거미가 지기 시작할 무렵에 고향 마을에 도착했다. 동네 입구에 들어서자 그가 온다는 소식을 듣고 친인척들이 모여서 기다리고 있었다.

"먼 길을 오느라고 얼마나 고생이 많았느냐? 너의 아버지를 쏙 빼닮았구나."
"삼촌은 중국말을 잘할 텐데 어디 중국말 한번 해 보이소."

난생 처음 만났지만 피는 물보다 진함을 느끼면서 혈연은 끊을 수 없는 관계라는 사실을 새삼 느낀다.

"일구야, 할아버지는 언제 돌아갔노?"
"제가 열세 살 때인 1983년도 9월 18일에 돌아가셨습니다."
"중국에서 제사를 지내지 않는다는데 참말이가?"
"아닙니다. 우리 조선족은 제사를 지내는 집이 많습니다. 우리도 할아버지 제사를 지내고 있습니더."

"할머니는 언제 돌아갔노?"

"제가 태어나기 전인 1950년에 돌아갔습니더."

"여기서 떠난 지 15년도 안 되어 돌아가셨단 말인가? 왜 그리 일찍 돌아갔노?"

"큰아버지와 아버지가 전사했다는 소식을 듣고는 비통해하시며 곡기를 끊고 아무것도 자시지 못해 돌아갔습니더."

"호구와 재구가 전사를 했다고?"

"아닙니다. 아버지는 전사한 것이 아니라 다리에 부상만 당했는데 착오로 전사자로 처리되었던 것입니다."

"무슨 전쟁인데 형제가 나가 한 사람은 죽고 또 한 사람은 중상을 당했단 말이고?"

"6.25 전쟁 아입니꺼. 큰 아버지는 조선 인민군 제4사단 소속으로 참전해 창녕 남지에서 낙동강을 도강하다가 미군기의 폭격을 맞고 전사했심니더."

"뭐라고? 6.25 전쟁 때 인민군으로 참전해 창녕까지 밀고 내려왔다고? 아이고 맙소사."

"너 애비는?"

"네. 아버지는 평양에서 김일성의 문서 참모로 근무해 별 어려움은 없었지만, 한국군과 미국군이 평양 탈환할 때 후퇴하다가 다리에 총을 맞고는 중상을 당했지예."

* * * * *

"이 말을 듣는 순간 방 안에 있던 친척 모두가 놀라면서 표정이 완전히 변했어요."

* * * * *

당숙은 "와! 이거 빨갱이 자식이네."라며 불평을 하면서 계속해서 물었다.

"너의 어머니는?"

"6.25 전쟁 중 어머니도 아버지와 함께 평양 인민군 총사령부에서 암호병으로 활동을 하다가 아버지와 결혼 후 지금은 하얼빈에서 살고 있습니더."

"에미마저 빨갱이구나."

"완전 빨갱이 집안이 됐네."

"어쩌다가 저렇게 됐지?"

"동네 사람들한테 알려지기 전에 어서 돌아가거라. 집안이 와 저렇게 됐노."

"니 백부는 우리 집안의 장손이라고 집안 어른들한테서 얼마나 사랑을 받고 자랐는데 빨갱이라니 아이고 맙소사!"

"너 애비가 어른들의 귀여움을 독차지해 우리는 있으나 마나 했는데. 그런 놈이 고향 부근에 와 눈에 불을 켜고 우리를 죽이려고! 배은망덕한 놈!"

"우리 마을에도 빨갱이 놈들이 밀고 들어와 온 마을 사람들이 얼마나 공포에 떨었는줄 알아?"

"마을 사람들 중에는 빨갱이들의 짐을 지고 가다가 총에 맞아 억울하게 죽은 사람도 있는데, 그 후손이 알면 어떻겠노?"

일구가 한마디 할 때마다 친척들의 입은 더 거칠어졌고 표정은 실망을 넘어 분노로 가득했다. 그는 가시방석에 앉은 듯 더 이상 앉아 있기가 민망해 자리를 피하고 싶었지만 차마 그렇게 할 수가 없어 친척들이 빨리 각자의 집으로 돌아가 줬으면 하는 마음뿐이었다. 그가 괴로워하는 표정이 역력하자 별 말씀이 없던 친척 중에서 제일 연장자인 큰당숙이 말했다.

"이제 그만들 하거라. 이 애가 무슨 죄가 있노. 난생 처음 할아버지 고향이라고 찾아왔는데 아무 상관없는 애에게 무슨 짓이고 이제 그만해. 그리고 호구도 오죽했겠어? 아마 심장이 터져 망그러졌을지도 몰라. 그때 그 시절엔 그럴 수밖에 없었어. 아까 하다가 못다 한 가족 소식이나 계속 말해 봐."

"어머니는 북조선 자강도 강계시가 고향이고 막냇삼촌이 강계 시장을 할 정도로 명문 집안이었어요. 그러나 일찍 부모님을 여의고 오빠 밑에서 자랐는데 올케언니가 성격이 고약해 같이 살 수가 없어서, 15세에 인민군에 입대해 평양 인민군 총사령부에서 무선 암호병으로 근무하던 중 아버지를 만나 결혼했심니다."

"여기서 같이 갔던 원미관의 그 아주머니는 어찌 됐노?"

"아! 작은할머니예? 그 할머니는 처음엔 큰할머니와 사이가 좋지 않아 자주 다투었는데 할아버지 때문에 일본 헌병대에 끌려가 모진 고문을 받은 후부터는 친자매 이상으로 잘 지냈습니다. 그리고 큰할머니가 두 아들의 전사 소식을 들은 후 죽음을 각오하고 곡기를 끊었을 때 그러면 안 된다며 가장 적극적으로 멀린 분이 작은할머니였어요. 아무리 설득해도 큰할머니의 의지를 꺾지 못하자 작은할머니도 같이 죽겠다며 물 한 모금도 마시지 않은 채 며칠을 지냈습니다. 그만큼 두 분은 사이가 좋았지예."

"너 큰아버지 호구는 군대 가기 전에 결혼을 했나?"

"예, 팔로군에 가기 전에 결혼을 했어예."

"슬하에 자식이라도 생겼나?"

"예."

"호구가 전사를 했으니 너의 백모는 어찌 됐노?"

"안타깝지예, 우리 마을 건너편에 살던 일본 청년과 눈이 맞아 집을 나간 후 소식이 없습니더."

"그러면 그 아는 누가 키웠노? 엄마도 가 버렸고 할머니마저 돌아갔는데?"

"할머니가 돌아가기 전에 고모에게 저 어린 피붙이를 너가 책임지라는 유언을 남기고 떠나서 고모는 결혼도 못하고 누나 뒷바라지를 했지예?"

"필숙이가 호구 딸 때문에 독신으로 평생을 지냈다고?"

"예."

"저런."

"그 딸은 지금 어디에 살고 있어?"

"고등학교 다닐 때 고모가 엄마가 아니라는 사실을 알게 되자 가출해 그 후엔 소식이 없어예."

"지금까지도?"

"예."

"집안이 와 그리 됐노?"

"너거 집은 사정이 어떻노?"

"큰집과는 달리 그래도 우리 집은 아버지가 살아오셨으니 사정이 더 나았지예."

"그나마 다행이구나."

"그런데 1960년대에 들어와 힘들었지예."

"와 또 무슨 일로? 전쟁도 끝난 지 오래됐는데⋯⋯."

"문화대혁명 때문에. 쫄딱 망했어예."

"학생들이 들고 일어난 사건 말이제?"

"예."

"그것하고 너거 집하고 무슨 상관있다고 그렇노?"

"아버지는 조선 전쟁이 끝난 후 하얼빈으로 돌아온 후 하얼빈 제1기계공장 공장장이라는 중책을 맡았지 예. 종업원만도 만 명이 넘는 큰 회사지예."

"종업원만도 만 명이 넘는다고? 엄청나게 큰 대기업이네. 그 공장에 공장장이 되었다고? 대단하네! 우리 가문에서 대기업의 사장이 나왔다고!"

"당숙님, 아버지가 그 정도의 직책을 가져 자랑스러운 것 맞습니다만 그로 인해 우리 식구는 엄청난 시련을 겪었어예."

"사장인데 왜? 그래, 그때 무슨 일이라도 있었나?"

"예."

"무슨 일인데?"

"당시엔 기관장은 누구나 할 것 없이 고역을 치렀는데 아버지도 그 큰 공장의 장이라 빠져나올 방법이 없었지예."

"그래서 어떻게 되었노?"

"반대파들이 아버지를 공장 창고에 감금시켜 놓고 매일 반성문을 쓰게 하고 조금이라도 이상이 있으면 자전거 체인 줄로 온 몸을 후려갈기거나 몽둥이 세례를 퍼부어 여러 번 혼절했지예. 그중 일부 과격분자들은 매일 집으로 찾아와 집 안에 있는 물건을 철저하게 살피고 의심이 드는 부분이 있으면 질문하고 조사했지요. 그런 일이 반복되자 9살짜리 동생 형구가 겁에 질려 울었는데, 그때 왜 시끄럽게 조사를 방해 하느냐며 방망이로 머리통을 후려 갈겼지예. 그 자리에서 바로 절명을 했십니더."

"어이구 쯧쯧."

"그리고 형님은 이 모습을 보고 울분을 참지 못해 일본도로 스스로 가슴을 찔러 자결했지예."

"일본도로 자결을 했다고?"

"예. 할아버지가 방정마을에 살 때 일본 헌병 친구에게서 선물로 받은 검인데……."

"한날한시에 두 형제가 다 죽었단 말이가?"

"집안이 풍비박산이 났구나. 완전 몰락했네."

"바레이, 너 할매는 굶어 죽고, 백부는 총 맞아 죽고, 니 애비는 불구자 되고, 니 형은 자결하고, 니 동생은 몽둥이에 맞아 죽고, 누나는 행방불명 되고, 고모는 평생 독신으로 지내고 세상에 이게 뭐꼬?"

"그러니까 그때 형님이 만주로 가지 않아야 했는데."

"일본 순사들 때문에, 몸을 피하지 않을 수 없어 그렇다 아입니꺼."

"그래도 만주로 가지 말고 국내에 어디에 숨어 있었더라면 이렇게까지는 안 됐을 껍니더."

"모든 것이 일본 놈들 때문에 이리됐지. 야튼 나쁜 놈들이야."

"일본 놈들은 그렇다 치고 한국 사람이 중국 군대는 와 들어갔노? 내가 보기엔 팔로군인가 구로군인가 거기 뭐 한다고 들어갔단 말이고? 집안이 망쪼가 들라니까 희한한 일도 다 있었네."

"만주로 갔지만 우리 조선족은 농토가 없어 그저 지주의 논을 소작하거나 농사일을 돕고 그 품삯으로 평생 머슴처럼 살아야 했어예…."

"그런데 해방이 되고 일본 놈들이 돌아간 후 우리가 사는 중국 동북에는 공산당 정부가 들어서면서 토지개혁을 시작했어예. 그때 논을 많이 가진 한족 지주들의 농토를 몽땅 빼앗아 땅이 없는 농민들에게 무상으로 분배해 주었어예. 여태까지 자기 땅이라곤 없던 농민들은 누구나 다 공산당 정부를 다시 보게 되었지예. 그리고 공산당 소속의 팔로군은 토비의 노략질을 막아 주었고 소수 민족을 배려해 줬지예. 그래서 많은 조선족 청년들이 팔로군에 지원했지예. 어떻게 보면 도움을 받은 대가로 입대한 셈이지예."

"장개석 정부는 미국, 영국 등 민주 진영과 우호적이었잖아. 장개석 군대에 지원하는 것이 당연한 순리 아이가?"

"중국 전체로 보면 모르겠으나 동북 지역의 조선족들의 정서는 그렇지 않았지예."

"왜 그랬는데?"

"일본이 패망하고 돌아간 후 장개석 정부가 집권하면 한족들이 조선족을 보복할 것이라는 소문이 돌았어예."

"한족이 무슨 원한이 있길래 조선족을 보복한다고? 와 그랬노?"

"우리가 살았던 목란에 수전공사가 있었지예. 그 공사가 소유한 땅이 수백만 평이 넘습니더. 이 땅을 개간할 때 감독 등 윗대가리는 일본 놈들이 차지하고 중간 관리자는 우리 조선인이었고 말단 노동일은 한족이 했어예. 자연스럽게 일본인은 1등 국민, 조선인은 2등 국민, 한족은 3등 국민으로 민족 간에 계층이 생겼지예. 남의 나라에 와서 객이 주인 노릇을 하니 한족들이 이를 보고 어떤 생각을 했겠습니꺼?

더구나 1931년도에 3광 정책으로 집단 마을을 만들 때 한족들은 영문도 모른 채 요지에 있는 땅을 몰수당했고 그 땅에 조선족들의 집을 지었어예. 자신들의 땅을 보상도 해 주지 않고 빼앗아 갔으니 불만이 많을 수밖에 없지예. 그래서 장개석 정부가 들어서면 조선족의 씨를 말릴 것이라는 소문이 돌자 많은 사람들이 귀국 길에 올랐다 아입니꺼."

"팔로군인가 하는 그 빨갱이 군대에 지원한 것은 살아남기 위한 방책으로 어쩔 수 없어 그렇다고 치자. 그런데 철천지원수와도 같은 조선 인민군에 들어간 까닭은 도대체 뭐꼬?"

팔로군에 자원에서 입대한 조선족 군인들은 중국 내전 시 모택동이 이끄는 홍군 편에 서서 장개석의 국부군과 치룬 전투에서 맹활약을 해 모택동 부대가 대만을 제외한 중국 전역을 통일시키는 데 큰 공헌을 했다. 다음 목표인 대만 전투를 앞두고, 조선족 병사들은 하남성 정주에 집결하라는 명령을 받았다. 느닷없는 명령에 의아해했지만 그 이유를 아는 사람은 아무도 없었다. 그들은 정주역에서 기차를 타고 신의주역에 도착한 후 신의주 비행장으로 갔지만 그때가지도 그들은 왜 신의주로 오게 되었는지 몰랐다. 그들은 다시 원산을 비롯한 각 부대에 분산되어 조선 인민군에 편성된다.

"조선 인민군에 들어간다는 사실을 전혀 몰랐단 말인가?"

"예, 김일성과 군 수뇌부 등 극소수만 알았겠지예."

"그래 가지고 인민군 소속으로 내려왔네."

"그러면 빼도 박지도 못할 형편이었네. 망할 놈의 시절에 어찌 그곳에 있다가 목숨도 잃고 혈족 간에도 원수지간이 되고 참, 어이가 없네!"

묘지 봉우리에 피어난 노란 민들레

이튿날 아침 일구는 당숙과 함께 징조부 묘소로 향했다. 만추의 계절이라 동서남북 모두가 천산만홍(天山萬紅)이었다. 동서남북 어디에도 산 하나 보이지 않은 망망대해와도 같은 대지만 보다가 아름다운 바다를 보면서 말했다.

"당숙님, 저쪽 바닷가 앞에 있는 돌 바위가 특이하게 보이네예."

"아, 저 대왕암, 저 바위는 신라의 문무왕이 사후에 동해의 용이 되어 신라국을 지키기 위해 저기에 묘를 썼어."

"죽어서도 나라를 위해서 저렇게 했단 말입니까!"

"자, 다 왔다. 이게 너의 징증부 묘다. 저 건너 쪽 산과 이쪽 산에 있는 묘를 봐. 모든 봉분이 다들 동쪽이나 남쪽을 향하고 있지. 왜 그런가 하면 살아있는 사람들이 햇빛이 잘 들고 좋은 터에 살아야 건강하고 하는 일이 잘되듯이 묘도 양지 바른 따뜻한 곳에 자리해야 후손이 발복한다는 믿음 때문에 다들 동쪽이나 남쪽을 향하고 있어. 그런데 증조부 묘는 보다시피 북쪽으로 향하고 있제. 이렇게 된 것은 증조부님이 만주로 간 니 할아부지와 니 아버지 때문이야. 니 가족이 만주로 간 이후 한 번도 잊은 적이 없고 언젠가는 돌아올 것이라는 믿음을 가졌다 아이가. 임종 직전에도 '만돌이는 아직도 안 왔노?' 묻다가 눈을 감으면서 니 조부님이 있는 북쪽 방향으로 눕혀라고 했어. 이 묘에는 니 증조부의 한이 담겨 있다 아이가."

이 말이 떨어지자 일구는 대성통곡을 했다고 한다.

"왜 그렇게 서러웠는데요?"

"목란에 잠들어 있는 조부 때문이지요. 조부님도 망향가를 부르다가 끝내 뜻을 이루지 못하자 임종 시에 유골이라도 고향에 묻으라는 유언이 생각나서 그랬지요."

이별의 슬픔은 이씨 집안에만 국한된 것이 아니다. 그 시대를 살다가 만주로 간 모든 집안들이 공통적으로 겪었을 괴로움일 것이다.

일구는 참배를 마친 후 생각에 잠기었다고 했다.

'완전히 빨갱이 집안이구나. 어째서 어미마저 빨갱이라니, 다시는 오지 마라. 동네 사람들이 알까 봐 겁난다. 네 큰애비와 애비 같은 빨갱이들 때문에 얼마나 공포에 시달린 줄 알아? 장손 집안이라고 온갖 사랑은 다 받아 놓고.'

"맞아, 나는 분명코 빨갱이 자식이 맞아. 아무리 부인해도 피할 수 없는 사실이다. 그런데 이렇게 손가락질받는 빨갱이를 도대체 누가 만들었느냐. 왜 내가 빨갱이의 아들이 되어 친지들로부터 이런 수모를 당한단 말인가. 도대체 누가 나를 이렇게 만들었나?"

일구는 그 문제에 관해서 곰곰이 생각해 보았다. 누가 나를 이렇게? 할아버지, 할머니, 큰아버지, 아버지, 엄마, 그 답을 좀처럼 찾을 수 없었다. 그러나 답은 아주 사소한 곳에서 비롯된 것임을 알게 된다.

1945년 8월 15일, 강 건너편에 일본인 개척단이 살고 있는 방정마을은 초상집 분위기와는 달리 서쪽 조선족향은 축제 분위기였다. 마을 사람들은 너 나 할 것 없이 얼싸안고 해방의 기쁨을 누리며 진로를 두고 즐거운 고민에 빠진다. 고국으로 돌아가느냐 아니면 이곳에 계속 눌러 사느냐를 두고 가족끼리 더러는 이웃끼리 의논을 거듭한다. 일구네. 가족도 귀국 문제를 두고 서로 의논을 했다.

그의 조부와 큰할머니가 대화를 나누었다.

"일본 놈들이 물러갔으니 나를 잡아갈 놈도 없다. 이제 고향으로 돌아가자."

"나는 그리 못 해요. 혼자서 가소."

"왜, 그래?"

"생각해 보면 알 텐데 묻고 자시고 할 필요가 없지 않소?"

"도대체 뭐 때문이야?"

일구의 두 할머니는 지난밤에 귀국 문제를 두고 서로 의논을 했다.

"형님, 해방이 돼 엄청 기쁘지예. 그런데 우리는 어떻게 해야 합니꺼?"

"새삼스럽게 왜 그래? 돌아가면 되지."

"그기 그리 간단한 문제가 아니라예. 이대로 가면 영감 꼴이 어찌 되겠어예? 동네 사람들이 손가락질할 것이 뻔하지 않아예? 그래도 감포의 유지였는데 형님이 있는데도 나를 데리고 민주로 도망갔다는 소문이 감포 읍내에 모르는 사람이 없을 텐데. 무슨 낯짝으로 돌아간단 말입니까? 나는 못 가예.”

이 말을 들은 할머니의 표정이 심각해졌다.

“그렇긴 한데.”
“형님. 머뭇거리지 마이소. 나야 술집 작부여서 이러나저러나 괜찮지만 형님의 체통이 어찌 되겠어예. 나 같은 년하고 함께 살았다는 소문이 퍼지면 집 밖을 나갈 수 있겠어예?”

자신이 빨갱이의 아들이 된 것은 바로 작은할머니의 사소한 개인적인 생각에서 비롯되었음을 알고는 분통이 터져 가슴을 내리쳐 보지만 부질없는 짓이었다.

이때 일구는 묘 봉우리에 피어 있는 민들레를 바라보면서 또다시 사색에 잠겼다.

‘여기 중조부모 묘 봉에 피어 있는 민들레도 노란색이고 방정마을 뒤 조부모의 묘에 피어 있는 민들레도 노란색이다.

한때 폭풍우가 휘몰아치며 격랑이 일 때 황토물이 지나가면서 잠시 황토색으로 띄었을 뿐 본시 민들레꽃은 노란색이다. 나 또한 일제의 탄압을 피해 어쩔 수 없이 만주 땅으로 간 할아버지 때문에 거기서 나고 자랐지만 설날엔 조상께 차례를 지내고 동네 어른들에게 세배를 하며 정월 대보

름날엔 장구를 치고 꽹과리를 두드리면서 전통문화를 고수해 온 조선족 경주 이씨다. 한족들 속에서 살면서 그들로부터 고려 빵즈라는 비아냥과 멸시를 당하면서도 조선족이라는 것을 자랑스럽게 여기지 않은 날이 한 번도 없었으며 누가 뭐래도 노란색인 조선족 경주 이씨가 아닌가!'

청진에서 온 묘령의 여인

1996년 여름 일구는 하얼빈 조선민족문화예술관 관장으로부터 북조선에서 온 여성이 자기를 찾는다는 연락을 받았다. 아무리 생각해도 조선에서 자기를 찾아올 사람이 없었다. 그의 어머니가 양강도 출신이라 외가 쪽에서 누가 찾아올 수 있겠지만 어머니도 외조부모가 돌아가시고 15세에 군대에 입대한 이후 한 번도 외가에 간적이 없었고 아버지가 하얼빈 제1기계공장 공장장으로 근무 중일 때도 돈은 몇 번 부쳐 주었지만 전혀 왕래가 없었는데 누가 찾아왔는지 의아해하면서 조선민족문화예술관으로 서둘러 갔다. 그는 자기를 찾아온 사람이 뜻밖의 인물인 것을 알고는 몹시 놀랐다. 그를 찾아온 30대의 여인은 1966년 문화대혁명 시 일구의 집안이 풍비박산이 났을 때 임산부의 몸으로 집을 나가 행방불명이 되었던 형수의 딸인 조카였다.

임신 6개월째였던 그의 형수는 문화혁명의 불길이 걷잡을 수 없이 휘몰아치며 사태가 심상치 않게 돌아가자 그대로 남아 있다가는 자신도 화를 당할지 모른다는 불안감 때문에 친정이 있는 평양으로 몰래 갔던 것이다.

그녀의 친정아버지는 하얼빈 철도대학을 나와 하얼빈 철도국에서 근무했다. 1956년에 북조선의 복구 작업이 한창일 때 김일성은 중국에 사는 조선족 엘리트들을 불러들였다. 그때 그의 친정아버지도 차출되어 친정 식구가 모두 다 조선으로 갔다.

"저의 이름은 이인애입니다. 아버지는 이민구이고요. 어머니는 김민숙 입니다. 그리고 저의 할아버지는 하얼빈 제1기계공장에 사장으로 근무하 시다 1966년 문화대혁명 시 투쟁을 받다가 행방불명되셨고, 저의 부친은 그때 그만⋯."

"그래, 어머니 이름이 뭐라고?"

"어머님 성함은 김민숙입니다."

"맞다 맞아! 내 형수다! 이 녀석아 그동안 어디 있다가 이제사 왔노? 그 동안 어디 있었노? 어머니는 어떻게 됐노?"

"어마이는 평양 외갓집에서 나를 출산했구요. 외조부모의 강요에 의해 재혼을 했습네다."

"그때 너 엄마가 20대 중반 나이밖에 안 됐으니 평생 과부로 사는 것이 답답해 그러했겠지. 그 때문에 부모 없는 고아가 됐구나? 되게 고생했겠 네."

"어마이도 이따금 만났고 외조부모님의 도움으로 큰 어려움은 없었습 네다."

"그 이후 계속해 평양에서 살았나?"

"아닙네다. 외할아버지가 청진으로 발령이 나 이후에는 거기서 살았습 네다."

"결혼은 했나?"

"예."

그녀는 청진 부두에 근무하는 강경식과 결혼해 사내아이를 출산했고 그런대로 행복하게 살았다.

그러나 그것도 잠시 북한은 1992부터 1997년까지 몇 년 동안 극심한 식량난을 겪는다. 소위 말하는 고난의 행군이 시작된다. 보도에 의하면 그때 300만 명이 아사했으며 어떤 이유인지 모르지만 함경남도 청진에서 유독 그 수가 많았다고 한다.

조카 인애 집도 가혹한 운명에 처한다. 1990년 초까지는 조금이라도 나오던 배급이 1995년이 후반이 되자 중단되었고 남편도 직장을 잃어 굶는 날이 일상이 되었으며 산모가 먹지를 못해 젖이 나오지 않자 젖먹이는 싸늘한 주검으로 변했다. 먹을 것을 구하기 위해서 나갔던 남편도 보름이 지나도록 돌아오지 않았다. 수소문 끝에 청진 역사 옆에서 주검이 되었다는 소식을 듣고서 현장으로 가 가마니에 덮인 채 방치되어 있는 남편의 시신을 보았지만 손을 쓸 수가 없어 청진을 떠나 두만강을 건너 연길로 갔다. 거의 초죽음의 상태였지만 운 좋게도 조선족의 도움을 받아 며칠간 머문 후 하얼빈으로 온 것이었다.

"어이구 불쌍한 녀석, 사정이 그랬으면 어서 빨리 와야지. 그동안 그렇게 힘들게 살았구나."

그녀가 건강을 되찾자 일구는 그녀를 데리고 송화강으로 갔다. 그가 조카를 그곳으로 데리고 간 까닭은 30여 년 전에 그녀의 아버지 유골을 뿌렸던 현장을 보여 주기 위해서였다.

송화강

"인애야, 여기가 바로 니 아부지의 유골을 뿌려진 곳이다. 30년 전 니 아
부지와 막냇삼촌의 유골을 이 강물에다 뿌렸단다. 대궐 같은 집에서 떵떵
거리며 잘살다가 한순간에 무너져 사랑했던 형제를 한줌의 재로 떠내려
보냈을 때 그 슬픔을 아직도 잊을 수 없다. 참으로 감내하기 어려운 인고
의 세월이었어."라고 하자 그녀는 머리를 풀고는 유골을 뿌린 곳을 향해
큰절을 올린 후 대성통곡을 했다고 한다.

일구는 그녀를 안승가에 있는 조선민족문화예술관으로 데리고 갔다.

"여기는 니 할무이가 근무했던 곳이기도 하고 나이가 드신 후에는 조선
족 친구들을 만나서 즐거운 시간을 보냈던 곳이기도 해."

그들이 조선민족문화예술관 사무실 옆에 있는 노인 협회로 들어가자

여러 노인들이 반겼다.

"아이구! 일구 오랜만이구나. 옆에 있는 새댁은 누구니? 혹시 새 장가라
도 갔느냐? 인물이 보통이 아닌데."

"아닙니더. 어르신들 이 애는 제 조카입니다."

"조카라고? 아이구 맙소사. 니 어무이가 하루도 빠지지 않고 찾았던 그
손녀라고? 이 무심한 녀석아, 그래 어디서 그렇게 꽁꽁 숨어 지냈니? 한
해만 더 일찍 왔어도 니 할무이의 한을 풀어 드릴 수 있었는데. 니 때문에
할무이가 마지막까지 눈을 감지 못해 모두가 안타까워했는데, 니가 여기
온 걸 알면 저승에서 벌떡 일어나 올 양반이야!"

어른들이 말하는 소리를 듣고는 인애는 다시 한번 충격에 빠졌다. 마지
막 순간까지도 자신 때문에 눈을 감지 못했던 할머니, 그런 사실도 모른
채 살아온 자신을 자책하지만 아무런 쓸모없는 메아리에 불과했다.

어머니가 근무했던 조선민족문화예술관을 가리키고 있음

어른들의 안타까워하는 말을 뒤로한 채 그들은 택시를 타고 동안에 있는 하얼빈 제1기계공장으로 향했다. 조선민족문화예술관을 떠난 택시는 안도가와 경제가를 지나 동안가에서 긴 담벽 사이로 난 길로 접어들었다. 담벽 사이로 이어진 길은 끝이 보이질 않을 정도로 길었다. 높은 담벽을 따라 2㎞쯤 지나니 군인들이 무장한 채 경계를 서고 있었다.

정문에 이르자 예상했던 대로 그곳은 국가의 기관 산업 시설이 있는 군사보호지역이라 민간인 출입은 금지되었다.

정문에서 보이는 건물만도 엄청난 크기인데 담장 안에 보이지 않는 건물까지 모두 합치면 얼마나 큰지 가늠이 안 될 정도였다.

일구는 조카에게 말했다.

이일구의 아버지가 공장장으로 근무했던 하얼빈 탱크공장

"인애야. 이 공장이 40여 년 전에 너희 할아버지가 공장장으로 근무했던 곳이야. 크지? 지금은 모르지만 그때 근무자가 만 명이 넘었어."

"만 명이 넘었다고요? 와! 대단하다. 이 큰 공장의 공장장이 내 할아바이였다니, 믿어지지가 않네요."

"이 민족으로 이국땅에 와서 이런 공장의 수장이 되었으니, 우리 이씨 가문의 영광이었지."

"삼촌, 여기와 눈요기만 하고 가면 서운하잖아요. 사진이라도 한 장 남기고 싶은데요."

"이곳은 군사보호 구역이라 사진 촬영은 안 돼."

말은 했지만 조카의 서운한 표정을 본 일구는 택시를 탄 후 경비병의 경비가 소홀한 틈을 타 휴대폰을 꺼내 셔트를 눌렀다.

'찰카닥' 하고 찍은 한 컷의 사진이 이씨 가문에 또 한 번의 시련을 준다.

이들의 행동을 수상히 여긴 경비병들은 경계의 끈을 놓지 않고 감시를 하다가 사진을 찍자 곧장 달려와 신분을 확인했다. 일구는 부친이 이곳에서 근무했던 연도와 직책을 대면서 찾아온 이유를 설명했다.

"좋습니다. 어떻든 신분 확인이 필요합니다. 신분증을 봅시다."

일구는 자신의 신분증을 제시하지만 탈북자인 조카는 신분증이 없었다.

"옆에 있는 아주머니는 왜 안 내세요."

"이 애는 내 조카이고, 이 공장장이었던 이재구의 손녀입니다."

"손녀고 뭐고 일단 신분증을 제시하라니까요."

"…"

조사 결과 조카 인애는 북조선에서 탈북해 온 탈북자라는 사실이 들통이 난 것은 물론 북조선에서 기밀을 빼내기 위해서 보낸 첩자라는 의심까지 받게 된다.

* * * * *

"1992년에 한국과 중국이 수교를 단행하자, 조선 정부가 못마땅하게 여겨 중조 양국 관계가 냉각된 시기였어요. 하필이면 그때 조카 문제가 생겼지요."

"결과는 어떻게 됐지요?"

"공안이 와서 바로 체포해 연행해 갔지요."

"그 이후 통 소식이 없었나요?"

"네, 그 당시 분위기로 볼 때, 아마 바로 조선으로 추방되어 감옥살이를 하거나 죽었을지 몰라요. 살아 있으면 내가 어디 사는지를 알고 있어 어떤 식으로든 연락이 왔을 텐데…."

필자는 2019년 10월 중순 인천 공항에서 하얼빈으로 가는 비행기 안에서 그와 동석을 해 하얼빈까지 가는 2시간 동안 그의 가족사에 관한 이야기를 듣고서 흘리기에는 아까워 글을 쓰기로 마음을 먹었다. 2시간의 이야기로는 미심쩍은 곳이 더러 있어 확인할 겸 헤어진 지 5일이 지난 후 중앙대가에 있는 조선족 식당 고려원에서 다시 만나 못다 한 이야기를 나누었다. 이야기도중 바이주를 한잔하자고 해 2병을 시켰더니 게눈 감추듯이 두병을 바로 비웠다. 이야기를 끝내고 식당을 나올 무렵엔 그는 상당히 취해 있었다.

우리는 중앙대가를 지나 경제가에서 헤어졌다. 그의 집은 송화강 건너편에 있는 강북에 있다. 다른 조선족 노인들의 대다수가 그렇듯 그도 집에 가더라도 반겨 줄 사람은 아무도 없다. 그와 연을 맺은 사람은 거의 다 돌아갔고 유일하게 남은 사람은 그의 부인이다. 그러나 그 부인도 한중 수교가 된 지 2년 후인 1994년도에 하얼빈 사범대에서 근무하다가 그만두고 한국으로 가 구로공단에서 만난 노무자와 재혼해 살고 있다.

1938년 일본 경찰에 쫓겨 경주를 떠난 이만돌의 후손들은 만주로 이주해 동족상전의 비극인 6.25 전쟁과 문화대혁명의 거센 쓰나미에 휩쓸려 사라진다. 유일하게 살아남은 그가 쓸쓸하게 걸어가는 뒷모습을 보니 가련하고 안쓰러울 따름이었다.

3

조선족의 전설 이민

가짜 김일성 진짜 김일성 의문의 사진 한 장

　1994년 7월 초순 서울과 평양은 한국의 김영삼 대통령과 북한의 김일성 주석이 1994년 7월 25일부터 7월 27일까지 평양에서 남북 정상 회담을 가질 것이란 놀랄 만한 중요한 뉴스 발표한다. 이 뉴스를 듣고 온 국민은 경악을 금치 못했고 앞으로의 남북 관계의 발전에 관해서 지대한 관심을 갖고 회담을 기다리고 있었다.

　이 역사적인 회담을 2주 앞두고 김일성이 갑자기 사망하자 회담은 무산되었고 사람들은 그의 사망 소식에 놀라워했다.

　그가 사망한 지 벌써 25여 년이 넘었지만 우리 국민들의 가슴엔 아직도 김일성에 관한 잔영이 남아 있고 그에 대한 이미지는 사람마다 약간의 차이는 있겠지만 대체적으로 두 가지일 것이다.

　첫째는 동족 상전의 비극인 6.25 전쟁을 일으킨 전쟁의 주범이고, 둘째는 김일성은 진짜가 아닌 가짜라는 사실일 것이다.

　6.25 전쟁을 일으켜 수많은 사상자와 피해를 입힌 전쟁의 주범인 것은 다툼의 여지가 없는 분명한 역사적 사실이라 여기서는 논외로 하고 이 글에서는 가짜 김일성과 진짜 김일성에 관한 사실을 언급하고자 한다.

　필자와 같은 세대의 사람들, 더 구체적으로는 1950년대 말에서 1970년대 무렵에 초, 중, 고 교육을 받은 사람들은 공산주의와 가짜 김일성에 관해서 수없이 교육을 받아 왔다.

공산당 당원은 호위호식하면서 잘 먹고 잘살지만 인민들은 굶주림에 시달려 피골이 상접하다고 배웠다. 이렇게 교육을 받은 세대는 공산당을 상징하는 붉은색만 보아도 반감을 가졌다.

필자는 김일성이 가짜 인물인지 진짜 인물인지 판단할 만한 지식이나 식견도 없다. 다만 김일성은 만주벌에서 천하를 호령하면서 무시무시했던 관동군도 그가 나타나면 벌벌 떨 정도로 맹활약을 했던 전설적인 영웅이었다는 점과 해방 후 어느 날 갑자기 새파란 애송이가 평양 운동장에 나타나 "내가 바로 김일성이요."라며 북한 주민을 속인 희대의 사기꾼이라는 정도로만 알고 있다.

지리산 자락 오지에 있는 자그마한 산골학교 학생이었던 필자도 학교 웅변대회에 나가 김일성 장군의 탈을 쓴 김성주를 때려잡자고 열변을 토한 적이 있다.

우리 세대는 그렇게 교육을 받아 왔기에 김일성이 진짜니 가짜니 하는 말을 들을 땐 호사가들이 지어냈거나 반체제 인사들이 체제를 전복하기 위한 수단의 하나일 거라고 치부해 왔었다.

필자는 한국에서 오랫동안 교육계에 종사하다가 2014년 8월에 중국의 동북 하얼빈에 있는 대학으로 부임해 왔다. 모든 것이 낯설고 언어도 안 통해 불편한 점이 많았지만 마침 제자 중에 한국말을 할 줄 아는 학생이 있어 자주 연구실로와 필자를 도와주곤 했다.

어느 날 오후 강의를 끝내고 연못가 벤치에 앉아 있을 때 그녀는 휴대폰에 저장된 몇 장의 사진을 보여 주었다. 그 사진은 수능 시험이 끝난 후 그녀의 부모님과 중국 동북의 최북단 도시인 호두로 여행을 갔을 때 찍은 것이었다. 여러 장의 사진 중에서 필자의 시선을 사로잡은 것은 일본군과 맞서 싸운 항일 영웅을 위해서 세운 항일영웅 탑 하단부에 있는 이조린, 조상지, 주보중, 김일성(金日成)의 이름이었다. 필자는 제자에게 사진을 찍은 지역과 영웅들이 누구인지를 물어보았다. 그 지역은 중국과 소련의 접경지에 있는 호두 요새이며 이조린, 조상지, 주보중은 일본군과 맞서 싸운 중국인들이 높이 받드는 구국의 영웅이지만 김일성은 누구인지 모른다고 했다.

필자는 사진 속의 인물이 북한의 통치자인 김일성인지 아니면 전설 속의 장군인 김일성 장군인지 그것도 아니면 중국의 어느 유명한 장군인지가 궁금했다.

호두 요새 광장에 있는 김일성 동상

북한의 김일성은 백두산에서 활동했다고 들었는데 중국 중에서도 동북의 최북단인 호림까지 가서 일본군과 싸웠을 리는 없었을 것이라 생각되었지만 어떻든 그 사진은 계속 나의 뇌리에 남았다.

김일성은 진짜가 맞아요

필자가 근무하는 학교 주변에 조선족 두 사람이 살고 있다. 두 분 다 80대 후반이며 교육계에 근무하다 은퇴한 분들이며 1930년대 초중반에 만주로 이주해 이주 시기도 비슷했다.

이곳에 오랫동안 살아왔고 교육계에 근무했기 때문에 이곳에 온 지 얼마 되지 않은 새내기인 필자에겐 좋은 스승이었다. 그래서 주말에 특별한 약속이 없으면 인근 식당으로 그들을 초대해 식사를 하곤 했다.

11월 중순, 눈이 많이 내리는 날인데도 우리는 평소처럼 식사를 하면서 담소를 즐기고 있었다. 그런데 대화 중 오상에 있는 조선족 동네인 민락향 조선 고중에서 정치를 가르쳤던 서정부 노인이 물었다.

"주 교수, 내가 1998년도에 서울에 사는 여동생 집에 갔는데 어떤 말끝에 김일성에 관한 이야기가 나왔어. 북한을 통치하는 김일성은 가짜이고 전설적인 인물인 김일성 장군은 따로 있다고 하던데 주 교수도 그렇게 알고 있소?"

"예, 맞습니다. 북한의 통치자 김일성의 본명은 김성주이고 만주벌에서 항일 독립운동을 한 전설적 영웅인 김일성 장군은 따로 있다고 배웠습니다."

"이상하다. 한국에서는 왜 엉터리로 교육을 시키지?"

"선생님은 중국에 계시니 잘 모를 수밖에 없지요."

"아니, 김일성이 한국에서 항일 활동을 한 것도 아니고 바로 여기 중국 동북에서 활동을 했는데 우리가 훤히 더 잘 알제. 나 참."

"정말 그러세요? 뭔가 이상한데."

"이상할 게 없소. 나라 잃고 방황했던 우리 민족은 김일성이 일본군과의 전투에서 이겼다는 승전보가 들려올 때마다 감격해 눈물을 흘린 적이 한두 번이 아니었소. 우리 민족이 네댓 명 정도만 모여도, 누가 먼저랄 것도 없이 '장백산 굽이굽이로' 시작되는 김일성 찬가를 노래했고 지금까지도 노인들이 모이면 그 노래를 이따금 부르오."

가짜가 맞는데 왜 그를 진짜로 생각하는지 의아해할 때 원 선생이 말했다.

"옆에서 들어 보니 한심하기 짝이 없는 언쟁을 하고 있으니 그 이야기는 이제 그만둡시다."

"원 선생님 그게 무슨 뜻입니까?"

"김일성이 그렇게 궁금하면 이민 여사에게 가서 물어보면 돼요. 그는 김일성과 함께 4년 동안 항일을 한 분이니까 그보다도 더 잘 알 사람이 누가 있겠소. 직접 찾아가 묻는 것이 제일 좋아요."

나는 정신이 번쩍 들었다. "이민 여사라고?"

김일성이 진짜 인물인지 가짜인지 여부는 이제 시간 문제였다. 숙소로 돌아와 김일성의 진위 여부에 관해 다시 한번 알아보고 싶어 관련 서적도 보고 논문도 검색해 보았다. 많은 정보가 있었지만 진위 여부를 알 만한 정보는 없었지만, 그의 목에 걸린 현상금 액수를 보고 깜짝 놀랐다.

중국 동북 항일 연군 제1로군 총사령관이었던 중국인 양정우 장군과 제2군 정치국원인 위중민에게 걸린 현상금이 무려 3천 위엔이었다. 1930년대 후반에 3천 위엔은 과히 천문학적인 액수이다. 그런데 김일성의 목에 걸린 현상금은 그보다 3배를 뛰어넘는 1만 위엔으로 수만 명을 지휘한 총사령관보다도 더 많은 현상금이 붙었으니 일본군에게는 눈엣가시였던 것은 분명했다.

겨울 방학 중 귀국해 몇몇 모임에 가서 김일성에 관해보고 들은 이야기를 했다. 친구들의 반응도 역시 예상대로였다.

"전설적인 영웅을 기념해 승전비를 세워 애국심을 함양시키는 것은 이상할 것이 없지. 그런데 사진 속의 인물은 북한의 통치자 김일성은 아니야, 가짜야."

다른 모임에서도 역시 비슷한 반응을 보였다.

"김일성 장군이야 신출귀몰해 전공을 많이 세워 중국에 있는 조선 민족에게 희망의 등불이 되었겠지만 김정일의 아버지 그 양반은 진짜 김일성이 아니야."

이와 같이 필자의 주변 사람들은 한결같이, 필자와 같은 생각을 갖고 있었다.

한국에 더 머물고 싶었지만 하루라도 빨리 이민 여사를 만나고 싶어 다른 해와 달리 일찍 학교로 돌아온 후 어떻게 하면 이민 여사를 만날 수 있을지 여러 사람에게 물어보았다.

동료인 맹신루 교수는 이렇게 말했다.

"예, 이민 여사님 잘 알지요. 그분을 모르면 중국 사람이 아니지요. 중국의 동북을 해방시킨 영웅이지요. 우리 아파트 바로 앞에 그분의 집이 있지만 만나지는 못했어요. 국가 급의 경호를 받고 있기 때문에 그 집 옆에는 어느 누구든 얼씬도 못 해요. 제가 수십 년 동안 이웃에 살아도 한 번도 본 적이 없어요. TV에서 본 것을 빼놓고는…."

"만날 수 있는 방법이 없을까요?"

"TV나 신문에 종종 나오니까 언론기관에 연락을 해 보면 길이 있을 겁니다."

이 말을 듣고 필자는 이튿날 평소 알고 지내는 흑룡강 신문사의 주성일 총감을 찾아갔다. 그는 이민 여사를 알고는 있었지만 소개를 해 줄 만큼 잘 알고 있는 사이는 아니어서 그와 같이 근무했던 옛 동료에게 전화했다. 잠시 후 전화가 왔다. 지금은 여사님이 어디에 있는지 알 수 없으니 다음에 연락하겠다면서 기다리라고 했다.

어서 만나 보고 싶어 안달이 나 전화를 마냥 기다릴 수 없어 흑룡강 신문사를 나와 조선민족문화예술관으로 가 안중근 기념관 관장인 최경매에게 같은 부탁을 했다.

그녀가 어디론가 전화를 했다.

"회장님, 이민 여사님을 지금 만날 수 있을까요? 나를 도와주고 있는 동방 대학 교수 분이 지금 이민 여사님을 만나보고 싶대요."

그녀는 전화를 끊고 잠시만 기다리라고 했다.

"방금 통화한 분이 누구예요?"
"이승권 옹입니다. 흑룡강 방송국 국장을 역임한 분으로 현재는 조선족 노인협회 회장직을 맡고 있으며. 이민 여사님의 자서전《풍설 정정》을 조선어로 번역한 분으로 이민 여사님과는 막역한 사이입니다."

이승권은 중국의 명문인 북경의 중앙 민족대학 출신으로 재학 중에는 학교 악단 단장을 맡았으며 그가 지휘하는 악단은 각 민족 행사 때마다 연주했다고 한다. 연주가 있기 전에는 밤늦게까지 연습했는데 그때마다 작고한 주은래 전 총리가 직접 찾아와 어깨를 두드리며 "이승권, 고생이 많아. 이번 행사 끝나면 함께 식사해."라고 하면서 격려해 주었고 함께 식사를 한 것도 한두 번이 아니었을 정도로 중국 근현대사의 거두와도 알고 지낸 인물이었다.

살아 있는 전설 항일 투사 이민

잠시 후 검은색 바바리코트를 입은 70대의 멋쟁이 신사가 사무실로 들어오면서 "지금 바로 이민 여사 댁으로 갑시다. 오후엔 CCTV와 인터뷰가 있으니 지금 가야 시간을 더 많이 가질 수 있소."라고 했다.

차는 한적한 주택가에 자리한 집 앞에 도착했다. 초인종을 누르니 신체 건강한 공안 2명이 나와 이 회장께 인사를 하고는 필자의 신분을 확인했다. 집 안에 있는 초소를 지나 안으로 들어갔다. 2월 말인데도 뜰 안에 있

노전사 이민, 흑룡강 방송국장 이승권

는 미루나무 가지엔 눈꽃이 피어 있었고, 울타리 벽면에는 온 사방이 한 시로 가득했다.

40대의 여인의 안내로 거실로 들어가자 60대 중반으로 보이는 초로의 할머니가 반갑게 반겼다. '설마 이분이 이민 여사는 아니겠지?'라고 생각할 때 이 회장은 이민 여사님에게 인사를 하라고 했다. 연세가 94세인데도 60대 중반으로밖에 안 보여 놀라울 정도로 젊어 보였다. 인사 후 필자는 단도직입적으로 김일성에 관한 질문을 했다.

Q: 북한의 김일성 주석과 함께 오랫동안 항일 운동을 한 것으로 알고 있습니다. 그가 장백산을 중심으로 항일을 했던 전설적인 장군 김일성 장군이 맞나요?

A: 맞아. 당연한 사실인데 왜 그런 질문을 하는지 이해할 수 없네. 몇 해 전에도 한국에서 온 기자가 똑같은 질문을 해 의아했는데 오늘도 같은 질문을 받으니 한국에서는 김일성에 관해서 많은 오해가 있는 것 같은데 의심할 필요가 없어. 맞아.

Q: 1945년 10월 14일 평양시 군중대회에 참석했을 때 그의 나이는 고작 34세에 불과했습니다. 아무리 뛰어난 명장이라도 30대에 어떻게 장군이 될 수 있단 말인가요? 평양 운동장에 모인 대다수의 사람들은 전설적인 김일성 장군은 백발이 성성한 60대 노장군으로 생각했다는데……

A: 그건 이곳 실정을 몰라서 하는 소리야. 나이가 50~60대에 이르면 무장 항일 투쟁을 할 수가 없어. 김일성이 주로 활동했던 장바이산(백두산) 일대는 겨울에 온도가 영하 40~50도로 내려가. 그런 추위가 하루 이틀

도 아니고 겨울 내내 계속돼. 그런 혹한 속에서 일본군에 쫓기면서 풍찬노숙을 해야 하는데 20대의 젊은이가 아니고는 체력적으로 배겨 날 수가 없어. 항일 전사들의 일생을 보면 알 수 있잖아. 20대 초반에 항일을 시작하고 중 후반에 장군이 되며 30대에 총 맞아 죽는 것이 바둑으로 치면 일종의 정석과도 같아. 나의 오빠도 21세에 장군이 되었고 30세도 안 되어 희생당했어.

평시에는 장군하면 수천 명 또는 수만 명을 거느린 사단급 이상을 지휘하는 나이가 든 군인으로 생각하겠지만 항일 운동 당시 일본군과 잦은 전투를 벌였던 항일군들은 총에 맞아 죽거나 목이 잘려 죽는 경우가 허다해. 인력 손실이 많아 기존에 편성된 부대는 해체되고 다시 부대를 편성해야 하는데 그 과정에서 학식이 있거나 활동이 뛰어난 사람이 즉석에서 지도자로 뽑혔고 병력이 일정 수 이상이 되면 장군이라고 불렸어. 또한 동북 항일 연군 병사들은 일찍이 항일 운동을 시작해 제대로 교육을 받은 사람이 드물었어. 그래도 김일성은 당시에 중학교 3학년까지 다녔으니 대단한 학벌이라 장군이 되는데 손색이 없었어.

Q: 김일성의 본명은 김성주이며 전설적인 영웅인 김일성 장군의 이름을 도용한 걸로 알고 있습니다.

A: 항일 운동을 하다 보면 이름을 바꾸어야 할 경우가 더러 있어. 왜냐하면 항일 활동하는 사람 중에도 일본군이 심어 놓은 첩자가 있어. 이들이 항일 투사들의 정보를 넘겨줘. 그 명단이 일본군인 놈들 손에 들어가면 본인은 물론 가족까지 화를 면치 못하기 때문에 수시로 이름을 바꿔야 했어. 신분이 노출될 경우 중앙당에서 이름을 바꾸라는 명령이 내려와 특히 민생단 사건 이후 이름을 안 바꾼 사람이 없었어. 나도

본명은 이봉선이야, 항일 활동을 한 아버지와 오빠를 산속에서 우연히 만나면 "너는 절대로 이름을 바꾸지 마라. 다급한 일이 생길 때 원래 이름이 아니면 찾을 수 없다."고 말씀하셨지만 민생단 사건이 터진 후 바꾸지 않을 수 없었어. 그렇지만 김일성은 민생단 사건 이후에도 자신의 이름을 그대로 사용했어.

Q: 김일성은 그대로 자기 이름을 고수했단 말이죠?

A: 그렇지. 그런데 항일 장군 중엔 김일성(金一星)이란 장군도 있어. 그 장군은 하나 일 자에 별 성 자인데 그도 꽤나 유명했지만 金日成과는 비교가 안 되었지.

민생단 사건

1932년 10월 이른바 '송노두(宋老頭) 사건'을 계기로 민생단 사건이 시작되었다. 중국 공산당의 옌지현 라오터우거우(지금의 랑터우거우진)의 구위원회 비서였던 송노두는 1932년 8월 일본군 헌병대에 체포되었다가 일주일이 지나 탈출하였다며 항일유격구를 찾아왔다. 그의 탈출 과정에 의심을 품은 공산당 조직에서는 그를 옌지의 인쇄소로 보내 일하게 하였다. 그러다 그해 10월 옌지현 항일유격대는 정찰을 나온 일본군 헌병을 사살하고 통역관을 생포하였는데, 그에게서 송노두가 일본 헌병대에 매수되어 유격대 내부에 민생단(1932년 2월 간도 지역에서 결성된 친일 조선이주민 단체)을 구성해서 파괴 공작을 펼치기로 했다는 자백을 받았다. 중국 공산당 동만 특위는 송노두를 사로잡아 그를 고문한 끝에 20여 명의 조선인 간부가 민생단에 연루되어 있다는 자백을 얻었다.

결국 1932년 11월부터 1936년 2월까지 '반(反)민생단 투쟁'이라는 이름으로 중국 공산당의 조선인 숙청작업이 진행되었다. 민생단으로 지목된 사람들은 명확한 근거도 확인되지 않은 채 모두 체포되었고, 그 가운데 많은 사람들이 처형되었다. 처음 옌지현에서만 진행되었던 중국 공산당의 반민생단 투쟁은 1933년 3월 허룽현으로 확대되었고, 그해 5월에는 동만 특위 전체로 확산되었다.

1983년 중국 공산당 연변주위 조직부에서 조사한 자료에 따르면 모두 497명이 체포되어 367명이 살해되었으며, 이는 확인된 인원에 국한된 것으로 실제 피해자의 규모는 훨씬 많아 1천여 명이 체포되었고, 500명 이상이 살해된 것으로 파악되었으며, 민생단 사건이 진행된 1933년 9월부터 1935년 12월까지 조선인이 대부분이었던 옌지, 왕칭, 훈춘 등 3개 현의 공산당원 숫자가 1,299명에서 181명으로 86.1%나 감소되었다는 통계도 있다고 한다.

뿐만 아니라, 만주 전역에서 이로 인해 조선인에 대한 경계와 배척이 확대되어 항일 연합전선에도 부정적인 영향을 끼쳤다.

그 후 몇 년이 지난 1936년 2월 중국 공산당이 반민생단 투쟁에 잘못이 있었음을 인정하고 간부들을 신임하라는 지시를 전달하면서 반민생단 투쟁은 완전히 종료되었다.

출처: 두산백과

Q: 김일성을 언제부터 알았습니까?

A: 그가 신출귀몰하다는 사실은 소문으로 들어 알고 있었지만, 첫 만남은 1941년 11월 소련의 제88 국제여단 시절이었어.

Q: 어떤 소문이었나요?

A: 내가 초창기 항일 활동을 한 곳은 길림성 반석 지방이었어. 반석은 장백산(백두산) 줄기라 산이 깊고 숲이 울창해 유격전을 펼치는 데 유리해 많은 항일 투사들이 그 지역을 중심으로 활동했는데 그중에서도 김일성이 이끄는 항일 부대가 세력이 가장 컸고 전공도 많이 세웠어. 특히 보천보 전투 이후엔 그의 이름을 모르는 사람이 없었어. 그를 김일성 신화로 만든 것은 보천보 전투가 결정적이야.

소련 제88 국제여단 지휘관

보천보 전투

1937년 6월 4일 동북 항일 연군 제6사단 김일성과 그 대원 170여 명이 함경남도 갑산군 보천면 파출소와 우체국을 습격한 사건이다. 파출소를 지키던 일본 경찰 3명과 조선인 보조원은 도망을 갔고 경찰관 부인이 업고 있던 2살 난 유아와 일본인 요리사 1명만 희생당한 자그마한 사건이었다. 그런데도 〈동아일보〉는 이 기사를 다분히 의도적으로 호외까지 발행해 가면서 대서특필했다. 〈동아일보〉의 의도는 아직도 만주에는 항일 운동의 존재가 남아 있음을 알리고 다시 한번 희망의 끈을 갖고자 함이었다. 그런데 이 사건에 관한 보도는 이외로 김일성이라는 이름을 국내외에 알리는 계기가 되었다. 그 이후 북한은 이 자그마한 사건을 김일성 우상화로 이용하고 있다. 솔방울로 수류탄을 만들고 가랑잎으로 배를 만들어 두만강을 건넜다고 선전하면서 신격화에 박차를 가했다.

출처: 두산백과

제88 국제여단

국제 제88 독립보병여단은 소련의 극동군 소속의 보병여단으로, 1930년대 만주에서 활동하다 일본군의 토벌에 쫓겨 소련으로 망명한 동북 항일 연군 잔존 세력들을 수용하기 위해 1942년 7월 창설한 부대로 김일성을 비롯한 "혁명 1세대"의 모태가 된 부대이다.

김일성이 주도한 보천보 전투 이후 만주에서 일본군의 항일 세력 토벌작전이 심화됨에 따라 동북 항일 연군 소속의 조선인과 중국인들은 국경을 넘어 소련으로 도피하였다.

1940년부터 1941년 초까지 소련으로 망명해 온 항일 연군들은 보로실로 프(오늘날의 우수리스크) 근처의 남야영(南野營)과 하바롭스크 동북쪽 70㎞가량 떨어진 아무르 강변 뱌츠코예마을의 북야영(北野營) 두 곳에 분산 수용된다. 김일성은 1940년 10월 23일 소련으로 불법 월경하여 들어갔다가 투옥되었는데, 중국인 상관 주보중(周保中, 1902~1964)의 신원 보증으로 풀려나 남야영에 들어간다. 남야영과 북야영은 각각 B 캠프와 A 캠프로도 불리는데, 보로실로프와 아무루강의 이니셜을 딴 것이다. 남 야영은 보로쉴로프 근처 조그만 기차역이 있는 하마탄이란 마을에 있었 다고 하는데, 블라디보스토크와 우수리스크 중간쯤에 있는 오늘날의 라 즈돌노예마을이다.

남야영에서 1941년 2월 16일 김정일이 태어났다. 그가 태어난 집은 라즈 돌노예마을길 88번지(2층 빨간 벽돌집)로 기차역 부근이며, 지금도 남아 있어 연해주 관광객들의 관광 코스로 되어 있다. 88여단 명칭은 김정일이 태어난 집 주소 라즈돌노예 88번지에서 따 왔다는 설이 있다. 라즈돌노예 기차역은 스탈린이 1937년 연해주 한인들 17만 명을 중앙아시아로 강제 로 실어 나르던 출발지로, 고려인들의 한이 맺힌 곳이다.

소련은 장래 있을지도 모르는 일본과의 충돌을 대비하고 외교적 마찰을 피 하기 위해 1942년 7월 뱌츠코예의 북야영에 남, 북야영 동북 항일 연군 인 원들을 수용하는 88여단을 창설하였다. 소련군 소속이었으나, 동북 항일 연군의 편제를 어느 정도 유지하고 있었다. 88여단을 중국인 대원들은 동 북 항일 연군 교도려라 불렀다. 여단장은 중국인 주보중이었고, 극동군 사 령관 아파나센코(1890~1943) 대장과 그 후임 막심 푸르카예프(1894~1953) 대장과 그 아래 정찰국장 나움 소르킨(1899~1980) 소장 및 부국장 안쿠

지노프 대좌에게 배속되어 지휘감독을 받았다.

김일성은 제88 국제여단 창설로 1942년 7월에 라즈돌노예의 남야영에서 뱌츠코예마을로 이주하여 대위 계급으로 1대대 대대장이 되어 8.15 해방 때까지 교육과 훈련을 받는다.

이곳에 참가한 조선이 가운데 약 60여 명이 확인되며, 이들 대부분은 소학교 중퇴자이며 김일성을 비롯한 4인이 중학교 중퇴이다. 이들은 제88 국제여단에서 1942년 7월부터 해방까지 약 3년간 복무했으며, 소련군정 하에서 김일성의 측근이 되어 훗날 조선민주주의인민공화국 권력층의 핵심이 된다.

이들 중 중등교육 수준의 학력을 갖추었던 사람은 대위 김일성, 이상조, 임춘추, 대위 안길, 대위 김책, 중위 서철의 5인이다. 이외의 55인의 평균 학력은 소학교 3학년이다.

출처: 위키백과

Q: 제88 국제여단에서 김일성과 함께 군영생활을 했다는 말씀이죠?

A: 그렇지. 약 4년간 함께 훈련을 받았어. 게다가 내 남편 진뢰는 김일성이 대대장이었던 제1대대의 정치참모였고 그의 부인 김정숙은 내 소대 소속의 통신원이라 그들 내외와 우리 부부는 각별한 사이라 친하게 지냈어.

Q: 1942년에 제88 국제여단 야영장에서 처음 만났을 때 당시의 계급은 무엇이었나요?

A: 소련군 대위였어.

Q: 제1대대 대대장이라고 하셨는데, 대대장이면 계급이 중령이 아닌가요?

A: 당시는 평시와 상황이 다르지.

Q: 그에 대한 첫인상은 어떠했나요?

A: 키가 크고 마른 편이었으며 허리가 잘록해 보였어. 호남형에다 성격도 소탈해 부하들이 잘 따랐어.

Q: 허리가 잘록하고 마른 편이라고 했는데 지금 보면 그와 반대인데요. 다른 인물일 수 있지요?

A: 지금은 그렇지만 그때는 마른 편이었어.

Q: 2년 전 소련과 중국의 접경 지역인 호림 요새에 갔더니 항일 영웅 기념 탑에 이조린, 주보중, 조상지 장군의 이름과 더불어 김일성이란 이름 도 있었는데 북한 주석 김일성이 맞나요?

A: 맞아. 김일성은 백두산을 중심으로 활동했지만 때로는 그곳을 벗어나 서도 전투를 했어. 러시아의 접경지대인 동녕 전투도 그가 지휘했고.

Q: 김일성의 동상은 다른 영웅과는 달리 그는 밧줄을 어깨에 걸치고 있었 습니다. 그건 무엇을 의미하나요?

A: 김일성이 활동을 했던 장백산은 골이 깊고 숲이 무성해 유격 활동을 하기에 좋은 천연 요새지만 적에게 노출될 경우엔 신속히 대피를 해야 하는데 때로는 나무나 숲을 타야 해. 그땐 밧줄이 바로 생명 줄과도 같 아.

Q: 김일성은 동에 번쩍 서에 번쩍 나타나 신출귀몰한다던데 실제 그러했 나요?

A: 장백산은 겨울이면 눈이 많이 내려 산이 온통 눈구덩이라 적군이 기습 해 오면 항일 유격대원들은 스키를 타지 않고는 움직일 수 없어. 때로 는 눈 덮인 나무 위로 스키를 타기도 하고 밧줄을 타고 수십 m 아래로

뛰어내리기도 해. 그 활강하는 모습과 밧줄을 타고 뛰어내리는 빠른
기동성이 김일성이 동에 번쩍 서에 번쩍 한다는 신화가 생겼어.

백두산 밀영

김일성은 왜 소련으로 도망갔나?

Q: 김일성은 만주 지역을 버리고 왜 소련으로 도망을 갔나요?

A: 세 가지 측면에서 보아야 해.

첫째, 1937~1938년 무렵에 토벌대가 대규모로 토벌하자 많은 사상자가 나와 전력에 막대한 손실을 당해 조직이 거의 와해 상태였어.

둘째, 선무 공작 때문이야. 적은 삐라를 뿌리거나 전향자를 내세워 항일 활동을 했더라도 자수하면 과거의 행위를 불문에 부치겠다고 회유하자 많은 전사들의 동요를 일으켜 전향을 함으로써 유격 활동 근거지가 토벌대에게 노출되어 산속 깊숙한 밀영지까지 토벌을 가했어.

셋째, 고립 작전이야. 토벌대는 항일군을 찾지 못할 경우엔 주변에 항일 연군이 있을 만한 곳을 에워싸고 몇 달 동안 민가와 차단시켰어. 오랫동안 굶주림에 시달리면 더 이상 버틸 수가 없어 전향하는 경우도 많았어.

김일성 장군이 항일을 했던 남만 지역의 제1로군 총사령관 양정우 장군이 토벌대에 피살되었을 먹을 것이라고는 아무것도 없는 곳에서 수개월 동안 어떻게 견디었는지를 알아보기 위해 그의 배를 갈랐을 때 놀랍게도 배 속은 나뭇잎으로 가득 차 있었어. 총사령관이 그렇게 연명했는데 다른 병사인들 별다른 방법이 있겠어? 투항하거나 아니면 굶어 죽는 길밖에 없지. 그래서 1939년 말경 유격대 활동은 지리멸렬해져 더 이상 버텨 낼 수가 없을 정도로 궤멸된 상태였어.

Q: 그래서 김일성이 군장으로 있던 항일 부대도 뿔뿔이 헤어져 1940년 초에 러시아 영내로 들어갔군요? 그때 김일성과 같이 넘어 갔던 인사는 누구입니까?

A: 최현, 안길, 김책, 최현 등 몇몇 사람에 불과했어. 훗날 이들은 북한의 핵심 실세가 되었어.

Q: 김일성의 부인 김정숙에 대한 이미지는 어떠했는지요?

A: 첫인상은 눈동자가 유난히 검었고 피부가 탄력이 있어 보이는 미인이었어. 언제나 남을 배려했고 친절하고 이해심이 깊어 전사들과 사이가 좋았어.

Q: 어째서 그렇게 생각하나요?

A: 소련 제88 국제여단 시절 초기에 하루의 배식량은 빵 600g에 지나지 않아. 늘 배가 고파 더 늘려 달라고 요구했지만 더 이상 주지 않았어. 그럴 때 옆에서 위로해 준 사람은 김정숙이었어. 그는 "남의 나라에 와서 이 정도만 먹는 것도 얼마냐 고마우냐."라고 말하면서 자신이 먹던 빵을 배고파하는 병사에게 나누어 주곤 했지.

Q: 한국의 저명한 항일 연구가인 어느 교수의 글에 의하면 제88 국제여단에서 음식은 충분히 공급되었다고 하던데요?

A: 옳지 않아. 1941년 8월에 88교도 여단이 하바로스크에 정식으로 설립되었을 무렵 나는 다른 전사들과 함께 국경을 넘어 그 부대로 갔을 때 우수리 강기슭에 마중 나온 소련군 병사가 검은 빵과 절인 물고기를

줬어. 일본군의 연일 계속된 토벌 때문에 오랫동안 배를 곯았던 우리는 게 눈 감추듯 한입에 해치우고 좀 더 달라고 했더니 그들은 빈손을 내밀며 "네트."라고 했어. 내가 소련에서 배운 첫 단어가 '네트(없다)'였어. 당시 전선 부대의 배급량은 빵 800g이었고 항일 연군에게는 600g밖에 지급되지 않았어. 항상 배가 고팠지. 음식량을 더 늘려 달라고 했지만, 역시 '네트'라는 말만 되풀이 했어. 그러나 산 하나를 배정 받은 후에는 형편이 나아졌어.

Q: 왜 그렇지요?

A: 산의 공지에 채소를 재배하고 우수리강에서 물고기를 잡기 시작한 후로는 사정이 좋아졌지.

Q: 김정숙에 관한 다른 기억은 있나요?

A: 그녀는 노래도 잘하고 춤도 잘 췄으며 바느질과 요리에 능한 팔방미인이었어.

우수리강

김정일의 출생지는?

Q: 지금 한국에서는 김정일의 출생지에 관해서 여러 의혹들이 제기되고 있습니다. 김정일의 출생에 관해서 알고 있나요?

A: 알고 있지. 1941년 야외활동을 나갔을 때 동료로부터 무전으로 백두산 밀영에서 김정일을 낳았다는 소식을 듣고 손뼉을 쳤어.

Q: 직접 보지는 못했군요?

A: 그렇지.

Q: 한국에서는 김정일의 출생지가 러시아의 하바로스크 레이놀즈마을에

백두산 정일봉 아래에 있는 김정일의 고향집

서 탄생한 걸로 알고 있으며 그의 탄생지를 보기 위해 여행까지 가는 사람도 있습니다.

A: 백두산 밀영이 맞아.

* * * * *

그러나 이민 여사와 달리 제88 국제여단에서 같이 근무했던 이재덕 여사는 조선족 언론인 김호림과의 인터뷰에서 김정일의 출생지는 백두산 밀영이 아니라며 다음과 같이 증언했다.

"만주 항일 빨치산에 대한 일제의 탄압으로 내가 속해 있던 동북 항일 연군 3군 3지대가 소련 영내의 하바로스크 북쪽 75km 지점에 있는 브냐츠크 야영으로 이동을 완료한 후 1941년 11월 김정숙을 처음 만났다. 김정숙은 당시 김일성과 결혼, 임신한 상태였으며 곧 김정일을 낳았다.

백두산 정일봉 아래에 있는 김정일 고향집 광장

백두산 정일봉

몸이 약한 김정숙이 김정일에게 젖을 제대로 못 먹여 1942년 7월부터 내가 젖을 먹였다. 젖을 먹이는 장소는 주로 부대 숙영지에서 몇 리 떨어져 있는 탁아소였는데 훈련대기 중이던 전사 엄마들은 밤낮으로 탁아소에 가서 아이에게 젖을 먹이기 바빴다. 그때 그녀는 김정일에게 자주 젖을 물렸다고 했다. 북한에서 여러 차례 조사단이 찾아와 김정일과 김정숙 여사에 대해 증언을 받아 갔고, 김정일이 백두산에서 출생했다고 말해 줄 것을 수차례 요구했다."

이민 여사가 김정일의 출생지를 백두산 밀영이라고 하는 데는 김일성과 고인이 된 남편 진례 전 흑룡강성 성장과의 관계 때문에 어쩔 수 없이 북한의 주장을 들어주었을 것이다.

그 이유는 제88 국제여단에서 근무할 당시 김일성은 1대대 대대장이었고 그녀의 남편 진뢰는 제1대대 정치참모였으며 김일성의 부인 김정숙은 이민 여사가 소대장인 통신 부대의 소속원이었기 때문일 것이다.

* * * * *

Q: 제88 국제여단에서의 훈련과정은 어떠했으며 훈련 과목은 무엇이었나요?

A: 하루 평균 8시간의 훈련을 받았고 야간 훈련이 있을 땐 그 이상이었어. 과목은 주로 대련훈련, 사격, 창격술, 낙하산 점프, 스키타기, 도강, 폭파, 정찰 등이었어. 일부 대원들은 항공과 무선 기술을 배기도 했고.

Q: 훈련 중에서 제일 힘든 훈련은 무엇이었나요?

A: 모든 훈련이 다 힘들었지만 그중에서도 수영훈련이었어. 등에 배낭을 메고 어깨엔 총을 멘 채 주어진 시간 내에 목표지점을 돌파해야 하는데 정말 힘들었어. 그것도 시간 내에 돌파하지 못하면 다시 반복해야 했으니. 낙하산 훈련 역시 처음엔 힘들고 두려웠지만 훈련을 거듭하니 괜찮았어. 낙하산을 타고 하강할 때 3,000m 상공에서 내려 보면 집들이 조그마한 묘 봉우리처럼 작게 보였어.

Q: 군사훈련만 받았나요?

A: 아니야. 막스-레닌주의의 기본원리와 소련 공산당 역사, 모택동의 지구전을 논함, 및 소련 헌법 등의 정치학습을 했고 중국 민족 해방전쟁의 역사 전 단계 및 승리의 조건, 전국항일전쟁의 형세, 동북유격운동의 발전 등의 문제는 토론을 했어. 그리고 김일성은 조선족 장병들에게 조선 혁명가들은 조선을 잘 알아야 한다는 제목의 특별 강의도 했고. 교육 수준을 높이기 위하여 식자반을 꾸려 문맹퇴치를 하는 한편 한어를 잘 모르는 조선족 전사들에게 한자를 가르치기도 했어. 그리고 특별 과목은 정치였는데 강의는 김일성, 최용권 등 고위급 간부들이 했어.

김일성은 농부였는가?

Q: 주말엔 무엇을 했나요?

A: 훈련을 받기도 하고 집도 짓고 농사도 지었어.

Q: 집을 짓고 농사를 지었다니요?

A: 조금 전에 말했듯이 당국에서 산을 하나 배정해 주더라고. 거기다 밭을 일구어 남새도 가꾸었고 토호를 파고 그 위에 나무판자를 깔아 여름엔 숙소로 사용했어. 그리고 천막집도 지어 그 안에 살기도 했어.

Q: 그래서 6.25 휴전회담 북측 대표로 참석했던 이상조가 김일성은 하바로스크에서 농사를 지은 농사꾼이라고 증언을 했군요.

이상조

1915년 부산 동래군 기장 출신으로, 중국으로 건너가 난징 군관학교를 졸업 후 1941년 중국 공산당의 본거지였던 연안으로 가 항일군정학교에 입학하였다

해방 후, 1945년 북한으로 가 조선인민군의 창건에 참여하였고, 한국전쟁

이 발발하자 인민군 정찰국장, 부참모총장으로 활동하였으며, 1953년 휴전협상에도 참여하였다. 이후 외교관으로, 1955년 소비에트연방 대사에 부임하였다.

중국 출신의 연안파가 1956년 김일성 축출운동을 기도하자 소련대사로 있던 이상조도 이에 동조하였다. 하지만, 김일성은 연안파의 기도를 저지하였고, 대대적인 숙청작업에 들어갔다. 이에 이상조는 소련으로 정치적인 망명하였다.
소련과 대한민국의 관계가 개선되자 한국을 방문하여, 김일성의 남침계획을 폭로하고, 김일성 독재를 강하게 비판한 인물이다.

Q: 군영 내에서 생활은 어떻게 했나요?

A: 중국에서 활동하다가 넘어 간 항일 전사 600명과 소련 내에 활동 중이던 조선족 전사 2,000명 등 약 2,600여 명이 함께 훈련을 받으며 95개의 장크(천막집)와 104개의 땅굴에서 생활했어.

Q: 장크에서 생활했으면 겨울에는 추울 텐데요?

A: 그땐 큰 석유통을 잘라 만든 난로에다가 산에서 해 온 장작으로 불을 피워 추위를 면했고 여름엔 땅굴 위에다 나무판자를 깔고 그 위에서 잤어. 아주 시원해 여름에는 지내기가 좋았어.

Q: 병영 내 시설은 어떠했나요?

A: 양식 창고, 피복창고, 병원, 재봉소, 강의실, 병기 수리소 등이 있었지.

Q: 이건 사적인 질문인데 진뢰 전 흑룡강성 성장과 결혼 시 김일성이 중매를 했다는데 사실인가요?

A: 제88 국제여단에서는 규율이 엄해 병영 내에서 연애는 금기시되었고 또 그래서는 안 되지. 그런데 남녀 문제가 어찌 칼로 무 자르듯 쉽지는 않지. 당시 내 나이 20세이고 아버지와 오빠는 항일을 하다가 희생되었고 어머니마저 병으로 일찍 돌아가, 혈혈단신의 고아였어. 어린 나이에 항일 전사가 되어 삼강평원, 대흥안령, 소흥안령 등 동북 천지를 내 집처럼 뒤집고 다니며 일본 놈들을 한 명이라도 더 죽이려고 혈안이 되었지만 진뢰를 만나면서 나도 여성이라는 것을 알게 됐지.

Q: 그렇군요. 그래서 바로 결혼을 했나요?

A: 아니야. 우리 둘 사이의 관계가 영내에 알려지게 되자 어느 날 최용건 대위가 불러서 가 보니 진뢰와의 관계를 이미 알고 있었어.

그는 "소문을 듣자니 진뢰와 사귀고 있다는데 그게 사실이냐?"고 물으면서, "진뢰는 중국인이야. 너는 조국으로 돌아가 할 일이 많으니 그 짓을 그만두어."라고 말씀하셨어. 그리고 우리 관계는 여성 대원들에게도 소문이나 김일성 부인 김정숙이 남편 김일성에게 말했어.

Q: 그렇게 해서 결혼을 하셨군요. 결혼식은 어디서 했나요?

A: 그냥 하룻밤 같은 방에서 지냈을 뿐이야. 그리고 김일성 대위의 덕담 정도였어. 비록 정식 결혼식은 못 했지만 그가 옆에 있어서 행복했고, 무엇보다도 생명의 위협을 느끼지 않고 발 뻗고 잘 수 있으니 얼마나 좋아. 소련 영내로 들어오기 전까지는 언제 떨어질지도 모르는 생명이라 항상 위협을 느꼈지만 소련으로 온 이후엔 편히 발 뻗고 잘 수 있었어. 생명의 위험을 느끼지 않고 편히 잠잘 수 있다는 것이 얼마나 행복한 것인지 보통 사람들은 모를 거야.

벌거벗은 김일성 부부

Q: 훈련 외에도 다른 활동이 있었나요?

A: 1941년부터 1943년까지 중국 동북 지역으로가 소부대 활동을 나갔어.

Q: 소부대 활동의 임무는 무엇이었어요?

동녕 요새 야외 전시장

A: 첫째는 사라져 가는 항일 조직을 복원하는 것이고 둘째는 소련으로 들어오지 못한 부대원을 찾는 것이며 셋째는 일본군 초소나 군사 시설을 파괴하고 후방을 교란시키는 것이었고 넷째는 항일 연합군이 아직도 건재하다는 사실을 보여 주기 위한 것이었어.

Q: 〈연변일보〉 김철호 기자가 쓴 김일성의 소부대 활동에 따르면 연변이
  나 훈춘 등에서 많은 군사 시설 정탐이나 부대 배치 등의 정보를 빼내
  기도 하고 집단 부락에 들어가 자경단을 혼내기까지 하던데요?

A: 물론이지. 1943년 로흑산 지
  역으로 진출한 리영준, 박장
  춘 등은 일본군 군복으로 변
  복해 일본 비행장에까지 들어
  가 정보를 수집했고 동녕 요새
  에 세워 놓은 대포들이 모두
  가짜라는 것을 알아냈어. 그리
  고 1945년 8월 소련이 일본에
  선전포고를 내린 후에는 목단
  강까지 나가 소련 군대의 이동
  해야 할 방향과 소련 폭격기의
  폭탄 투하 지점을 정확히 알려

동녕 요새 점령 시 공을 세운 소련 병사 기념탑

  주어 목단강 전투에서 대승을 거두는 데 기여했어.

Q: 한 번에 한 조로 소부대 활동을 했나요?

A: 그렇지 않았어. 몇 개 조로 나누어 활동을 했어. 김일성이 지휘한 소부
  대는 왕청 쟈피거우 지역으로 나간 후 다시 몇 개 소부대로 나누어서
  진출했고 김일, 임춘추 등은 왕청, 전문섭과 김홍수는 안도, 한창봉과
  한태룡은 장백현, 류경수 등은 화전 방향으로 진출해 활동을 했어.

Q: 좀 전에 소련으로 들어오지 못한 대원 중에는 제1로군 부사령 위증민
  이 있다고 하셨는데 그때 찾았나요?

A: 불행히도 그는 소부대원들이 도착하기
　　한 달 전에 희생당했어.

Q: 소부대 활동 중 가장 성공적인 점은 무
　　엇인가요?

A: 1941년 4월경에 김일성은 29명의 소부
　　대원을 이끌고 제1로군 부사령이었던
　　위증민을 찾기 위해 훈춘, 왕청, 도문 등
　　장백산 주변 지역으로 정찰을 나갔는데
　　그때 토흑산 집단 부락을 지날 때 보초
　　가 졸고 있어 수비대를 무장해제 시키
　　고 군중들 앞에서 '우리는 김일성 부대

东北抗日联军第一路军政治部
主任魏拯民

동북 항일 연군 제1로군
정치부 주임 위증민

다!'라고 외치며 아직도 항일 연군이 죽지 않고 살아 있다는 것을 보여
주었어. 이 사건으로 사라졌다고 생각했던 김일성 부대가 갑자기 나타
나자 또 하나의 김일성 신화가 생겨났어. 항일 연군이 살아 있다는 것
을 보여 준 셈이지.

Q: 정찰 활동 중 희생당한 병사는 없었나요?

A: 1941년 8월 연변에서 활동 중에 몇 사람이 희생되었고 그 외 지역에서
　　도 다수의 희생자가 나오자 정찰 활동을 나가기 전에 부부인 경우 합
　　방을 해 줬어.

Q: 규율이 엄격한 교도려단에서 합방이라니 이해가 되지 않는데요?

A: 정찰을 나갈 경우 상당한 위험이 따르고 희생자가 많아 최소한의 배려
　　를 해 준 셈이지. 그리고 합방이라고 하면 그럴듯한 방을 내주는 걸로
　　생각하겠지만 그렇지 않아. 사실은 방이 아니고 좁은 공간에 판자로

칸막이를 만들어 임시로 만든 좁은 공간이야. 칸막이 사이로 보면 옆 방 사람들의 모습도 볼 수 있어. 여기서 이름을 밝히기 곤란하지만 하여간 유명한 사람의 발가벗은 모습도 볼 수 있었지.

Q: 누군지 짐작이 가지만 좀 더 구체적으로 말씀 좀……

A: 무슨 그런 질문을……

Q: 교도려 대원 중 부부는 누구였죠?

A: 김일성 부부, 최용건 부부, 우보합 부부, 우리 부부 등이었어.

Q: 1945년 8월 해방을 앞두고는 무엇을 했나요?

A: 1945년 8월 9일 소련 극동 홍군 3개 방면군 150만 명이 중국의 동북 지역인 호두, 동녕, 목단강 등으로 진군할 때 동북 항일 연군도 같이 합류해 일부는 낙하산 부대에 편입되고 또 다른 대원은 정찰 활동을 벌이며 적후에서 교란 활동을 했어. 그중에서도 많은 기여를 한 것은 소련의 폭격기가 폭격할 때 폭격 지점을 알려 주어 일본군에게 막대한 피해를 입혀 소련 홍군이 거침없이 진군할 수 있는 길을 터 주었어.

Q: 1945년 8월 15일 이후 제88 국제여단의 상황은 어떠했지요?

A: 일본군이 패배하고 돌아간 이후엔 별다른 특이한 점은 없었어. 종전이 됨에 따라 제88 국제여단은 더 이상 활동할 필요가 없었기 때문에, 상부의 지시에 따라 중국으로 돌아가야 했어. 그때 우리 부부는 상관인 김일성 부부께 인사를 갔는데 나올 때 김정일이 아장아장 걸어 나오면서 우리와 함께 가고 싶어 떼를 쓰는 모습이 지금도 눈에 선해.

Q: 중국에 돌아온 이후에는 어떻게 지내셨지요?

A: 나라를 되찾기 위해 고생한 덕분에 국가의 배려로 승승장구했지만 불행히도 문화대혁명 때 시련이 찾아왔어. 남편 진뢰는 지주 집안 출신

에다, 반혁명 분자라고 비판을 받으면서 꼬박 7년을 감옥에서 보냈고 나는 조선 사람이라 조선 특무라는 올가미가 씌워져 5년 동안 감금되었어.

문화혁명이 끝난 후 이들 부부는 바로 복권되어 남편 진뢰는 흑룡강성 성장이 되고 이민은 흑룡강성 부주석이 된다.

Q: 중국에 돌아온 이후에도 김일성과 접촉이 있었나요?

A: 많았지. 조선의 건국절 등의 국가 행사나 김일성이나 김정일의 생일에 초청을 받아 여러 번 갔다 왔어.

Q: 그중에 기억에 남는 것은 무엇인가요?

A: 김일성의 80회 생일 때 연회가 재미있었어.

Q: 왜 그랬었죠?

A: 저녁 식사가 시작되면서 술이 몇 순배 돌고 주흥이 무르익자 김일성이 무대 앞으로 나가더니 사회자에게 "너 중국어 통역 엉터리야. 지금부터 내가 통역을 하지."라며 사회자에게서 마이크를 넘겨받아 직접 사회를 봤어. 그는 항일 전우 한 사람 한 사람을 모두 불러내 노래를 시켰어. 개인별 노래가 끝난 후에는 모두가 일어나 옛 시절을 회억하면서 어깨동무를 한 채 빙빙 돌면서 합창을 하고 춤도 추었어.

Q: 김일성은 중국에서 활동한 지 꽤 오래되어서 중국말을 잊었을 텐데요?

A: 아니야. 거침없이 유창하게 말했어.

Q: 김일성도 노래를 부르고 춤을 췄나요?

A: 물론이지. 그는 옛날부터 노래도 잘하고 춤도 잘 출 뿐 아니라 시문에

도 능했어. 문무를 겸비한 인물이었지.

Q: 옛 전우들이 모였으니 대화의 주제도 다양했을 텐데 주된 주제는 무엇이었나요?

A: 주로 항일했을 때 생사의 고비를 넘겼던 이야기들이지. 동녕 요새에서 일본군의 총탄을 맞고 죽을 뻔했던 이야기, 추위와 배고픔 등 고난에 관한 것이었어.

Q: 북한에 갔을 때 고향에도 가 보셨나요?

A: 북한 창건 50주년이었던 1998년 9월에는 27일간 북한에 체류했어. 그 때 아버지의 고향 황해도 은파에도 가 보았고 같이 항일을 했던 옛 전우와 제 88국제여단의 전우들도 만났지.

Q: 은사이자 항일동지였던 최용건 제1부주석도 만났겠군요?

A: 그분은 1976년에 사망해 만날 수가 없었지만 부인과는 연락을 주고받았어.

Q: 부인도 항일운동을 했나요?

A: 그럼, 동북에서 항일을 할 때 최용건이 일본군에 쫓겨 위기에 처하자 급한 나머지 후에 그의 부인이 된 왕옥환의 집으로 피신했어. 그때 그녀는 자기 방 침대 밑에 그를 숨겨 목숨을 구해 주었어. 그것이 인연이 되어 결혼도 하고 같이 항일도 했어.

Q: 부인이 중국인이군요?

A: 그럼, 집안이 아주 잘살았어.

Q: 김정은 시대에도 초청을 받았나요?

A: 단 한 번 갔다 왔어.

Q: 1994년 김일성은 김영삼 한국 대통령과의 만남을 앞두고 갑자기 서거

하셨는데 조문을 했는지요?

A: 김일성 주석의 사망 소식을 듣고 우리 성에서는 하얼빈역 옆에 있는 동북 열사 기념관 내에 빈소를 차리고 조문객을 받았어. 우리 부부는 여기서 마냥 조문만 받을 수 없어 평양에 직접 가서 조문을 했어. 그때 비행기와 기차가 여의치 못해 자동차를 몰고 갔는데 평양까지 무려 18시간이나 걸렸어. 추도식이 끝난 후 상주인 김정일을 따로 만났어.

Q: 상중이라 분위기가 암울했을 텐데요?

A: 물론이지. 1945년 이후 48년 만에 처음 만남이라 어린 시절의 그를 생각하면서 무심결에 그의 손을 꼭 잡고 나의 얼굴에 갖다 댔는데 그 장면이 이튿날 북한의 〈인민일보〉 제1면에 났더라고.

그녀와 이야기를 나눈 지 벌써 3시간이 지났다. 밖에는 중국 CCTV 방송국 기자와 촬영 팀이 대기하고 있었다. 못다 한 질문은 다음에 만나서 하기로 하고 그날 그녀와의 면담은 끝이 났다. 응접실에서 나올 때 그는 필자에게 자신의 저서 《풍설 정점 눈바람을 헤치면서》 1, 2권을 선물로 주었는데 그때 책 한 권이 마룻바닥으로 떨어지는 순간 마치 태권도 선수처럼 날렵하게 발을 뻗어 떨어지는 책을 받았다. 그녀의 민첩한 행동은 93세 노인의 행동으로는 도저히 믿기지 않았다. 한평생을 사선을 넘나드는 전쟁터에서 살아남기 위해서 터득한 무의식적인 반응이었을 것이다.

소 방광탕과 쥐고기탕

필자는 이민 여사를 만난 지 1개월 후에 다시 그녀의 집을 찾았다. 지난 번에 통역을 맡았던 이승권 회장님은 약속이 있어 오늘은 전임 고등학교 수학 교사를 역임한 원옥선 여사님과 함께했다.

Q: 지난번에는 소련의 제88 국제여단에서의 생활에 관해 말씀해 주셨는데, 오늘은 중국 동북에서 일본군과 항일 투쟁에 관한 이야기부터 시작하지요. 항일 투쟁은 언제부터 시작했나요?

A: 1934년 그러니까 내 나이 12살 때부터였어.

Q: 그렇게 어린 나이에 어떻게 투쟁을 했어요?

A: 장치강(북한 부주석: 최용건)과의 운명적 만남이 결정적이었어.

Q: 좀 더 구체적으로 말씀해 주세요.

A: 내가 12살 때 우리 동네 뒤에 있는 와호리산에서 어려운 농민들을 구하기 위해 홍군이 내려왔다는 소문이 나돌았어. 그 소문이 있은 지 얼마 후 낯선 몇몇 젊은 청년들이 집집마다 다니면서 집안 사정을 파악하더니 얼마 후 우리 마을에 송동 모범학교를 설립했어. 개교와 더불어 농민 강습소와 농민 야학도 함께 꾸렸는데 이 모든 것을 주도한 사

람이 최용건이었어. 그는 사람들 앞에서 자주 연설을 했는데 주된 내용은 노동자 농민이 중심이 되고, 빈부 격차가 없는 공산주의 국가가 이상적인 국가라며 그런 국가 체제에서는 교육비나 세금도 내지 않는다고 했어.

나북현 오동하

공산주의라는 말을 여태껏 들어 보지 못했던 사람들은 그 체제가 무엇인지 몰라 모두가 어리둥절했지만 지향하는 목표가 지주들을 박살내고 노동자, 농민이 중심이 된다는 사실을 알고는 마을 사람들이 술렁이고 들끓기 시작했어.

중국인 지주에게 수탈과 착취를 당하면서 살아온 우리 이주민들은 사막에서 길을 잃고 헤매다가 오아시스를 만난 셈이었지. 그가 하는 모든 말은 복음과도 같았고 그의 연설이 있을 때마다 사람들은 송동 소학교로 몰려들었어. 그리고 연설 말미에는 항상 "일본 놈을 몰아내고 나라를 되찾아야 한다. 우리 노동자, 농민이 주인이 되는 사회를 만들자. 이러한 목적을 달성하기 위해서는 서로 뭉쳐 지주 놈들에게 대항해야 하며 나라를 되찾기 위해서는 무장 유격대를 조직해 일본군인 놈들과 결사 항전해야 한다."고 역설했어.

Q: 그래서 어머니를 제외하고는 가족 모두가 항일 투쟁을 하셨군요.

A: 그렇지. 우리 집 외에도 오동하 주변에 살던 많은 사람들이 동참했어.

Q: 항일을 하면서 아버지와 오빠 부대와 함께 활동하셨나요?

A: 같은 부대에 소속된 적은 없었어. 각각 다른 유격대에 소속되어 싸웠어.

Q: 활동 지역은 어디였어요?

A: 처음에는 흑룡강 남쪽 장백산 주령인 반석 등지에서 활동하고 이후 점차 북으로 가모아산, 완달산, 대흥안령, 소흥안령을 넘나들며 유격전을 벌였어.

대흥안령

Q: 대흥안령이나 소흥안령은 겨울에 추위가 보통이 아닐 텐데요?

A: 지금은 지구가 온난화되어 영하 30~40도를 오르내리지만 1920~1940년대엔 영하 40~55도를 오르내렸어. 소변을 보면 바로 얼었고 입을 열수가 없었어.

Q: 추위 외에도 어려운 점은 없었나요?

A: 많았지. 그중에서 배고픔도 참기 어려웠어. 유격 활동 중 우리의 신분이 노출되면 토벌대가 산 밑에서 몇 달간 진을 치고 포위를 하기 때문

에 내려갈 수가 없어. 봄, 여름, 가을이면 풀잎이나 나뭇잎으로 허기를 채울 수 있지만 겨울에는 주변 어디에도 먹을 것이 없어 여러 날 동안 굶고 지내야 했어.

Q: 그럴 땐 어떻게 허기를 채웠나요?

그녀는 옆방으로 가더니 둥근 수통 모양의 가죽 가방과 큰 설피(눈 위를 걸을 때 신는 신발) 신발을 가지고 나왔다.

A: 이 보라고. 수통처럼 보이는 이 것은 소의 방광이야. 엄동설한 에 적에게 포위당해 먹을 것이 없을 땐 여기에다 눈을 넣어 데 워 먹었어. 따뜻하게 데운 눈물 을 마시면 배도 채우고 몸도 따

항일 연군 시 사용했던 물통(소의 방광)

뜻하져 일석이조가 되지. 그 외에도 적의 감시가 소홀할 경우 민가로 내려가면 주민들이 고생한다고 반기면서 이 방광에다가 술을 가득 넣 어 주었어. 그 술을 두었다가 극한의 추위 땐 체온을 유지하기 위해 마 셨어. 이 신발도 한번 봐. 이건 소가죽이야. 신발 안에 깔린 것은 볏짚 이고. 배가 고플 땐 이 짚 섶과 신발 가죽을 삶아 먹었어. 운수가 좋은 날엔 쥐를 잡아 그것으로 탕을 끓여 먹는 경우도 있어. 그날은 잔칫날 이야. 그걸 먹고 나면 힘이 생겨 행군을 더 많이 했어.

Q: 추위와 배고픔 이외에는 어려움이 없었나요?

A: 배고픔이나 추위는 의지와 정신적으로 극복할 수 있었지만 정말 힘들었던 것은 민생단이 결성되고 난 후 한 2년의 기간이었어. 그 기간 동안 우리 대원들은 소름이 돋을 정도로 공포에 휩싸였어. 그 이유는 적들이 유격대 조직 내부에 첩자를 심어서 조직의 정보를 알아낸 후 소탕 작전을 벌였어. 그로 인해 조직이 많은 피해를 보게 되자, 공산당 만주성 위원회는 민생단 첩자들을 소탕하기 위해 색출 작업을 시작했는데 분위기가 살벌했어. 예를 들면 기침이나 재채기를 할 때도 하는 횟수에 따라 조직원끼리 서로 주고받는 암호라고 의심을 받는가 하면 뒷일을 보기 위해 잠깐 자리를 뜨면 그 동안에 첩자와 서로 내통했다

항일 연군들이 신었던 신발

항일 연군 시 이민 여사의 군복

우수리강 중앙에 있는 진보도

하여 의심을 받았고 일단 의심을 받으면 해명의 기회도 없이 바로 처형을 해 살얼음판을 걷는 셈이었지. 그런 불안이 연속되자 많은 항일 전사들이 전향을 했어.

Q: 그랬군요? 첩자를 색출하고 조직을 보호하고자 했던 의도와 달리 조직이 축소되고 와해될 뻔한 위기에 봉착했었군요. 어떻게 수습이 되었나요?

A: 그때도 김일성의 활약이 컸지. 그는 민생단으로 의심받아 수용소에 수용되어 있던 대원들을 석방시키고 민생단원으로 의심받는 명부를 불태워 버렸어.

Q: 김일성 덕분에 그들은 생명을 구했군요.

A: 그렇지. 그것을 계기로 이들이 김일성을 어버이 수령이라고 불렀어.

Q: 아! 그래서 어버이 수령이라는 말이 생겼군요.

A: 그렇지. 죽음의 위기에서 구해 줬으니.

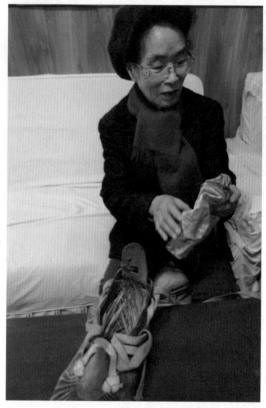

항일 연군 시 사용했던 신발과 수통

신발을 거꾸로 신은 이유는?

Q: 유격대 활동 중 목숨을 잃을 법한 순간이 많았을 텐데 기억에 남는 것이 있다면 무엇인가요?

A: 1938년 완달산에서 활동 중일 때 적의 동태를 파악하기 위해 적후병으로 나갔다가 200명 정도의 적군이 바로 눈앞에 나타났을 때 이제는 죽는구나 생각하고 자포자기 상태였는데 마침 옆에 큰 나무뿌리가 있어 그것을 잡고 매달렸어. 그때 말발굽 소리와 더불어 적들의 헉헉 거리는 숨소리가 가까이 들려오는 순간의 공포감은 이루 말할 수 없을 정도였어.

Q: 그 후에 어떻게 되었나요?

A: 적이 기마병을 앞세우고 중무장한 채 진격해 오는데 우리 대원은 고작 25명뿐이었고 가진 무기도 총밖에 없는 상태였지만 적들과 우리 대원 사이에 피비린내 나는 전투가 벌어져 모든 대원이 희생되었어. 그전에도 수많은 전투를 했지만 그래도 그중에 몇 명은 살아남았지만 그 전투에서는 전원이 전사하고 나만 살아남았어.

Q: 이외에도 기억에 남는 전투는 없나요?

A: 완달산 전투였어. 완달산 산봉우리에서 활동 중에 토벌대에게 노출되

었는데, 그때 적들은 산 밑에서 불을 질렀어. 울창한 나무숲이 불길에 싸이면서 거세게 위쪽으로 타올라 피하려 했지만 적은 동서남쪽 세 방향에서 우리를 에워싼 채 총부리를 겨누고 있어서 유일한 퇴로인 북쪽으로 갔지만, 그쪽은 가파른 낭떠러지로 높이가 30m쯤이나 되는 절벽이라 탈출구가 없었어. 적에게 잡혀 죽느냐 아니면 떨어져 죽느냐 양자택일만 남은 상황에서 잡혀 죽을 바에야 떨어져 죽기로 결심하고 전 대원이 낭떠러지로 뛰어내렸는데 그때 300명의 대원 중 60명만 살아남았어.

Q: 2015년 5월 28일 자 〈길림신문〉에서 "항일 영웅 배성춘 열사"라는 제목의 기사를 읽었습니다. 그중에서 이민 여사님이 배성춘 전사와 함께 전투를 벌이는 장면이 두 번 있더군요.
첫 번째는 장면은 1938년 3월 15일 새벽 모아산에서 적들과 마주쳤는

밀영

데 그때 상황은 어떠했는지요?

A: 그날 새벽 나는 부상병을 위해서 옥수수 죽을 끓이고 있었어. 연기가 새 나가면 우리의 위치가 탄로 나기 때문에 낮에는 끓일 수가 없어 밤 중이나 새벽에 취사를 했어. 그날은 새벽에 취사를 했는데 그때 보초 로부터 말울음 소리가 들린다는 응급 보고가 있자 배성춘 대장은 당장 대피하라는 명령을 내렸지만 나는 그 명령을 듣지 못한 채 계속 죽을 끓이고 있었어. 사태의 급박함을 알았을 땐 이미 적들이 밀영을 에워 싸고 있었어. 배성춘 대장은 후퇴를 하다가 내가 없는 것을 보고는 다 시 허겁지겁 다가와 "적이 나타났으니 빨리 뛰어!"라고 해 죽을 퍼 담 다 말고 죽도록 뛰었어. 당시 내 나이 15세에 불과해 아무리 빨리 뛰어 도 적들에 비해서 느렸기 때문에 적의 손에 막 잡히려는 순간 배성춘 대장이 추격자의 심장을 쏘아 즉사시킨 후 뒤에서 들려오는 총소리와 말발굽 소리를 뒤로한 채 평소에 다녔던 길을 따라 도망쳐 위기를 벗 어났어.

Q: 두 번째는 어떤 기사였나요? 그 사건이 일어난 지 한 보름 후인 4월 초 모아산에서 부상자들을 은폐시키고 적들을 유인하던데요.

A: 모아산 밀영에서 적을 속인 사건이구나. 모아산은 산이 깊고 높아 4월 초에도 눈이 수십 ㎝ 이상 쌓여 있었어. 밀영에서 부상자들을 돕고 있 을 때 배성춘 대장은 초병으로부터 적이 곧 쳐들어올 것이라는 보고를 받고는 시간이 다급해 적을 다른 방향으로 유인하기로 작전을 세우고 동쪽 방향으로 걸어 발자국을 남긴 후 돌아올 때는 신발을 거꾸로 신 고 왔어. 적이 곧바로 들이닥쳐 신발 자국을 보고 우왕좌왕하는 사이 우리는 북쪽으로 대피해 위기를 모면했어.

항일 연군들이 사용했던 용품

Q: 항일 무장 투쟁 시 이렇게 생사를 넘나들면서 한계에 부닥칠 때마다 전향을 생각해 본 적이 없었는지요?

A: 전혀 없었어. 1930년 말과 1940년 초에 이르러서는 항일을 했던 전사들은 배고파 굶어 죽고, 추위에 얼어 죽고, 적의 총에 맞아 죽어 살아남은 대원이 별로 없었어. 남은 대원들조차도 적들의 회유에 거의가 전향을 해 항일 활동은 거의 지리멸렬한 분위기였지만 나는 이봉선(현재 명 이민)이 누구인가를 한참 생각했어. 아버지와 하나뿐인 오빠마저 일제에 의해 희생당해 그들의 원수를 갚고자 이를 악물고 원한에 사무쳐 시작한 과업인데 내가 왜 중도에서 포기한단 말인가? 항일을 하면서 한 번도 전향을 생각해 본 적이 없었어.

* * * * *

2차례의 면담 후 1년이 지난 2016년 4월 초에 세 번째 이민 여사를 만났다. 4월 초이지만 집 정원과 담벼락에는 아직도 눈이 수북이 쌓여 있었다.

오늘도 통역은 원옥선 여사가 맡았다.

"지난 만남에서는 소련 제88 국제여단에서의 활동과 중국 동북에서 항일에 관해서 말씀해 주셨는데 오늘은 이곳으로 이주한 이후의 삶에 대해 여쭤보고 싶습니다. 그때의 삶은 어떠하셨는지요?"

"힘들고 고생스러웠지."

"나라를 잃고 이곳으로 이주해 온 우리 민족이 모두들 고생하셨는데 그 중에서도 특히 이민 여사님 가족처럼 일찍이 온 이주민들은 고생이 더 많았다고 하던데요?"

"주 교수, 그 이야기를 다 하려면 끝이 없어. 지난번에 내가 준 책을 참고해. 우리 이주민들이 겪었던 고생담은 그 책 속에 다 있어. 오늘은 주 교수 이야기나 좀 해 봐."

* * * * *

다음의 내용은 이민 여사의 자서전《풍설 정정》중 일부를 요약한 것이다.

이민은 1924년 11월 중국 흑룡강성 오동하에서 태어났다. 그녀가 태어난 오동하의 하동촌마을은 들판이 넓고 토지가 비옥해 그가 태어나기 이듬해 전부터 빌써 조선 사람이 몇 기구 들어와 벼농사를 짓기 시작했다. 하동촌의 땅은 만복림이라는 지주가 거의 다 소유했고 우리 조선 사람들이 그의 땅을 빌려 소작을 했다. 보통 땅 한 마지기에 좁쌀 한 섬과 콩기

름 서너 근, 소금 여남의 근을 주었으며 농사 외에 수리 공사에도 동원 시켰다. 이러한 조건은 그런대로 괜찮았다. 그러나 농사가 잘된 해에는 마음대로 소작료를 올리며 여러 가지 세금 명목으로 부담을 가중시켰다. 이러한 부담 대문에 농민들은 갈수록 생활이 힘들어져 갔다. 지주의 착취와 핍박에 더 이상 견딜 수가 없어서 그녀의 가족은 나북현의 도로하촌으로 도망을 가 그곳에서 지주의 땅을 소작해 열심히 농사를 지었다. 도로하촌의 지주 왕이섭의 횡포도 오동하의 지주 만복림과 마찬가지였다. 풍년이던 어느 해 가을 타작을 한 후 마대에다 벼를 담아 마당에 두었다. 그러던 어느 날 그녀의 마을에는 총칼을 든 병졸들이 마름(지주를 대리하여 소작권을 관리하는 사람)과 함께 나타나 마당에 있는 마대자루를 마차에다 실었다. 그녀의 집뿐만 아니라 이웃집 마당에 있는 볏 마대도 다 실어갔다. 이 약탈 행위는 사흘간이나 지속되었다. 숲속이나 얼음 구멍 굴속에 숨겨 두었던 식량까지도 빠짐없이 빼앗아 갔다. 이것도 부족해 그들은 농민들을 용마루에 매달아 놓고 곡식을 숨겨 둔 곳을 대라면서 매질을 할 때. 그녀의 아버지도 말철 틀에 매달린 채 모진 매를 맞았다. 이를 본 그녀의 어머니는 제발 목숨만 살려 주면 숨겨 둔 식량을 주겠다며 사정을 했다. 그녀는 당시 임신 8개월째였는데 해산 기간에 보신용으로 먹기 위해서 숨겨 두었던 좁쌀까지도 다 빼앗아 갔다. 같은 마을에 살던 조선에서 온 이주 농민들은 누구네 집 할 것 없이 식량을 다 약탈당했다. 마을 사람들의 마음은 산란해졌고 더 이상 이곳에서 농사를 짓고 싶지 않았다.

이주 농민들의 마음을 간파한 지주는 농민들을 강박해 그곳을 떠나지 못하게 했고, 꼭 떠나고 싶으면 3년 이상 농사를 지어 줘야 떠날 수 있다며 위압을 가했다. 지주는 조선 농민을 농노나 소 돼지 취급을 하면서 온

갖 착취를 다했다.

그녀의 가족은 지주의 협박에도 불구하고 야밤에 도주했지만 그 지역에서도 착취는 계속되었다. 여름에 수재로 소출이 평년의 절반도 미치지 못해도 소작료는 똑같이 받아 갔다. 수해로 집이 떠내려간 가정에서는 집을 지어야 했지만 지주는 산에서 벌목하는 것도 금지시켜 한동안 집 없이 지내야 했다. 농민들이 불만을 표시하면 그들을 데려다 가두어 놓고 구타하곤 했다.

1932년 흑룡강성에 사상 유례가 없을 정도의 엄청난 폭우가 쏟아졌다. 약 열흘간 계속된 폭우는 흑룡강을 범람시켰고 그 유역에 살았던 사람들은 수해를 당해 큰 어려움에 처했었다. 오동하, 도로하, 안방하도 흑룡강 유역이라 강물이 범람해 많은 사람들이 수해를 입었다. 논농사를 주로 하는 조선족들은 강 주변에 터를 잡고 살아서 그해에 조선족들이 더 많은 피해를 당했다.

수재로 인해 농경지 유실은 물론 집도 통째로 쓸어 가자, 갈 곳이 없었던 사람들은 조금 높은 지대에 자리한 학교로 가서 임시 대피를 했다가 새로운 길을 모색키 위해서 뿔뿔이 떠나갔다. 이민의 가족을 포함해 모든 조선족들은 또다시 방랑의 길을 떠나게 된다.

피난길에 오른 사람들은 며칠째 먹지 못해 가는 도중에 옥수수 밭이나 해바라기 밭을 지날 땐 허기를 달래기 위해서 작물에 손을 댔다. 이를 본 지주들은 총을 가지고 달려와 위협했다. 그들은 한 달 열흘을 걸은 다음 안방하의 하동촌에 짐을 풀었다.

＊ ＊ ＊ ＊ ＊

　필자는 이민 여사님을 세 번 만났다. 마지막 만남을 마치고 막 나오려고 할 때 '동북 항일 연군의 활동은 제국주의 타도를 위해 남한 사람, 북한 사람, 중국인이 함께 공동으로 이룬 위대한 업적이며 정의의 표상이다. 세계 어디에서도 이런 항전은 볼 수 없을 것이다. 한국에 돌아가면 이 사실을 널리 알려 한중 우의에 토대가 되도록 해 달라.'고 하면서 필자의 손을 꼭 잡았다.

　그를 마지막으로 만난 지 2년 후 필자는 밤중에 이승권 회장으로부터 한통의 전화를 받았다.

"조금 전에 동북의 항일 영웅인 이민 여사가 돌아가셨어."

학강 남인섭

농노인가 노예인가?

10월 중순인데도 벌써 제설차가 바삐 움직이며 쌓인 눈을 치우느라 작업에 여념이 없다. 지금 쌓인 저 눈은 내년 4월 중순경이 되어서야 녹으니 하얼빈은 10월 말부터 3월 말까지 온통 백색 세계로 변해 1년 중 거의 절반을 눈 속에서 살아간다.

이번 겨울에는 어떻게 겨울나기를 할까 생각 중일 때 휴대폰이 울렸다. 전화를 한 사람은 탕원현의 서기인 이철호 씨였다. 그는 필자가 근무하는 학교와 이웃해 있는 하얼빈 민족대학에서 연수 중이라면서 함께 연수중인 동료의 조부가 독립운동을 하다가 작두에 목이 잘려 목숨을 잃었다고 했다. 그날 바로 만나고 싶었지만 저녁에 다른 일정이 있어 다음 날 만나기로 한 후 전화를 끊었다.

그와 필자와의 인연은 한 달 전으로 거슬러 올라간다. 필자가 탕원 지역의 항일 운동 유적지를 답사하러 갔을 때 안내한 분이 바로 이 사람이다.

이튿날 초저녁 50대 중반의 두 남자가 필자의 방문을 노크했다. 두 분 중 한 분은 이철호 주임이었고 다른 한 사람은 어제 이주임이 말했던 학강시 민족종교국의 국장 남인섭이었다. 풍채도 좋고 호남형에 금테 안경을 쓴 모습은 첫눈에 보아도 고위 공직자라는 느낌을 주었다.

저녁 식사가 끝난 후 남 국장은 자신의 조부가 이곳 북만주로 이주하게 된 사연을 담담하게 이야기를 했다. 그의 조부의 고향은 경북 군위군 소보면 산법리이고 이름은 봉황 봉에 날개 익 자라고 했다.

* * * * *

1906년 일제는 을사늑약으로 외교권 박탈을 시작으로 조선을 한입에 삼켜 버리고는 농지 조사를 핑계 삼아 유일한 수입원이었던 마늘마저 수탈당하자 생계를 이어 갈 길이 막막했다. 이런 가운데 증조부모마저 한해를 사이에 두고 돌아가자 큰할아버지 남봉한이 가장의 역할을 맡게 되었다.

증조부가 남긴 유일한 유산은 마늘밭 이백 평이 전부였다. 그 땅으로 7남매가 생계를 유지할 수 없어 봉한은 둘째 동생과 함께 어린 동생들을 먹여 살리기 위해 남의 집에 머슴살이도 하고 장작을 패서 팔기도 하지만 끼니를 이어 가기가 힘들었다.

그때 봉한은 군위읍에 사는 지인을 통해 만주로 가면 배는 굶지 않는다는 소문을 듣고는 여섯 명의 동생들을 데리고 기약도 없이 고향을 떠나 미지의 땅 만주로 왔다.

이 가족이 처음에 정착한 곳은 흑룡강성 오동하였다. 오동하는 끝이 보이지 않을 정도의 넓은 땅에다 흑룡강이 흘러 농사를 짓는 데는 천혜의 자연적인 조건을 갖고 있었다. 그런 입지적인 조건 때문에 중국인 지주들은 수십 만 평이나 넘는 땅을 소유하고 있어 오동하에는 조선에서 이주해 온 농민들이 지주의 땅을 소작하는 사람들이 상당수 있었다. 봉한의 가족도 지주 만복림의 땅을 소작하기로 하고 계약을 맺었다. 그 당시의 계약 조건은 소출량 중에서 일정 양을 지주에게 바치고 그 이상은 농사를 지은 농민의 몫이 되는 것이었다.

봉한은 한 톨의 쌀이라도 더 생산하기 위해서 동생들과 열심히 농사를 지었다. 그러나 가을에 수확을 하면 봄에 맺었던 계약은 파기되고 자기 마음대로 전횡을 부렸다. 하지만 어느 누구도 아무런 이의도 제기하지 못한 채 지주에게 예속되어 노예처럼 살아갔다. 때로는 지주의 횡포가 지나쳐 항의를 하지만 들은 체도 않고 오히려 땅을 몰수해 버리겠다며 으름장을 놓기 일쑤였다. 고생스럽게 농사를 지어도 이자를 내고 나면 빈털터리 신세가 되는 판이었다. 이런 착취가 계속되자 더 이상 참고 지낼 수 없어 가족은 한밤중에 지주 몰래 나북현의 도로하촌으로 야반도주를 한다.

오동하에서 나북까지는 300리 길이라 5일 정도 계속 걸어야 했다. 오동하를 출발한 지 3일째 되던 날 막내와 넷째 동생의 몸 상태가 좋지 못해 많이 걸을 수 없어 예상했던 일수보다 사흘이 더 걸려 쌀이 바닥이 났고 잠잘 곳도 없었다. 민가에 들어가 도와 달라고 싶었지만 지주에게 잡혀 갈까 봐, 그러지도 못해 허기진 배를 움켜지고 옥수수 밭으로 들어가 잎을 깔고 서로 껴안으며 추위를 견뎌야 했다. 식수도 문제였다. 당시는 오동하 주변은 주로 감자나 옥수수, 해바라기와 조 농사를 지었기 때문에 물길을 찾지 못해 갈증을 이기지 못한 어린 동생들이 탈진 상태에 이르기도 했다.

그러한 역경 속에서도 그들은 오동하를 떠난 지 열흘 만에 나북의 조선족 마을에 도착해 같은 경상도 출신의 박 씨 집에 얼마간 머무르면서 그의 도움으로 날품을 팔아 끼니는 해결되었지만 잠을 잘 수 있는 거처가 문제였다. 집을 지을 나무가 없어 옥수숫대로 기둥을 세우고 잎을 깔아 방바닥을 만들었다. 힘들기는 했지만 나북은 오동하보다 훨씬 더 살기가 좋았다. 믿을 수 있는 이웃이 있어 마음이 든든했고 주변은 미개간된 황무지가 있어 노력만 하면 내 땅을 만들 수 있었다. 형제는 밤낮으로 노력해 땅도 상당수 갖게 되어 생활에 여유가 생겼다.

빨리 흑룡강성 성장에게 연락해

1962년 4월 15일 학강시 정부 청사는 고위 간부들의 회의가 연속으로 열렸고 온종일 어수선한 상태였다. 시장은 흑룡강성 성장에게 전화를 하지만 성장은 자리에 없었다. 급한 용무 때문에 성장과 빨리 통화를 해야 한다는 학강시 시장의 요구에 흑룡강성 반서처도 매한가지로 성장을 찾느라 분주히 움직였다. 이들이 회의를 거듭하고 분주하게 움직인 이유는 북조선에서 온 한 통

东北抗日联军第七军代理军长崔石泉

북한 부주석 최용건

의 편지 때문이었다. 도대체 무슨 편지 길래 이런 일이 벌어졌을까?

그 편지는 북조선의 부주석인 최용건이 옛 전우의 부인에게 보낸 서신에 불과했다. 그는 엄연히 외국인데도 불구하고 중국인 관리들이 왜 난리를 쳤을까?

최용건. 그는 중국 특히 동북에서는 최고의 영웅으로 통하는 인물이다.

우리나라가 1906년에 국권을 찬탈당했듯이 중국 동북의 3개 성도 1931년 9월에 일본의 수중에 들어갔다. 그 이후 수많은 중국의 항일 전사들이

빼앗긴 땅을 되찾고자 남쪽으로는 장백산으로부터 북쪽으로는 대흥안령과 소흥안령산맥을 넘나들면서 일본군과 맞섰다.

이 당시 만주에서 독립운동을 하던 우리 독립운동가들 중에서 사회주의 계열의 인사들은 중국 공산당 계열의 투사들과 함께 항일 연합군을 만들어 투쟁했다. 그 대표적인 인물이 최용건이다. 그는 항일 기간 중에 주보중, 조상지, 이조린 등 중국의 기라성 같은 영웅들과 함께 투쟁을 하면서 혁혁한 공을 세운다.

그의 항일 활동에 관한 내용을 〈밀산 조선족 100년사〉에서 일부분만 발췌한다.

> 1934년 러시아 국경지대인 호림현에 있는 일본군 수비대와 교전에서 일본 참사관 숙소를 점령하고 20명 사살, 기관총 5점 등 많은 무기를 획득했고 이듬해인 1935년 밀산 조선족 마을 신흥동에서 휴식 중에 홍개호에서 배를 타고 이들을 뒤쫓던 일본군의 습격으로 뒷산 나무숲에 은신하고 있을 때 뒤에서 위만군 대부대의 공격을 받고 위험에 처했으나 오히려 일본군 다까기 사령관과 29명의 일본군과 10명의 만주군을 사살했다.

이 외에도 수많은 전투를 치르면서 큰 공을 세웠다.

한편 최용건이 남봉익 열사의 미망인 이순희에게 보낸 편지의 내용도 경악스러웠다.

> "항일 혁명의 동지였던 남 열사의 희생 사실을 이제야 알리게 되어

죄송합니다. 남 동지와 우리 항일 열사들은 영하 40도의 혹한에도 풍찬노숙을 하면서 조국의 광복을 이해 일본군에 맞서 목숨을 걸고 투쟁했지만 변절자의 밀고로 애석하게도 보청 현에서 체포되어 희생되었습니다. 미망인께서는 그 슬픔이 헤아리지 못할 정도로 클 것인데 이제야 이 사실을 알리게 되어 죄송합니다.

변명 같지만 남 열사가 희생된 후에도 매일같이 사선을 드나들다 보니 이 사실을 알려 줄 수 없었고 중국에서 조선으로 돌아온 후에도 미군과의 전쟁과 그 전쟁으로 인해 폐허가 된 나라를 복구하느라 정신없이 바쁘게 지내다 보니 전우의 희생 사실조차도 잊고 지냈소. 지금 어떻게 사는지 모르지만 중국에서 살기가 힘들면 조선으로 들어오세요. 주택과 생활에 필요한 일체의 물품을 제공해 주겠으며 노후도 편안하게 해 드리겠습니다."

발신인의 인물 비중이나 내용적으로도 중차대해 간부 회의를 개최했다. 회의 결과 그 필적이 최용건의 것이 맞는지를 확인하는 것이 필요하다는 결론을 내리고 흑룡강성 민정청에 필적 감정을 의뢰했다. 흑룡강성 민정청은 진위 여부를 알 수 없어 베이징의 국가 민정청에 다시 필적 감정을 의뢰했으나 그곳에서도 확인이 불가능해 외교부로 넘겼다. 외교부에서도 확인이 불가능해 북경 주재 조선 대사관에 의뢰한 결과 최용건의 필적이 확실하다는 답신을 받는다.

편지를 받고 필적을 확인하는 데 걸린 시간은 정상적인 절차대로 했으면 오늘날처럼 fax나 다른 전송 수단이 없던 시기라 한 달도 넘게 걸릴 테인데도 이틀밖에 걸리지 않았다.

작두에 목이 잘리고

그의 조모는 열사증을 받을 때 그동안 있었던 사실을 민정국장 등 관련 자들에게 밝힌다.

"남편은 경상도 군위가 고향이고 나는 경상도 달성이요. 1920년도에 친정집이 먼저 이주해 왔고 그 이듬해 시댁이 왔어요. 조선에 있을 땐 먹을 것이 없어 배를 많이 곯았지만 여기 와서는 끼니 걱정은 없었지만 지주들의 횡포에 억눌려 개, 돼지 취급을 받으며 노예와도 같은 생활을 했지예. 그것이 한이 되어 추수 투쟁을 했고 이를 계기로 항일 활동을 시작했어예.

남편이 추수 투쟁과 항일 투쟁에 뛰어 들도록 불을 지핀 사람이 최용건 장군이었어예. 그는 운남에 있는 강무당 학교를 졸업 후 황포 군관학교에서 교관을 하다가 우리가 살았던 오동하 마을로 와서 항일 운동을 했어예. 당시 최용건 장군은 친정집과 우리 집을 자주 드나들었고 남편은 그와 함께 항일 투쟁을 하느라 집에 들어오지 않은 날이 대부분이었어예. 간혹 집에 올 때는 밤에 그것도 달빛이 없는 그믐날 밤을 전후해 몇몇 남자들과 함께 와서 소곤거리곤 했는데 수차례 왔어도 그들이 누구인지 전혀 알 수가 없었지예."

"왜 그믐 날 밤중에 왔지요?"

"비밀을 유지하기 위해서였죠. 마누라인 나에게조차 신분을 감추려고 했으니 얼마나 철저히 대비했는가를 알 수 있지예. 그렇게 비밀리에 활동을 했지만 일본 경찰이 눈치를 채고 감시를 시작하자 오동하에서는 더 이상 활동을 할 수 없어 빈현으로 갔다가 그 후에 보청으로 옮겼고 이름도 남봉학에서 이삼수로 바꾸었어예."

"보청에서는 어떻게 투쟁했지요?"

"내 집에 온 사람도 누구인지 모르는데 어떻게 알 수 있겠소? 그런데 수백 리나 떨어진 보청 지역에서 활동 중이던 남편이 1930년 봄 밤중에 홀연히 나타나 식은 밥 한 공기를 먹고 나간 후 연락이 없었어예. 며칠이 지난 후 김광욱이라는 사람이 집으로 찾아와 '남봉익이 희생되었다.'는 말만 남기고 사라졌어예. 그 후 나는 먹고 살기가 힘들어 이웃 동네에 사는 박씨와 재혼을 했고 그 이후 바쁘게 살다 보니 그 사실도 잊은 채 지금까지 살아왔지예."

그 후 여러 해가 지난 후 남 국장의 조모는 남편과 함께 무기고를 털다가 살아남은 김씨라는 성을 가진 사람을 만나 그날 밤 사건의 증언을 들었다.

1930년 3월 초순 항일 투쟁을 하던 12명의 청년이 보청현 서쪽에 있는 일본군 화약고를 털기로 모의했다. 준비에 만전을 기하기 위해 매일 밤 자정 무렵에 모여 사전에 답사를 하는 등 실수가 없도록 철저히 대비했다. 약속한 그날 밤 12인의 열사가 밤 12시에 숨을 죽이고 무기고에 접근해 문을 열려는 순간 조명탄이 터지면서 일본군이 겹겹이 그들을 에워쌌

다. 독안에 든 쥐의 신세가 된 12명 중에서 10명이 현장에서 체포되었고 제일 뒤에 있던 한 명은 조명탄이 터지는 순간 옆집 돼지우리로 몸을 던져 살아남는다. 그가 살아남은 것은 돼지우리의 독특한 구조 때문이었다. 중국 동북 지역은 겨울의 혹한에 대비해 돼지우리를 2층으로 짓는다. 봄과 여름, 가을에는 1층에서 지내고 겨울에는 지하 땅 밑에서 겨울나기를 하는데 그는 지하층으로 몸을 날려 돼지 밑으로 들어가 목숨을 구한다.

그날 밤 이들이 사로잡힌 것은 변절자의 밀고 때문이었다. 당시엔 독립운동가 중에는 변절자가 많아서 서로 의형제를 맺는 경우가 많았다. 그 이유는 형제가 되면 변절을 막을 수 있기 때문이었다. 그들은 결의형제를 맺어 가면서까지 만전을 기했지만 운명은 그렇지 못했다.

"좀 전에 말한 김광욱이란 자가 첩자였나요?"

"예. 그자가 바로 첩자였어예. 그는 이들이 만나는 일시, 장소 등 세부 계획을 낱낱이 일본 헌병대에 보고했고 거사 당일도 뻔뻔스럽게 사고 현장에 나타났어예."

"그 후에 그는 어떻게 되었나요?"

"그 사건이 난 지 한 주일 후에 우리 집으로 와 남편이 희생당했다는 말을 전하고는 사라졌지예. 거사가 있던 당일 밤중에도 태연하게 현장에 나타나 그들이 체포 되는 것을 지켜보았다고 하니 그런 자가 어디 인간입니꺼?"

그의 밀고로 희생당한 사람은 망국의 한을 품고 삭풍이 휘몰아치는 북간도로 살길을 찾아온 동족이며 이주 후에도 지주의 횡포와 일제의 감시와 탄압에 항거해 조국을 되찾겠다고 죽음을 각오하고 뛰어든 사람들인데 무엇 때문에 밀고해 이들의 고귀한 생명을 빼앗기게 했을까? 그리고 그 대가는 과연 무엇이었을까?

기록이 없으니 열사가 될 수 없어요
〈이덕용(李德容) 1390 4886 061 보청현사 연구실〉

이번의 보청행은 어렵사리 이루어졌다. 2017년 필자가 학강시 남 국장으로부터 자기 조부가 희생된 사실을 알게 된 것은 그 전해 11월 중순이었다. 그때 필자는 사건이 일어났던 현장으로 바로 가자고 했지만 눈이 많이 쌓여 현장 확인이 어려울 거라며 내년 봄쯤에 가자고 했다.

그러나 4월이 지나고 5월이 되어도 아무런 연락이 없어 몇 번이나 전화를 했지만 그때마다 다른 일이 있다거나 몸이 아프다면서 미루었다. 마지막 통화를 한 지 수개월이 지난 10월 중순에 그로부터 '내일 보청에 갈 수

하얼빈 동역

있느냐.'는 전화를 받았다. 이튿날 강의가 있었지만 혹시 그의 마음이 변할지도 몰라 그렇게 하겠다고 약속했다.

하얼빈 동역을 출발한 지 13시간 만인 밤 9시에 학강역에 도착했다. 역사를 나와 숙소로 가기 위해 택시를 타려는데 남 국장에게서 전화가 왔다. 학강역 앞에서 기다리고 있는데 승객들이 다 나가도 필자를 찾을 수 없어서 전화를 했던 것이다. 다시 역사로 갔더니 그는 주 씨라는 잘생긴 호남형의 한족 청년과 함께 있었다.

학강행 승객들을 태우기 위해서 호객행위를 하는 기사들

몇 달 전까지도 학강시 정부에서 차량과 기사가 나와 편했지만 지난달부터 차량 지원은 없고 유지비만 매달 1000위엔 씩 지원해 주어 한 달 전에 신차를 구입했는데 운전이 미숙해 이 청년을 임시 기사로 쓴다고 했다.

우리는 이튿 날 새벽 6시에 학강시를 출발해 보청으로 향했다. 시내를 벗어나기 전 시내 동쪽에 있는 학강시 열사 능원부터 들렀다.

학강시

   능원엔 1930년에서 1945년까지 일본군과 맞서서 싸운 항일 희생자들을 필두로 국민당 군과의 내전 시에 전사한 희생자들과 한국전에 참전해 희생된 전사자들을 기리기 위해 세운 호국 열사탑이 있었다. 여러 명의 열사 중에서 그의 조부 남봉익의 이름이 제일 앞에 있었다.

   학강시 열사능을 보고 난 후 1㎞쯤 떨어진 곳에서 차를 세웠다.

   중국 동북의 대다수의 도시가 그렇듯 학강시도 대평원에 자리 잡은 인구 70만 명이 사는 도시이지만 우리가 주차한 곳은 지대가 약간 높아 시내를 내려 볼 수 있었다. 그런 위치 때문인지 만주국 시절엔 일본군 1개 사단이 주둔했던 군사 병영지라고 했다.

   그러나 70여 년 전 이 지역을 지배했던 관동군의 발자취는 어디에서도 볼 수 없었고 빛바랜 아파트 몇 채가 슬럼가를 이루고 있었다.

   잠시 후 두 명의 조선족이 승차했다. 이 중 한 사람은 우리말을 전혀 못했고 나머지 한 사람은 의사소통이 가능했다. 우리말을 모르는 사람의 조

학강역

부는 항일 투쟁 시 최용건 장군의 비서였고, 남 국장의 조부처럼 항일 투쟁을 하다 보청에서 희생되었다는 사실만 알 뿐 그 외는 아무것도 모르지만 현지에 가면 무언가 단서라도 찾을 수 있을까 봐 동행했던 것이다. 나머지 한 사람은 이곳 학강으로 이사를 오기 전에 보청현 조선족 마을에 살아서 지인이 많아 그들과 연결 고리역을 맡은 안내자였다.

목적지 보청까지는 380㎞ 거리라 3시간 반 정도를 달려야 했다.

끝없이 펼쳐지는 삼강평원(흑룡강, 송화강, 우수리강)은 가도 가도 끝이 없었다. 차는 가목사시와 몇몇 현을 지나갔다. 출발한 지 3시간 정도 지나자, 두 개의 산봉우리가 보였다. 쌍압산이었다. 쌍압산이라는 지명은 두 개의 산이 있어서 그 형상을 보고 지어진 이름인 듯했다.

이 산 밑에는 수많은 석탄이 매장되어 일제는 일찍부터 이곳에 눈독을 들이다가 끝내는 빼앗고 그 관리와 보호를 위해 70만 명의 관동군을 배치시켰다고 한다.

보청 시내로 진입하기 전 오토바이를 타고 가는 노파에게 길을 묻자, 친절하게도 약속된 보청 빈관까지 안내해 주었다.

빈관에는 초로의 노인 몇 명이 우리를 기다리고 있었다. 그중 한 사람이 앉기도 전에 이곳까지 왔으니 안내 해 줄 곳이 있다면서 우리가 타고 온 차에 동승을 했다. 그는 지난해까지 보청시 역사 연구실 실장으로 근무한 역사학자로 남국장의 조부 문제를 돕기 위해서 참석한 분이었다.

그가 우리를 안내한 곳은 보청시 열사능원이었다. 수천 평이 넘는 넓은 공간에 뒤쪽은 소나무로 빼곡하게 에워싸였고 조경도 잘되어 능원이라기보다는 공원처럼 보였다.

이 능원은 1962년에 중국의 최동북단 진보도에서 국경수비대로 근무하다 소련군과의 충돌로 인해 희생된 전사자들의 무덤이었다.

진보도는 중국령과 러시아령 사이를 흐르는 우수리 강 가운데 자리한 길이 2㎞, 넓이 800m에 불과한 작은 섬이다. 그 영유권을 두고서 50년 전 중국과 소련 간에 충돌이 일어나 양국 간에 전면전으로까지 확대될 법한 큰 사건이었지만 외교적인 노력으로 확전이 되지 않았던 충돌 사건이다.

수백 명이나 되는 희생자를 수백 ㎞나 떨어진 이곳에 안장한 것을 보니 국가를 위해서 희생된 호국 열사를 위한 예우는 대단한 듯하다.

열사능원을 관람한 후 빈관 회의실로 갔다. 회의를 주재한 사람은 우리를 능원으로 안내했던 이가람 전임 보청시 역사 연구 실장이었다. 그는 보청시가 펴낸 낡은 역사책 3권을 준비해 왔다. 그 책은 1931년 9월 18일 중국의 동북 3성이 일본의 지배하에 들어간 이후 보청을 중심으로 일본군과 맞서서 싸운 열사들의 업적과 전투에 관한 것을 기록한 항일 투쟁사에 관한 것이었다.

남 국장의 조부는 동북 3성이 일본군의 지배하에 들어가기 전 해인 1930년에 희생되었기 때문에 열사 명단에도 없었고 화약고 습격 사건에 관한 기록도 없었다. 아무런 단서도 찾지 못하자 그는 못내 아쉬워했다.

식사를 끝낸 후 남봉익의 흔적을 찾기 위한 토론이 계속 중일 때 두 명의 남자가 들어왔다. 한 명은 현재 보청시 역사 연구실 실장인 이덕용 박사이고 또 다른 한 명은 이곳 보청 출신으로 가목사시 소속의 역사 연구원인 오기룡 박사였다. 이 박사는 남 국장이 온다는 소식을 듣고 일찍 참석하려 했으나 방송 녹화 때문에 늦게 참석했으며 오기룡 연구원은 이덕용 실장이 연락해 수백 리나 떨어진 먼 거리임에도 불구하고 남 국장 조부 문제를 돕기 위해서 참석했다.

열띤 토론이 진행되는 중에 이덕용 실장은 시계를 보더니 TV를 켰다. TV 화면의 영상은 1931년에 일본군과 맞서 싸우는 항일 전사들의 전투 장면이었고 강의를 하고 있는 사람은 필자 옆에 있는 이덕용 실장이었다. 그는 화면을 보면서 항일 열사들의 활동에 관해서 열심히 설명했다. 그러나 그도 남봉익이라는 인물과 일본군 화약고 탈취 사건에 관해서는 몰랐다.

보청시 관계자들이 그의 조부가 에 관한 단서를 찾지 못하자 할머니로부터 전해들은 이야기와 북한 부주석 최용권에게서 받은 편지 등을 설명한 후 보청시 항일 열사 명단에 그의 조부를 등재해 달라고 했다.

그러나 이덕룡 실장이 '안타깝지만 어떠한 기록도 없으니 명단에 포함시킬 수 없다.'라고 하자 남 국장은 한숨을 쉬면서 안타까워했다.

풀이 죽은 채 실망스러워하는 그 모습을 보고서 필자는 한마디 거들었다.

"남 열사가 항일 투쟁을 한 지역이 이곳이며 참수를 당한 곳도 바로 옆에 있는 동문교이고 문제의 화약고도 여기에 있지 않는가? 학강시 열사 명단에도 등재되어 있고 열사탑에도 그 이름이 새겨져 있는데, 기록이 없어 열사 명단에 올릴 수 없다니 그건 잘못된 판단입니다. 그리고 남 국장님이 가진 남봉학 열사의 열사증을 보세요. 중화인민 공화국 주석 모택동이 직접 서명한 열사증이 아닌가?"

사람들은 필자가 왜 목청껏 떠들어 대는지 몰라 아무런 반응이 없었지만 남 국장이 통역한 후에 비로소 '시엉시엉(맞아 맞아)' 하면서 수긍했다.

이덕용 실장은 남국장님이 보여 준 열사증 사본을 당사 역사관으로 보내 달라고 했다. 드디어 경북 군위 출신 남봉익은 중국 동북 보청시 항일 운동 열사자 명단에 등재되게 되었다.

격론은 자정이 넘어서 끝났다. 이 실장과 오덕용 연구원은 돌아갔지만 전임 연구 실장과 남국장을 안내해 주기 위해 온 조선족 김광수의 다섯 친

학강 남인섭 조부 열사증

구들은 귀가하지 않고 빈관에서 같이 취침했다. 비록 민족은 다르지만 옛 친구를 배려하는 한족 친구들의 우정이 돈독해 보였다.

이튼 날 아침 일찍 빈관을 나와 조선의 청년 10명이 작두에 목이 잘린 현장 확인을 위해 동문교 다리로 갔다. 주변을 몇 번이나 돌아보고 지나가는 행인과 다리 옆 가계 주인에게 사건에 관해 물어보았지만 어느 누구도 알지 못했다. 끝내 찾지 못하고 아쉬운 채 빈관으로 돌아오려고 할 때 한 노파가 동문교로 다가왔다. 그때 이가람 실장이 노파에게 작두 참수 사건을 알고 있는지를 물어보자 놀랍게도 그 노파는 무기고 탈취 사건과 참수 사건을 알고 있었다.

향년 96세인 노인은 어렸을 때 부모님으로부터 들었던 이야기와 자신

이 실제로 보았던 목격담을 말했다.

"무기고 탈취사건 다음 날 조선 청년 10명이 온몸이 포승줄로 포박된 채 몇 필의 말에 끌려와 동문 다리 아래로 던져진 후 한 사람씩 차례대로 작 두에 목이 잘렸어요. 선혈이 낭자하면서 이 강물이 피바다가 되었고 며칠 동안 피비린내가 나 사람들이 다리 옆에 얼씬도 안 했어요. 일본제국주의 헌병대는 항일 투쟁을 하면 결과가 어떻게 되는지를 알리기 위해 잘린 목 을 장대에 매달아 동문교 다리 위에 꽂아 두었어요. 세월이 지나면서 해골 이 저절로 떨어져 방치된 채 그대로 있었지요. 상당한 기간이 지난 후 작 두에 목이 잘린 그 자리에 누군가가 10인의 항일 용사가 항일을 하다가 붙 잡혀 희생당한 현장이라고 쓰인 표지석을 세웠어요. 그 비석은 1966년까 지 있었는데 문화대혁명 때 홍위병들이 몰려와 이를 파손시켜 그 주변에 방치되어 있다가 진보도 열사능 자리로 옮긴 후 언젠가 없어졌습니다."

노인이 들려준 현장을 보기 위해 다시 동문교 아래로 내려갔지만 어떠 한 흔적도 찾을 수 없었고 강물은 예전과 다름없이 흘렀다.

먼 이국땅까지 와서 왜 이렇게 비참한 최후를 맞이했는가를 생각하니 억장이 무너졌다. 이 청년들은 그들 자신과 가족을 위해서 희생을 당했을 까? 아니다. 그들의 바람은 오로지 조국의 독립이었다.

동문교 옆에는 행복 공원이 있었다. 다리를 건너면 그 공원으로 들어가 는 입구다. 비록 육신은 사라져 갔지만 넋이라도 저승의 행복 공원에서 행복하기를 빌어 본다.

독립운동가 후손을 돌봐 줄 방안은 없을까?

 남인섭 조부의 항일 운동에 관해서 관계자들의 진지한 토론이 벌써 3시간째 계속되었다. 이들 외에도 이 토론을 지켜보면서 열심히 뭔가를 메모하는 사람이 있었다. 학강시 공상은행원인 이만춘이다. 그가 우리와 함께 여기에 온 목적은 남 국장과 마찬가지로 그의 할아버지가 어떻게 희생되었는가를 알기 위해서이다. 남 국장은 그의 조모의 진술과 최용권의 편지로 희생된 장소와 일시를 알고 왔지만 그는 조부의 성도 이름도 고향도 모르고 알고 있는 것은 조부가 최용권과 함께 항일을 하다가 보청에서 희생되었다는 사실뿐이었다. 현재 그가 가진 이씨 성은 그를 길러 준 양부의 성이라고 한다. 그가 양부의 성을 따르게 된 것은 그 당시의 상황 때문이었다.

 1930년대에 만주에서 독립활동을 한 사람들은 일제의 감시를 피하기 위해서 거처와 이름을 수시로 바꾸었다. 그의 조부도 성과 이름을 바꾸고 거처도 자주 옮겨 주변 사람들조차도 그의 실체를 몰랐던 것이다. 더구나 그의 조모는 남편이 보청에서 희생되었다는 소식을 들은 후 집을 나가 행방불명되어 그의 부친은 졸지에 3살 때 고아가 되어 홀로 남게 됐다. 같은 동네에 사는 조선 이주민이 그를 불쌍히 여겨 입양을 했지만 그 동네로

갓 이주해 와 양부모도 그에 관해서 아무것도 몰라 성은 양부의 성을 따랐다고 한다.

조부의 흔적을 찾기 위해서 왔으나 토론을 지켜봐도 아무런 단서도 찾을 길이 없자 표정은 아쉬움과 실망으로 가득했다. 옆에서 지켜본 필자 역시 안타깝기는 마찬가지였다.

여기서 분명한 사실은 그의 조부가 독립 투쟁을 한 것은 잃어버린 조국을 되찾기 위해서였다. 그러나 그 고통은 온전히 그의 가족과 후손의 몫이 되었고 정부는 보상은커녕 그들의 활동 상황조차도 파악하지 못하고 있는 것이 현실이다.

우리는 보청을 떠나 다시 학강으로 돌아가야 했다. 학강까지는 380여 km로 갈 길이 멀다. 기사는 악세레다를 연신 밟아 댄다.

필자는 돌아오는 차 안에서 남인섭과 이만춘 조부의 항일 투쟁에 관해 되새김질해 본다. 을사늑약을 시작으로 수많은 사람들은 보금자리를 떠나 만주 땅으로 이주하게 된 것은 일제의 수탈에 시달리다 어쩔 수 없이 택한 길이었다. 가족을 먹여 살리기 위해 머나먼 이국땅 간도로 왔지만 이곳에서도 지주들의 횡포와 폭압에 시달리며 노예와도 같은 생활을 하면서 서러움은 계속되었다. 이를 보고 분노를 참지 못했던 조선의 청년들은 중국인 지주에 맞서 투쟁했으며 시간이 지나면서 조직이 강화되자 본격적으로 일본 제국주의자들과 맞서 무장 항일 활동을 시작했다. 이들의 항일 투쟁이 격화될수록 일본 제국주의자들의 감시와 탄압은 더 심해졌다. 그것도 부족해 놈들은 여기저기에 산재해 있던 조선족 가옥을 불사르고 집단 부락을 만들어 더욱 감시를 강화했고 조금이라도 의심의 기미가 있으면 잡아가 고문하면서 못살게 굴었다. 이러한 환경에 처하자 이들 청년들은 일본 제국주의자들과 목숨을 걸고 독립 투쟁을 했다. 그 결과 무수히 많은 무명의 별들이 목이 잘리거나 총탄에 맞아 흔적도 없이 사라졌다.

1931년 9월 18일 사건으로 중국의 동북 3성이 일본 제국주의자들에 의해 강탈당하자 많은 중국의 젊은이들도 우리처럼 나라를 되찾기 위해서 무력 투쟁을 했다. 이때 조선의 독립투사들은 중국의 투사들과 함께 항일 투쟁을 했기 때문에 그것은 논외로 하더라도 적어도 그 이전인 1930년까지는 사회주의 사상을 갖고 활동한 일부 인사들을 제외하면 체제와 상관없이 독립운동을 했다.

필자는 7년 동안 주말마다 항일 독립운동의 유적지를 답사했다. 흑룡강성과 길림성 골짜기 어느 곳이든 우리의 독립운동의 흔적이 있지 않은 곳이 없었다. 그중에서 우리의 보훈처가 파악하고 있는 지역도 있지만 그렇지 못한 곳도 많았다.

만주로 이주해 온 조선의 청년들은 목숨을 걸고 항일 투쟁을 하면서 우리의 독립에 적잖이 이바지했다. 그들의 희생을 간과한다면 훗날 국난이 닥쳐 과연 누가 국가를 위해서 헌신하고 희생할 수 있겠는가? 지금부터라도 유적지를 발굴하고 희생자를 찾아내 그들의 죽음이 헛되지 않기를 바란다.

어머니의 침묵은 무엇을 의미할까?

지금까지 생각은 했지만 행동으로 실천하지 못해 후손으로서 항상 죄스러움을 느꼈는지 문제를 해결하고 나니 앓던 이가 빠진 것처럼 후련하다고 했다. 게다가 그의 조부는 보청시 열사 명단에 등재될 것이고 열사탑까지 세우겠다는 약속을 받아 냈으니 그럴 법도 했다. 그는 필자에게 고맙다는 말도 잊지 않았다. 그러나 필자가 그런 인사를 받을 처지가 아니었다. 그의 조부가 독립을 위해 목숨까지 희생당하며 투쟁을 했기 때문에 몇 마디 했을 뿐이었다.

갈 길이 멀어 무료할 터이니 이제부터 조부모대에서 겪었던 무거운 이야기는 그만하고 형편이 나아진 아버지와 어머니 이야기를 하겠다고 했다.

조부가 희생되고 조모는 이웃에 사는 박 씨와 재혼 하자 졸지에 고아가 된 그의 부친은 백부 댁으로 가 유년 시절을 보냈다. 식구가 많은 백부 댁에서 마냥 있을 수 없어 16세의 어린 나이에 팔로군에 입대해 장강산 전투를 필두로 강서성, 호남성 등의 전투에 참전했고, 1950년 6. 25 전쟁 시에는 조선 인민군 제1군단 7사단에 소속되어 자신의 고향 경북 군위군까지 내려와 국군 제3사단과 1950년 8월 초순부터 9월 중순까지 치열한 전투도 했다.

"군위는 바로 고향 아닙니까?"

"맞습니다. 그런데 내 이야기 한번 들어 보세요. 들어도 아마 믿지 않을 거예요."

"뭣 때문에 그러지요?"

"나의 아버님이 낙동강 전투, 더 구체적으로 말하면 군위군 소보면 바로 나의 할아버지가 어린 시절을 보냈던 그 마을에서 잠도 자고 밥도 먹고 했다고 해요."

"아버지는 중국에서 태어났을 텐데 어떻게 고향을 알 수 있었지요?"

"당연히 알죠. 우리 할아버지와 아버지 세대는 고국을 그리워해 이틀이 멀다 하고 이야기를 했던 세대라 알고말고요."

"그래도 어떻게 그런 일이?"

"그런 것 가지고 저의 아버지가 거짓말을 했을 리는 없지요."

할아버지의 고향 사람들과 함께 지나다 보니 전투의지가 없어서인지 그의 부친은 9월 10일 미군 폭격기가 투하한 폭탄의 파편으로 부상당한 후 강계에 있는 임시사령부로 후송되어 치료를 받은 후 1956년까지 조선인민군 군사 교관으로 6년간 근무하다가 평양에서 남포 출신의 초등학교 교사였던 어머니를 만나 결혼했다. 그 후 부친이 평안북도 수풍군에 있는 부대로 전출됨에 따라 그의 어머니도 평안북도 수풍에 있는 수풍 초등학교로 근무지를 옮기고 첫아들을 낳았지만 추위로 사망했다.

자식을 잃은 충격과 슬픔 때문에 더 이상 조선에서 살고 싶은 마음이 없어 남국장의 할머니가 살고 있는 중국 동북 흑룡강성 학강시로 돌아갔다.

중국에서 생활이 안정되자 그의 어머니는 1960년대 말부터 친정 가족을 찾아 남포에 여러 번 갔다 왔다. 그러나 1980년대에 이르자 고향 방문의 길이 막혀 친인척을 만나려면 고향이 아닌 평양에서만 가능하기 때문에 한동안 방문이 뜸했는데 다행스럽게도 몇 해 전에 두만강 건너편에 간이 면회소가 있다는 것을 알고는 평양에 살고 있는 넷째 이모는 여러 번 만났다. 하지만 평양이 아닌 다른 곳에 사는 친척들은 교통이 불편해 한 번도 만나지 못했다고 한다.

도문교에서 바라본 북한 남양

조선이 경제적으로 어렵다는 것을 알기 때문에 이모를 만나려 갈 때는 4t 트럭에 선물을 가득 싣고 갔다고 한다.

"개인이 차로 국경을 통과할 수 있나요?"

"선물은 북조선에서 중국에 파견 나온 일꾼들이 집까지 가져다주기 때문에 어려움이 없어요. 3년 전에는 여동생도 어머님과 함께 평양에 가서 이모 네 분과 이숙 세 분을 만났어요. 그때는 이불, 봄, 여름, 가을, 겨울 옷, 자전거, 선풍기 재봉틀과 각종 식품 등 6t 트럭이 넘칠 정도로 많이 준비해 갔지만 다 전달되지는 못하고 중간에서 이런저런 이유로 절반 정도가 새어 나갔대요."

"왜 그렇지요?"

"손을 벌리는 간부가 한둘이 아니라고 해요. 그들 중에서 어떤 간부에게는 주고 다른 간부에게 주지 않으면 안 좋은 일이 있다고 해요."

평양 방문을 마치고 학강으로 돌아온 그의 여동생이 '우리 돈으로 고향 가는데 조선 정부가 왜 막는지 이해가 되지 않는다.'면서 세상에 그런 나라가 어디에 있느냐고 불평을 해도 그의 어머니는 가타부타 아무런 말을 하지 않았다고 했다. 그의 어머니의 침묵은 과연 무엇을 의미할까.

상지
김희준

조국이 독립만 할 수 있다면

옛부터 관북은 인재가 많이 배출되었으며 그중에서도 정주, 곽산은 조선조에서 과거에 급제한 인물이 가장 많은 지역이라고 한다. 필자가 오늘 만나는 김희준 선생은 정주 출신이며 그곳에서는 이름깨나 날린 명문 집안이었다고 한다.

"임진왜란 시에는 윗대 어른이 평양성 전투에 참전해 공을 세워 선조 왕으로부터 교지를 받았고 다른 왕으로부터도 교지와 하사품을 여러 번 받았지만 불행하게도 문화대혁명 때 불태워져 지금은 남아 있는 것이 없어요."

"왕으로부터 교지와 하사품을 한 번도 아니고 여러 번 받았다니 대단한 가문이군요."

"문화 혁명 때 불태운 것은 그것뿐만 아니라 고서화, 병풍, 족자와, 여러 대에 걸쳐 윗대 어른들이 쓴 여러 궤짝의 일기도 있어요."

"정말 아깝군요. 그러한 것들이 지금까지 남아 있으면 귀중한 역사 자료가 될 텐데요."

상지시 거리

필자와 김희준 상지시 노인 협회 회장과 면담은 상지시 조선문화예술관에서 가족사를 중심으로 3시간 동안 이어졌다.

정주하면 먼저 떠오르는 이미지는 불멸의 시인 김소월의 시 〈진달래꽃〉일 것이다.

나보기가 역겨워

가실 때에는,

말없이 고이 보내 드리오리다.

영변에 약산

진달래꽃

아름 따라 가실 길에 뿌리오리다.

가시는 걸음 걸음

놓인 그 꽃을

사뿐히 즈려밟고 가시오소서

그러나 운명은 김희준의 가족을 사뿐히 즈려밟지 않고 군홧발로 무자
비하게 짓밟으며 지나간다.

1906년에 일본 제국주의자는 조선을 단숨에 삼킨다. 약소국 조선은 제
대로 힘 한번 써 보지도 못한 채 무너지면서 혹독한 암흑기를 겪으며 일
제의 무단 통치에 속수무책으로 당했다.

그러나 1919년 3월 1일을 기해 주전자 속에 끓고 있던 물과 같이 독립
의 열기가 전국 방방 곳곳에서 분출한다. 경성 탑골 공원에서 시작된 독
립만세 운동은 전국적인 시위운동으로 퍼져 나갔다. 그 당시 평북 정주도
그 어느 지방보다도 독립의 열기가 뜨거워 3월 2일부터 4월 5일까지 무려

여가를 즐기는 상지시 노인들

14회에 걸쳐 독립만세 운동이 지속됐다. 그중에서도 3월 31일 정주 장날을 기해 5,000명이 참가한 독립만세 운동은 120여 명의 희생자가 생기고 오산학교와 교회, 천도교 교당이 불타고 이승훈 등 지도자들의 집이 파괴되는 등 정주 학살 사건이 일어난다.

김 회장의 조부 김성주 옹은 정주 독립만세 운동이 있을 때마다 선두에서 선봉대 역할을 했다. 하지만 3월 31일 시위부터 일경이 그의 조부를 추적하기 시작한다. 그럼에도 불구하고 그는 비밀 회합을 가지면서 계속해 독립운동의 불씨를 살리려고 했다. 그러나 일경의 감시가 더 강화되자, 정주에서는 더 이상 독립운동이 어려워 감시가 소홀한 틈을 타 만주 길림으로 피신하고 이름을 김성주에서 김진무로 바꿨다.

조부가 간도로 간 이후에도 일본 경찰은 집으로 찾아와 조부의 소재를 묻는 등 감시가 계속되고 시달림을 당하자 나머지 가족도 간도로 이주했다.

그의 할아버지는 간도에 와서도 수상한 행동을 하자 요시찰 대상이 되어 하루에도 몇 번씩 순사들이 불시에 들이닥쳐 온 집 안을 수색했고, 조금이라도 의심되면 할머니와 아버지를 헌병대로 끌고 가 고문을 가하지만 계속해 항일 투쟁을 했다.

그러나 1930년대 후반에 이르자 일제의 지속적인 탄압과 회유로 독립운동이 시들해지고 항일 독립군 사이에서도 이탈자가 늘어나면서 독립군에 대한 정보가 토벌대에 들어가 대대적인 토벌을 하자, 희생자가 늘어나고 많은 항일 투사들이 전향을 했다.

그의 조부는 이에 굴하지 않고 항일 의식이 강하고 애국심이 투철한 젊은 항일 투사인 유일수, 김광일과 결의형제를 맺고 명주 비단 위에 '우리는 죽는 날까지 조국의 독립운동을 하기로 굳게 맹세한다.'라는 혈서를 썼다.

상지시 항일 열사 추모비

"안중근 의사와 유덕순 등 11인의 항일 투사들만 혈서를 쓴 줄 알았는데 조부께서도 혈서를 쓰셨군요. 그 혈서는 지금 어디에 있어요?"

"1966년 봄까지 보존하고 있었지만 문화대혁명 시 불태웠어."

"소중한 역사적인 사료가 되었을 텐데 불태웠다니 안타깝군요. 혈서까지 쓰면서 독립운동을 하신 그 어른들은 약속대로 죽는 날까지 활동을 하셨습니까?"

"당연하지. 유일수 어른과 김광일 어른은 토벌대에 의해 빈현에서 희생되었고 나의 조부는 철영에서 희생당했어."

"세 분 다 희생되셨군요. 조부는 정주에서뿐만 아니라 여기서도 독립을 위해 죽는 순간까지 활동을 하셨는데 독립 유공자로 인정을 받았습니까?"

"정주에서 독립운동은 한국 국가 보훈처 기록물에 등재되어 있지만 유공자로 인정을 받지 못했어. 그리고 중국동북으로 온 이후의 활동은 기록 자체가 없으니 인정받을 수 없었지."

상지시 중앙광장, 오른쪽이 김창룡

"정주에서 활동 기록이 있는데도 유공자 가족이 못 되었겠군요?"

"2007년에 한국에 가서 국가 유공자 신청을 했는데 등재는 되었지만 구체적인 사실에 관한 기록이 없고 조부의 항일 운동을 증언해 줄 어르신들이 모두 돌아가셔서 인정받지 못했어. 그렇지만 한국 국가 기록물 독립 유공자 명단에 조부 이름이 등재되어 있다는 사실을 확인하고는 너무나 자랑스러워 조부의 함자가 기록된 란을 복사해 와 오동나무 상자에 보관 중이야. 나중에 후손에게 가보로 물려줘 조국에 대한 애국심을 고취시키고 싶어."

그의 가족이 조국을 떠난 지 벌써 한 세기가 지났고 국적이 중국인인데도 아직까지도 조국을 사랑하는 상지시 노인 협회 김희준 회장님 같은 분이 계시니 고맙고 자랑스럽다.

"혹시 북조선에도 접촉해 보셨나요? 고향도 북조선인데."

"시간 낭비지."

"왜 그렇지요?"

"북조선에서는 항일은 김일성이 혼자서 다 한 것처럼 떠들어대고 있잖아. 설령 인정을 받더라도 그게 무슨 소용이 있겠어? 그쪽은 생각하기도 싫어."

상지시 김희준 노인회 회장

계급이 생명을 구하다

　1945년 8월 말을 전후해 만주로 이주해 온 많은 동포들이 귀국할 때 희준의 가족도 귀국길에 올랐다. 고국을 찾아가는 이주민들이 일시에 움직이자 차가 없어 세 살배기 막냇동생부터 당숙까지 열다섯 식구가 수백 리 길을 걸어 어렵사리 조선과 국경인 도문에 도착해 두만강 다리를 건너려 했지만 소련 홍군이 국경을 차단시켜 건널 수가 없었다.

　고국 땅을 바로 눈앞에 두고도 갈수 없어 다시 주하현으로 발길을 되돌려야 했다. 주하로 돌아왔지만 일이 손에 잡히지 않았다. 가족이 모여서 회의를 한 결과 로마에 있으면 로마법을 따르는 것이 순리라고 결정한 후 중국 공민으로서 새로운 삶을 시작했다.

　제일 먼저 한 일은 막냇당숙의 팔로군 입대였다. 그가 팔로군에 입대하게 된 계기는 군인 가족에 대한 우대 정책 때문이었다.

　당숙은 팔로군에 입대한 후 사평, 천진, 해남도 등의 전투에 참전해 혁혁한 무공을 세워 포병단 단장의 지위에까지 올랐다.

　1950년 한국전쟁이 일어나자 당숙은 팽더회가 이끄는 예하부대의 포병단 단장으로 항미 원조 지원군으로 참전했다.

　당숙이 지휘하는 포병단이 압록강을 건너 평북 정주군 산자락을 지날

청천강

때 미군이 청천강 다리를 폭파하기 위해 정주, 박천 등지에 대대적인 공습을 가하자, 더 이상 진군할 수 없어 산속으로 들어가 진지를 구축하고 추이를 관망했다.

이 지역에 대한 그 당시의 공습이 얼마나 심했는가를 보여 주는 기록이 있다.

이 기록은 미국 워싱턴 소재 Korea information service on Net Project 소속의 이홍환 선임 편집 위원이 미국 국립 문서 보관소에서 발견한 편지 1068통 중에서 113통을 소개한 〈주인 잃어버린 한국 전쟁 인민군의 편지〉를 모은 책인데 그중에는 6. 25 전쟁이 일어난 지 3개월이 지날 무렵 1950년 9월 18일 평북 정주군 마산면의 한 공장에서 일하는 여성 노동자가 자강도 진천군에 사는 남동생에게 보내는 편지가 있는데 그 편지에는 밤낮으로 폭격이 계속되고 있으며 세 차례의 폭격을 받아 죽을 고비를 넘겠다는 내용이 있다.

편지처럼 희준의 고향 정주는 미군 B52의 대대적인 공습으로 초토화 상태에 이른다. 그의 당숙은 고향 땅이 쑥대밭이 되는 것을 멀리서 보면서 참을 수 없는 분노를 느끼지만 미 공군의 압도적인 화력 앞에서는 속수무책이었다.

그러나 일선의 지휘관으로서 이를 보고 방관만 할 수 없어 관측병에게 비행 방향과 회전각도, 거리, 시간 등을 파악케 한 후 발포 명령을 내린다. 20여 문의 야포에서 발사되는 포의 위력은 엄청났지만 폭격기를 격추시키기는커녕 오히려 그들의 위치만 노출시켰을 뿐이었다.

목표물의 위치를 정확히 파악한 B-52폭격기는 굶주린 맹수가 먹잇감을 만난 듯 무자비하게 폭격을 가하자 포병 단은 쑥대밭이 되었고 병사들은 추풍낙엽과도 같이 줄줄이 떨어져 3백 명이 넘는 희생자가 생겼다. 이때 당숙은 9개의 파편을 맞았는데, 그중에서 3개는 갈비뼈를 관통했고 6개는 머리를 스치면서 의식을 잃었다.

그 순간 이상한 일이 일어났다. 흰 두루마기를 입은 노인이 다가와 '너가 왜 여기에 왔느냐. 여기는 너가 올 곳이 아니야 할 일이 태산 같은데 빨리 돌아가라.'고 호통을 쳐 누가 그러는지 얼굴을 들어 보니 항일 독립운동을 했던 그의 삼촌 김진무 옹이었다. 삼촌의 호통 소리에 깨어나 희미하게나마 의식을 되찾았지만 다시 혼수상태에 빠지자 또다시 호통 치는 소리에 의식을 되찾았다.

당시 중공군은 전투가 끝나면 담가 부대원들이 뒷수습을 했는데 수습 전에 먼저 의료진이 부상자들의 생사 여부를 판별하는데 희생자 수가 많을 때는 지휘관부터 확인을 했다고 한다. 그 덕분에 당숙은 제일 먼저 의료진의 도움을 받아 기적적으로 살아났다. 그를 담당했던 의료진의 소견에 따르면 출혈이 너무 많고 심한 부상으로 1분만 늦었더라고 생존 가능성은 제로 상태였다고 한다. 계급이 그를 살린 셈이다.

상갓집 개보다 못한 놈

　6.25 전쟁이 발발한 지 1년여가 될 무렵 그의 당숙은 중화인민공화국 대표단의 일원으로 팽덕회 총사령관을 보좌하면서 휴전 회담에 중국 측 대표로 참석한다.

　"휴전회담 시 조선족으로서 중공 측 대표로 참석하셨다니 대단하네요."

　"글쎄."

　"회담 시 서로 간에 기싸움이 굉장했다고 하던데요, 혹시 그에 관해서

정전협정조인장

정전협정조인장 내부

들은 것이 있습니까?"

"별로 생각나는 것은 없는데, 아! 이것이 있구나."

"뭡니까?"

"혹시 백선엽 장군 알아?"

"네. 6.25 전쟁 시 제1사단 사단장으로서 낙동강 전투에서 혁혁한 공을 세워 위기에 처한 나라를 구한 구국의 영웅이지요. 그리고 휴전회담 시엔 UN 측 대표로 참석하셨는데."

"북한 대표단으로 나온 이상조가 종이에 써서 백 장군에게 내보인 메모가 참 웃기더라고."

"왜요?"

"회담이 있던 날 조선 대표 이상조가 '상갓집 개보다 못한 놈'이라고 쓰인 종이를 백선엽 장군에게 보여 주었다고 해. 당시 회담장 내에는 조선 대표인 남일이나 장평상, 글을 쓴 이상조와 통역 외에는 그 말뜻이 무엇인지를 아는 사람이 없어서 아무런 반응이 없었지만 당숙은 속으로 한껏 웃었다고 했어."

"세계의 눈이 집중된 현장이었을 텐데, 그럼에도 불구하고 그런 표현을……."

6.25 전쟁이 끝난 후 김일성은 전공을 세운 7명의 장군에게 최고의 훈장을 주었는데, 그중에 그의 당숙도 포함되었다고 한다. 훈장 수여식이 끝난 후 그의 당숙은 김일성의 집무실에서 둘만 따로 만났는데 그때 김일성은 북조선 인민군에 편입해 조선군을 이끌어 달라는 부탁을 받았지만 청천강 다리 폭파 시에 당한 뇌 손상 때문에 더 이상의 활동이 어려워 사양했다고 한다.

"중국에 돌아온 후에도 군 생활을 하셨나요?"

"뇌상의 후유증 때문에 전역을 한 후 고향 주하 하동촌에서 지내다가 문화대혁명 광풍에 휘말렸어."

"무슨 죄 때문에 그렇죠?"

"한국전 당시의 행적 때문이었지."

"우리 국군이나 미군과 내통이라도 했나요?"

"청천강 다리 폭파 시 파편을 맞고 의식 불명 상태 일 때 행적을 대라고 했는데 그걸 어떻게 알 수 있겠어. 모르지. 그래서 공산당 당원 권리를 박탈당하고 적색분자로 낙인 찍혀 국가가 주는 연금도 끊겼어. 그래도 감옥에 안 간 것이 다행이었지."

"문화혁명이 혼돈의 시대라고 하던데 바로 이런 것을 두고 한 표현이 아

하동촌의 조선족들이 농사를 짓기 위해서 만든 수로

닐까요. 참으로 억울했겠어요."

"뭐, 모순이 많았던 시대였으니."

문화혁명 후 그의 당숙은 쓸쓸하게 노후를 보내다가 뇌에 박힌 파편의 후유증으로 가끔 의식을 잃곤 했는데 돌아간 날도 하동향(조선족 마을)에서 강을 건너던 중 재발되어 강에 빠져 56세의 많지 않은 나이로 눈을 감았다.

그는 운명하기 며칠 전에 죽음을 예견이라도 한 듯 "윗대 조상은 왕으로부터 교지도 받고 삼촌은 조국의 독립을 위해 일본 놈들과 싸웠는데 나는 결과적으로 동족의 가슴에다 비수를 꽂았다. 모두가 다 내 형제인데."라는 유언을 남기고 영면했다고 한다.

너도 날 비판하려 왔나

희준이 상지고 1학년 때인 1966년 문화대혁명이 일어나 중국 전 지역이 혁명의 열기로 가득했다. 혁명을 주도한 세력은 학생들이었다. 그는 상지 고등학교 학생회 영도이었기에 혁명의 선도에 나서지 않을 수 없었다. 어제까지도 자신들을 위해 가르치고 이끌어 준 스승은 더 이상 스승이 아니고 타도의 대상인 지식 분자들이었다.

학교에 등교하면 수업은 뒷전인 채 스승을 강당에 세워 놓고 과오를 비판하게 하거나 반성문을 쓰게 했다. 미진한 부분이 있으면 개조시킨다는 명분으로 고깔모자를 씌우고 운동장을 돌게 해 내심 스승에게 한없이 죄송스러움을 느끼며 도리가 아니라는 것을 알면서도 어쩔 수 없이 그렇게 할 수밖에 없었다.

문화혁명이 발발한 지 2년이 지나자 그가 살고 있는 상지에서는 광풍이 어느 정도 누그러졌지만 그의 삼촌이 당서기로 있는 조선족 자치주 연길은 사태가 심상치 않다는 소식이 들려 왔다.

삼촌의 안위가 걱정되자 희준은 연길로 가 곧바로 연길시 청사로 갔지만 보이지 않아 청사 뒤쪽으로 갔다. 놀랍게도 그의 삼촌 김문보를 비롯한 시청 간부들이 허름한 창고에 피골이 상접한 채 누워 있었다. 얼마 전까지도 카리스마 넘쳤던 그 모습은 사라지고 뼈만 앙상하게 남아 있었다.

창고 안으로 들어가자 그의 삼촌과 주덕혜 시장 등 간부들은 이제는 멀리 상지시의 홍위병까지도 합류했다고 여겨 몹시 놀랐다고 한다. 그는 걱정스럽게 "삼촌." 하고 불렀지만 "너도 홍위병인데."라면서 두려움의 눈으로 그를 바라보았다.

"얼굴이 왜 이리 많이 상했지요? 건강은 괜찮아요?"
"아버지와 어머니는 잘 계시니?"

인사말 이외는 더 이상 대화를 할 수 없었다. 그 이상의 말을 하다가는 또 다른 빌미를 주어 더욱 위험에 처할 수 있기 때문이었다. 희준은 병색이 완연한 삼촌을 도와주고 싶었지만 그가 할 수 있는 것은 아무것도 없었다. 그는 청사를 나와 삼촌 댁으로 갔다.

"숙모, 얼마나 마음이 아프시겠습니까? 삼촌 건강이 많이 안 좋던데요."
"이 난리가 언제쯤 끝날지. 엄마와 아버지는 무사하시니? 조선에서 나올 때 가져온 교지와 족보는 어찌되었어?"

그들은 걱정하면서 뜬눈으로 밤을 새웠다.

이튿날 희준이 상지 집으로 돌아온 지 사흘 만에 그의 삼촌이 운명했다는 전갈을 받았다.

한편 바로 그날 밤중에 한 여인이 희준의 집 옆 밭에서 눈물을 흘리며 무언가를 태우고 있었다. 그때 갑자기 한 남자가 달려와 여인이 불속에

집어넣으려는 종이 뭉치와 책을 빼앗았다.

"여보, 이것만은 안 돼. 제발 며칠만 더 있어 봐. 그때쯤 되면 괜찮을 거야."

"당신, 그것이 말이라고 해요? 우리 식구 다 죽일 작정이요? 낸들 족보
와 교지의 중요성을 모르겠어요? 그보다 더 중요한 것이 우리 식구의 생
명이요. 내가 이날까지 살아오면서 당신 뜻에 한 번이라도 거역한 적이
있었나요? 나나 당신은 살 만큼 살았지만 애들 셋은 살려야지요!"

남자는 여인의 말에 아랑곳없이 여인이 손에 들고 있던 종이 뭉치를 낚
아챘다.

불길 앞에서 다투고 있는 사람은 희준의 부모였다. 희준의 어머니가 불
태우고 있는 물건은 평북 정주에서 간도로 올 때 가져왔던 대대로 내려온
족보와 선조 왕을 비롯해 몇몇 임금이 내린 교지와 윗대 어른들이 쓴 일
기 및 각종 기록물이었고 그 양은 손수레 두대에 싣고도 남을 정도의 양
이었다.

문화대혁명 시 혁명의 선봉에 섰던 홍위병들은 가가호호를 찾아가 집
안 구석구석을 샅샅이 뒤져 조선에서 가져온 물건 중에 의심이 갈 만한
물건 중에서 한자든 한글이든 글자가 있으면 조선 특무(간첩)라는 죄명으
로 타도의 대상이 되자 대부분의 조선족 가정에서는 족보를 비롯해 모든
기록물을 불태웠다. 그렇지만 희준의 부모님은 가보를 보존하기 위해 안
방에 이중벽을 만들어 이를 보관해 두었기 때문에 그날 밤까지 아무런 문
제가 없었다.

그러나 연길에 사는 희준의 삼촌이 사망했다는 비보를 들은 후 어머니

는 고민 끝에 숨겨 둔 족보와 교지를 불태우자 사랑방에서 잠을 자던 그의 아버지는 무언가 낌새가 이상한 것을 느끼고 맨발로 달려와 이를 제지했지만 그날 밤 족보를 제외한 모든 종이 뭉치는 모두 재로 변했다.

1976년이 되자 10년 동안 지속돼 온 혁명의 광풍은 끝나고 사회가 비로소 안정을 되찾자, 연길시 정부는 그의 삼촌 김문보의 과거 행적을 철저히 조사했다. 그러나 한 점의 과오도 없었음이 밝혀져 복권은 되지만 그는 이미 불의의 객이 되어 되돌아올 수 없었다.

연길시 정부는 그의 공적과 희생을 기려 시청사 내에 김문보 추모공간을 마련해 희준의 아버지가 문화혁명 기간 중 뜰에 파묻어 두었던 김해 김씨 집안의 족보가 헌정되어 지금까지도 진열되어 있다고 한다.

필자는 중국에 있으면서 김희준 회장을 네 번 만났다. 만날 때마다 필자가 묻는 질문에 모두 대답했지만 6.25 전쟁 시 항미 원조에 참전한 그의 당숙 이름을 끝내 밝히지 않았다. 추측컨대 6.25 전쟁 시 그의 당숙은 남쪽에 있는 동포들에게 총부리를 겨냥했기 때문에 그 이름이 밝혀지면 김씨 가문에 오점이 될 것이라 생각했기 때문일 것이라고 추측되었다.

희준의 집안이 일제의 감시를 피해 만주로 온 지 100년이 지났다. 그동안 조부 김진무 옹은 독립운동을 하다가 일제에 의해 희생되었고 당숙은 항미 원조에 참전해 미군기의 폭격에 의한 부상과 후유증으로 희생되었다. 삼촌 김문보 역시 동북 항일 연군 제3지대에서 항일 활동을 하다가, 그 공로로 주하현 정부 비서장으로 근무 중 연변이 조선족 자치주가 되면서 연변 자치주 서기로 근무한다.

그런데 66년에 시작된 문화대혁명은 그의 당숙이 그랬듯이 그의 삼촌도 그 혁명의 회오리 속에서 고통을 당하다가 운명함으로써 3대에 걸쳐 희생자가 나온다.

  중국의 문화대혁명 시 조선족이 직면한 가장 큰 어려움은 족보를 지키는 것이었다. 윗글에서 보듯 김희준의 가문처럼 어렵게 족보를 지킨 경우도 있지만 그렇지 못한 집안이 대부분이었다. 족보와 관련된 한편의 글을 소개한다.

그리움 묻고 온 그 언덕 위에

하늘이여

이 메마른 목 울림이 다 할 때까지 죽어도 잊지 못할 내 고향엔, 올해에
도 봄은 피었습니까?

할아버지와 살구나무

일제의 잔혹한 침략으로 조선 땅이 피범벅으로 즐벅할 때 할아버지는
쪽지게로 슬픈 인생을 이시고 남부녀대하며 한국 경주군에서 이 만주 땅
으로 걸어오셨답니다. 까치의 달착지근한 울음소리에 묻혀 그리움으로
술렁이는 만주의 일망무제한 갈대밭을 바라보며 할아버지는 늙은 소나무
에 기대여 한없이 우셨답니다. 피어린 탯줄을 묻고 온 고향이란 할아버지
에게 그때부터 흘려도 마르지 않는 눈물이 되었습니다. 그 후 두 손으로
갈구어 가꾸신 자그마한 땅에서 새로운 삶을 시작하고 쓰라린 어제의 꿈
을 흑토에 고이 심으셨습니다.

할아버지는 자그마한 초가집 뒤울안에 한그루 살구나무를 심으셨습니

다. 고향을 떠나 도중에서 배고플 때 요기하려고 호주머니에 주어 넣었던 살구 세 알, 먹고 남은 종자 세 알을 버리지 않고 뒤울안에 심었더니 이듬해 그 자리엔 오직 한 뿌리만 뾰족하게 돋아났답니다. 나머지 종자 두 알은 굶주림에 눈도 감지 못한 채 죽어간 두 동생처럼 영원히 사라지고.

한 그루 살구나무는 할아버지의 고향에 대한 마음을 허비는 그리움이었습니다. 계절이 지고는 피고, 피고는 지듯 살구나무는 봄마다 새하얗게 꽃을 피웠습니다. 두 눈이 멀도록 그리워도 닿을 수 없었던 한국 경주 그곳엔 타향에 몸을 묻을 수밖에 없었던 눈물겨운 한 나그네의 한숨 그 메아리라도 알고 있을까요?

당년, 일본 침략자들이 항복을 하고 무리지어 제 나라로 돌아갈 때 그들은 마지막 발악으로 보이는 것, 만지우는 것을 모두 불태우고 약탈했었습니다. 풍성하게 살구 달린 한그루 나무마저 눈에 거슬려 그것을 뿌리 채 뽑아버리려던 그들의 만행을 할아버지는 다리에 칼박히는 피의 대가로 겨우나 지켜냈습니다.

나무는 뽑아버리면 그만이건만 어찌 할아버지 마음에 뿌리내린 고향에 대한 기억을 뽑으려나! 붉게 타오른 황혼에 젖어 할아버지는 살구나무를 부둥켜안고 한없이 한없이 흐느꼈답니다.

그 후 생활의 어려움도 조금씩 풀리고 허덕이던 그 기억도 꿈인 듯 색바래갈 때에도 할아버지는 초담배 메마른 연기만 물끄러미 바라보시며 늘 깊은 생각에 잠기시곤 했습니다. 자신의 한숨을 볼 수 있기에 담배를 피우신다는 할아버지의 마음, 그 한숨 뒤에 묻힌 한은 무엇이었을까요?

그날 밤은 서리 까마귀 울지 않았습니다

할아버지의 한숨소리만
아물아물 등잔아래 저물어가고

숨이 다하도록
사태치는 미련이
만주의 써늘한 야밤을
애절하게 묵도할 때

그 비원과 한사슬에 묶이운
할아버지의 그리움은
그날도
눈물에 색 올리던
목 메인 향음,
역사의 옥맺힌 한이었습니다

늘그막에 치매로 모든 기억을 잃어갈 때에도 할아버지는 유독 그 살구
나무만은 잊지 않으셨습니다. 허줄한 흰 저고리 저미고 살구나무 그늘아
래의 긴 걸상에 비스듬히 누우서서 남쪽 땅을 바라보며 혼자서 불렀던 할
아버지 어릴 때 동요는 꽃바람에 가냘픈 향기로 옛이야기처럼 스며갔습
니다.

그 옛날이 사막으로 변하고 모래바람이 한숨으로 나오면 나는 웃으며
고향에 가리라!

살구나무여, 그리운 경주여, 이국 타향에서의 뼈저린 부름을 기억하시

나이까? 고향을 떠나 그 낯선 문화에 허덕이어도 뼈를 깎을지언정 버리지 않았던 하얀 얼 그 가냘픈 숨결을 기억하니이까?

아버지와 족보

할아버지의 그렁그렁 수심어린 두 눈을 바라볼 때마다 아버지는 고개를 돌려 옷소매로 눈귀를 닦곤 했습니다. 마음 같아서는 할아버지를 모시고 그리운 경주에로 갔으련만 그건 어디까지나 아름다운 꿈에 불과했습니다.

할아버지가 치매로 아프기 전의 어느 날 밤, 희미한 전등아래 장자이신 아버지를 마주 앉히고는 먼지 오른 옷궤 속에서 자그마한 함을 꺼내 아버지에게 열어보였습니다. 귀중한 비단을 감싼 그 안에 누런색 비단으로 된 족보가 그 힘겨운 풍상고초도 이겨내고 조용히 아버지 앞에 펼쳐졌던 것입니다.

그것이 어찌 단순하게 이름만 적혀있는 족보이랴! 그 속에 수두룩이 박혀있는 오고간 발자욱들! 아버지에겐 눈물겨운 향기로 다가서고 마음 저민 빛으로 느껴왔으며 커다란 힘으로 핏줄 속에서 꿈틀거렸습니다. 아, 그 족보는 하늘을 떠 보낸 민족의 하얀 영혼이며 하얀 넋의 한 줌 비원에 소지 올려 사르는 역사의 한 자락이 아니었던가? 한 덩이 흑토로 삶을 가꾸어 가신 우리 선조들의 피와 땀이 그대로 어려 있는 족보를 바라보며 할아버지와 아버지는 부둥켜 울고 말았습니다.

족보를 지키거라!

족보를 꼭 지키겠습니다!

"농군이라고 어느 때까지나 일만 하는 것이 아니네라. 공부를 해야지."

할아버지의 간곡한 이 말씀을 아로새기며 아버지는 방향 잃었던 마음을 지식으로 채우기 위해 열심히 공부를 했습니다. 그렇게 항상 불끈불끈 괴여 오르는 구지욕으로 분투하던 아버지에겐 그 한때는 청천벽력이었습니다. 느닷없이 내리꼰진 마른벼락이었습니다.

문화대혁명-10년 대동란!

당년에 아글아글한 이삭도 끌어 모아 생활을 가꾸어서 남부럽지 않게 사셨던 그것이 그 시대엔 부농으로서 자본주의를 꾀한다는 억울한 고깔모자를 쓰게 되고 공부를 조금 했다는 그것마저도 잘못이 되어 사회의 반감을 자아냈던 그 시대, "부농을 타도하라, 지식인은 물러나라"는 무지한 외침에 온 사회가 들썩일 때 그에 연루된 사람들은 모두 사회극진분자들의 몰매뿐만 아니라 심지어 생명까지도 잃었습니다.

많은 사람들은 집에 있는 책들을 불에 태워 버리고 족보 같은 봉건색채가 있는 모든 물건을 버리며 온 사회가 공포에 떨고 있을 때 아버지는 먼저 생각하는 것이 족보였습니다. 어찌해야 하나? 족보가 극진분자들의 손에 들어가는 날엔 족보에 적혀있는 할아버지 형제뿐만 아니라 온 가족이 연루되어 위험할 것이고 족보 같은 봉건 "물건짝"을 지니고 있었다는 그 이유로 자신마저 죽음을 면하지 못할 그 삼엄한 시기, 단풍 든 살구나무에 기대여 치매로 헛소리만 하시는 할아버지를 바라보며 아버지는 혼자서 울고 말았습니다.

그러던 어느 삼동설한에 눈이 펑펑 내리던 밤, 창고에서 족보를 불에 태우며 남쪽 땅을 향해 몇 번이고 이마를 쫓으며 이 못난 자식의 죄를 용서하라고 흐느끼던 아버지의 마음인들 여북했으랴! 가족을 살리기 위해 족보마저 지키지 못했던 한 아들의 죽음보다 더 괴로웠던 그 자책감!

족보는 그렇게 한가닥 불길에 타버리고 말았습니다. 한 조각 피비린 역사가 지른 문화운동의 그 불길에!

아, 타버린 것이 어찌 족보 그 비단자락뿐이겠는가?

고향 떠나 이국 타향에서 그리움에 울고 계시던 할아버지의 평생 원한도 타버리고 어느 날엔가 족보 찾아 선조가 살아계시던 고향으로 돌아가려던 아버지의 소원도 타버렸으며 그보다 수천 년 적어 내려온 우리 가족 우리문화, 아무리 멀리 있어도 하나로 되어야 한다는 우리 민족의 그 신념이 타 버렸던 것입니다. 족보는 그렇게 한줌 재로 되었고 남은 것은 "한국 경상북도 경주군 강서면 갑산리"라는 아버지에겐 그 무엇보다도 낯선 고향 주소뿐!

그날 밤, 그리움은 꽃처럼 붉은 울음을 밤새 울었습니다.

나와 경주

너무나 조용한 밤하늘입니다. 한껏 빛을 뿜으며 휘영청 밤하늘에 걸려 있는 둥근 달을 우러러 나는 경주 새심마을의 콘크리트 길가에 서 있었습니다. 모두들 잠든 이 달밤에 나 홀로 밖에서 마음을 다듬고 있었습니다. 멀리서 들려오는 길고 먼 황새소리는 길옆 논밭의 벼 잎을 스쳐 지나는 바람에 섞이어 더없는 잔잔한 그리움을 불러옵니다.

산빛은 환히
밝아 오는데

달빛에 목선가듯
조으는 보살

꽃그늘 환한 물
조으는 보살

　　재외동포 재단에서 주최하는 "2008글로벌 코리안 뉴스네트워크" 프로그램에 선발되어 농촌체험으로 경주 새심마을로 온 나는 무엇보다도 경주란 이 두 글자에 저도 몰래 흥분되는 것이었습니다.

　　경주, 나의 선조들의 사랑의 숨결이 숨 쉬고 있는 경주!
　　할아버지, 아버지! 당신의 후대-저는 지금 경주 땅에 서 있다구요!
　　낮에 쏟아진 소나기는 소나기가 아닌 듯싶었습니다. 그 옛날 만주에 내린 비는 하늘이 그대로 무너져 내린 비였습니다. 검푸른 빗물에 그대로 뿌리 채 둥둥 떠밀려가는 벼들을 바라보며 불끈 주먹을 쥐던 할아버지, 갓 만주에 삶의 짐을 내리고 시작했던 그해 농사가 그대로 물거품이 될 때 할아버지는 얼마나 아프셨을까?
　　눈물이 났습니다. 축축한 습향에 마음이 차분히 젖어갔습니다. 저녁에 경주 임해전지를 돌면서 경주 YMCA의 이사장 박몽용 아저씨께서 하셨던 말씀이 떠올랐습니다.
　　"우리나라의 유적들은 규모는 작지만 오소도손 모여앉아 사람들에게 항상 따스함을 마음깊이 줍니다. 그래서 어디 가나 그리운 우리나라의 일목일초들…."

그래, 어디 가나 잊을 수 없었던 고향이 그리워, 고향이란 두 글자보다 고향의 인정, 고향의 산과 물, 그리고 고향의 흑토향이 그리워 할아버지는 세상을 뜨시던 그 순간에도 남쪽 땅을 향해 마지막 눈빛을 던지신 것이 아닌가? 원통하고 섭섭하고 안타깝고 답답하던 추억과 함께 이제는 머릿속에 다 모여 있었던 그 아픔을 할아버지는 고향의 사투리처럼 죽을 때가지도 잊지 못하셨구나!

경주시에서 새심마을로 돌아올 때 "갑산리"마을을 지나게 되었습니다. 그대로 뛰어내려 달리고 싶은 할아버지 고향-갑산리지만 단체일행이라 그대로 지나칠 수밖에 없었던 안타까움! 차창가로 어슴푸레 안겨오는 옹기종기 불빛은 어느새 내 눈물에 어슴푸레 몽롱해져갔습니다.

아!

그날 저녁 무렵, 경주시의 공중전화로 중국에 있는 아버지한테 전화를 걸었습니다. 한껏 메여 오르는 목소리를 가까스로 억누르며 내가 지금 경주에 와있다고 전해드렸을 때 한동안 침묵으로 깊이우신 아버지의 거친 숨소리를 나는 분명 느꼈습니다.

"혁이야, 할아버지 고향에 향해 꼭 절을 올리거라. 그리고 이 자식이 못해드린 원한을 용서해 달라고 전하거라!…"

갑산리마을을 향해 무릎을 꿇었습니다.

"어!…"

꺽 메인 이 목울림에 도무지 말이 나오지 않았습니다. 어린 나이에 고향을 떠나신 할아버지, 죽을 때까지도 고향에 대한 그리움으로 두 눈을 뜨신 채 돌아가신 할아버지, 가슴을 허비며 할 수 없이 족보를 태우면서 꺽꺽 우시던 "못난 우리 아버지, 죽어도 깨끗하게 우리의 자존을 지키시려던 그 마음들… 보이십니까? 오늘은 당신들의 후대가 당신들이 그토록 그리던 이 땅에서 울고 있습니다.

문득 할아버지의 살구나무가 그리워났습니다. 문득 아버지가 태워버린 족보가 생각났습니다. 오늘날 족보가 남아있다면 그 위엔 나의 이름도 어엿이 적혀 있었을 것입니다.

"오늘의 삶이
조심스러움은
내일로 이어지는 핏줄의 숭고한 흐름 때문이다."

하지만, 하지만 이 모든 건 세월의 원한으로 이국 타향에서 남의 눈치를 보면서 낯선 땅에 얹혀살던 이 땅의 아들딸들의 피눈물의 분투역사로 더욱 빛나 갈 것이 아니겠습니까?

"사랑하는 고향땅이여, 저의 절을 받으시라!"

차가운 콘크리트길 중앙에서 나는 갑산리를 향해 상례를 올렸습니다.

달빛이 눈물이 되어 하염없이 흘러내렸습니다.

時越愛의 문화리듬

할아버지와 살구나무, 아버지와 족보, 그리고 내가 찾은 경주의 땅!

이 모든 것은 이 땅에 대한 세대를 초월한 사랑과 애착, 언제까지니 하나 되어 흘리는 그리움으로 빚어진 아름다운 이미지라고 생각합니다. 그런 사랑과 애착과 그리움이 우리 민족에게 피와 살이 되어 흐르고 우리

한민족이 영원히 불러도 끝나지 않을 민족의 얼이라고 생각합니다.

우리 민족의 문화란 무엇이었습니까?

문화란 무엇이냐 이런 추상적인 물음 먼저 그 땅에서 한 문화의 숨결을 가꾸어 가고 있는 사람들의 삶의 현장을 보아야겠지만 그보다도 그 문화의 한 뿌리에서 길게 뻗어 나와 새로운 삶의 현장에서 새로운 삶을 위해 분투하면서 그 뿌리를 풍부히 하고 있는 사람들의 모습도 잊지 말아야 한다고 생각합니다.

그 문화에 대한 그리움이 있었기에 할아버지는 한그루 살구나무에 사랑을 키우셨고 아버지는 불타오르는 족보를 바라보며 가슴을 뜯으며 꺽꺽 우셨으며 나는 경주의 그 당에서 무릎을 꿇고 할아버지와 아버지의 그 마음을 구슬리 울 수 있었던 것이 아니겠습니까?

자신이 태어나 자란 그 땅을 죽어도 잊지 않고 멀리 있어도 한없이 그 땅을 그리며 자신의 생명처럼 아껴오는 우리 민족인, 이런 마음이야말로 그 어느 민족한테도 없는 오직 우리 민족문화만의 가장 고상한 이미지이며 우리 민족이 지금까지 굳건히 자신의 자존을 지켜온 근본적인 파워가 아닐까 싶습니다.

한 송이 민들레는 화사하게 꽃을 피우고는 꽃잎이 마른 후에는 한 조각 희망으로 산산이 그 아름다움을 바람에 멀리 뿌려보냅니다. 울음을 삼킨 사랑 하나 노오랗게 숨넘어가도록, 씨앗을 보낸 민들레와 어미를 떠난 씨앗의 그리움이 하나로 되어 민들레로서의 진정한 의미를 마치는 것입니다.

우리 민족문화도 한 송이 민들레문화가 아닐까 싶습니다. 그 땅에서 살고 있는 사람들과 그 땅의 사람을 가지고 그 땅을 떠나 이국 타향에서 분투하고 있는 사람들의 하나로 되는 그리움이, 그리고 그 가슴 아픈 피눈물의 역사가 우리 민족의 눈물겨운 이미지로 위대하게 부상하고 있는 것이 아니겠습니까?

하나같이 그리운 고향의 민들레문화여,
사랑하는 고국이여, 우리 민족이여!
세월을 훨훨 넘어 사랑을 이으시라!

그리운 땅이여!

비원의 메아리에
소지 올려
사랑 사르리.

이제 산산이 부서진대도
허무의 포말로 스러진대도

추억의 여울에
눈물보다 아린 아픔을 적시오리다!

출처: 밀산 조선족 문화예술종합작품집

하얼빈 주초영

책을 팔던 청년

필자가 이 책을 집필할 때 마지막까지 고심한 부분이 이 chapter이다. 그 까닭은 우리의 역사의 한 부분이고 현재 상황에서는 사실의 진위 여부를 판단할 수 없기 때문이다. 그러나 몇 가지 사실은 그냥 묻고 넘어가기에는 아까워 기록으로서 남겨 본다.

《우리의 역사 인물》"주석면 편"을 보면 "그는 중추원 부사, 경기도 관찰사, 의정부 찬정, 주미공사 등을 역임했다."라고 기록되어 있다. 출생년도도 1859년이라고 기록되어 있지만 사망년도는 "미상"으로 남아 있다. 이와 관련해 이 글에서는 왜 사망년도가 기록되어 있지 않는가에 관해 비밀 아닌 비밀을 말하고자 한다.

* * * * *

밤 11시경이었다. 휴대폰 벨소리가 유난히 더 크게 들렸다. 이곳 하얼빈은 11시이지만 한국은 이미 12시가 넘은 시각이다. 막 잠들려는 참이라 그렇게 크게 들렸다. 전화를 건 상대는 흑룡강 신문사의 총감 주성일이었다. 그는 다짜고짜 내일 만나자만 말하고 일방적으로 전화를 끊었다.

이튿날 약속 장소에 갔더니 초로의 신사가 주 총감과 함께 자리하고 있었다. 그는 오래된 지기라도 된 듯 반갑게 인사를 했다.

"민족대학에 근무하는 주초영입니다."
"주초영 씨라고요? 그러면 우리 종친이네요. 그래서 더 반갑습니다."라고 인사를 하고는 자리에 앉았다.
"그러면 본이 신안이겠네요?"
"네, 맞아요. 우리 붉은 주가는 본이 신안밖에 없으니 말이에요."

뒤에 알게 되었지만 그의 증조부인 주석면은 고종 황제에게 상소문을 올려 주가들의 본을 신안으로 통일시킨 분이다.

나의 성과 관련된 이야기라 쓰기가 쑥스럽지만 붉은 주(朱)가는 800여 년 전 중국에서 한국으로 온 이후 무려 그 본관이 49개로 분산되어 있었다. 본디 같은 뿌리고 본도 같았지만 여러 곳으로 뿔뿔이 흩어져 살다 보니 정착지를 본관으로 삼다 보니 무려 49개로 늘어났던 것이다. 이와 같이 여러 개로 나누어졌던 본을 "신안 주" 하나로 통일시킨 분이 그의 증조부라니 더욱더 반갑고 그에 대한 궁금증이 생겼다.

구한말 함경남도 원산은 해상무역과 교역이 발달한 항구도시였다. 이 도시의 중심지에는 원산 서방이라는 책방이 있었다. 이 서점의 종업원인 젊은 청년 석면은 손님이 없으면 언제나 독서삼매에 빠졌다. 다른 친구들은 신식 한문을 배우기 위해서 학교에 진학 했지만 그는 집안이 가난해 진학할 처지가 못 되어 일찍부터 그 책방에서 일을 하면서 학교에서 배우

지 못한 것을 독서로서 보완했다. 그 당시 그가 집중적으로 공부했던 분야는 러시아어였다. 당시 원산은 블라디보스토크와 가까워 러시아인이 간혹 눈에 띄어 그런 사람에게 책을 팔려면 러시아어가 필요하다고 생각했다.

그가 20살 중반인 때쯤 한 러시아인이 서점으로 들어와 머뭇거리자 그는 그 사람에게 러시아어로 대화를 했다.

그 러시아인은 한양의 러시아 공사관으로 가는 길이었고 그날의 대화가 그의 운명을 바꾸었다. 석면의 유창한 러시아어 구사 능력과 해박한 지식은 그를 매료시켜 한양으로 가 통역을 맡도록 부탁을 받는다.

한양에서 그가 맡은 업무는 러시아 공사관에서 러시아 문서를 번안해 고종 왕에게 보내는 것이었다. 석면의 번역문을 수차례 본 고종은 글씨를 참 잘 썼다고 칭찬하면서 그 글씨를 쓴 사람을 만나 보고 싶어 했다.

덕수궁 내 정관헌

풍전등화와 같은 조선

19세기 말은 제국주의가 발호해 약육강식이 지배하던 시기라 서양의 열강은 힘이 약했던 아시아에 눈독을 들였고 그 결과 약소국은 차례대로 먹잇감이 되었다.

우리와 달리 일찍이 명치유신을 일으키고 서양 문물을 받아들였던 일본은 비약적으로 발전해 청나라를 제치고 동양의 거인이 되면서 그 대열에 끼어들었다.

강대국이 된 일본은 그 힘을 바탕으로 먹잇감 사냥에 나섰다. 그중 손쉬운 상대가 지리적으로 가까운 조선이었다. 약소국 조선은 그와 맞서기에는 너무나 힘이 부족해 수차례의 위기를 맞았다.

첫 번째 사건은 동학농민운동이었다.

'인내천 즉 인간이 곧 하늘이다'라는 기치를 바탕으로 창시된 동학(천도교)은 세도 정치와 탐관오리들에게 수탈당해 온 민초들에게 깊은 감명을 주었고 농민들 사이에서 큰 호응을 얻어 그 세가 빠르게 퍼져나갔다.

보국안민(輔國安民)을 내세우며 충북 보은에서 시작된 동학노들이 주축이 된 농민들의 난은 전국 각지로 번져 나가자 조정은 관군을 급파해 난을 수습하고자 했으나 여의치 못하자 청나라에 지원군을 파견해 달라고 요청했다. 이 요청은 우리의 근현대사에 엄청난 영향을 미쳐 청일 간에 전쟁을 발발케 했고 결과는 일본의 승리로 끝난다.

국내 문제를 잠재우기 위해 외세에 의존한 것은 약육강식과 정글의 법칙이 지배하던 당시의 세계정세를 보면 굶주린 맹수에게 그저 먹잇감을 던져 주는 꼴이었다.

청일전쟁에서 승리한 일본은 시모노세키 조약을 체결해 요동 반도와 타이완 섬을 할양 받았을 뿐만 아니라 전쟁 배상금도 받아 냈다. 여기에 더해 조선의 자주와 독립을 요구하면서 청나라의 조선에 대한 영향력을 무력화시키고 친일 내각을 구성시켰다.

시모노세키 조약

제1조. 청은 조선이 완결 무결한 자주 독립국임을 확인하며 무릇 조선의 독립 자주 체제를 훼손하는 일체의 것, 예를 들면 조선이 청에 납부하는 공헌, 전례 등은 이 이후에 모두 폐지하는 것으로 한다.

제2조. 청이 관리하고 있는 지방(랴오둥 반도, 타이완 섬, 펑후 제도 등)의 주권 및 해당 지방에 있는 모든 성루, 무기 공장 및 관청이 소유한 일체의 물건을 영원히 일본 제국에 양도한다.

제4조. 청은 군비 배상금으로 순은 2억 냥을 일본 제국에 지불할 것을 약속한다. 비준 교환 후 6개월 이내에 5천만 냥, 12개월 이내에 또 5천만 냥 잔액은 6년 동안 부세하며, 미지불분에 대한 이율은 연 5%로 한다.

제5조. 본 조약의 비준서 교환 후 2년 내에 청에서 일본 제국으로 할양된 지역의 인민 중에서, 할양지 이외의 지역으로 이주하려는 자가 그 재산을

매각하여 그 할양지 밖으로 이주하는 것을 일본은 허락한다. 그러나 기한을 넘어서도 이주하지 않는 경우에는 일본 신민으로 간주한다.

제6조. 청일 양국 간의 기존의 조약들은 이번 전쟁에 의해 자동적으로 폐기된다. 양국의 새로운 통상 조약은 청과 서양 제국 간의 조약을 견본으로 한다.

출처: 나무위키

홍례문

청일 전쟁 후 일본은 노골적으로 우리의 내정에 간섭하자 고종과 명성 왕후 민비는 러시아를 통해 일본을 견제하고자 했다. 그중의 하나가 러시아와 공조해 친일 내각을 축출하고 친러 내각을 구성하는 것이었다.

친러 내각이 출범하자 자극을 받은 일본 공사는 직접 고종과 왕후를 만나 왕실의 안전과 통치권을 보장하겠다고 약속하고 선린관계를 지속하자고 요구했지만 고종과 민비는 이를 거절하고 러시아와 우호 관계를 지속했다.

거듭된 제의에도 불응하자 일본 군국주의자들은 눈엣가시와도 같은 명성왕후를 살해하는 천인공로 할 을미사변을 일으킨다.

1895년 10월 8일 새벽 4시 일본 공관 수비대, 일본 공사관원과 낭인 등은 일본 공사 미우라의 지시하에 정궁인 경복궁을 기습하여 왕후의 거소인 건천궁으로 가 왕비를 찾기 위해 보이는 궁녀마다 머리채를 잡고 구타했고 국모 민비도 무자비하게 살해한 후 석유를 부어 불태웠다.

이 사건 후 일본 공사 미우라는 고종과의 회담에서 노골적으로 협박을 가하면서 친일 내각을 구성케 했다. 그 이후 고종은 늘 불안했고 암살의 위험에 시달려 잠도 잘 수 없을 뿐만 아니라 음식도 독극물이 들어 있을까 봐 먹지 않고 오로지 선교사들이 철가방에 자물쇠가 잠긴 채 가져오는 것만 먹었다.

당시 고종의 상황을 알 수 있는 기록이 있다. 이 기록은 선교사 유진벨의 아내 로티엘이 그녀의 어머니에게 쓴 편지의 일부이다.

> "유진벨은 또 하룻밤을 궁중에서 보냈습니다. 왕은 밤에 두려움을 느끼고 선교사를 부릅니다. 선교사들은 매일 밤 두 사람씩 고종의 침소 앞에서 권총을 들고 불침번을 서며 내일도 그는 경호하러 갈 겁니다."

이외에도 또 하나의 기록이 있다.

민왕후의 어의인 언더우드 부인도 1904년에 쓴 〈상투잡이 나라에서 15년〉에서 이렇게 적었다.

> "고종은 한동안 자기가 보는 앞에서 딴 깡통 연유나 날달걀 요리 말

고는 아무것도 들지 않았다. 이 때문에 유럽 공사관의 부인과 언더우드 부인은 특별히 음식을 만들어 임금에게 보냈다. 이 음식들은 놋그릇에 담아 예일 자물쇠(미국인 예일이 발명한 원통형 자물쇠)에 잠가 보냈다. 공사관과 대궐 사이의 연락과 통역 일을 맡고 있던 언더우드 씨는 어떤 때는 하루에 두 번씩 열쇠를 가져다 임금에게 건너주었다." 사정이 이러하기에 친왕파는 고종을 경복궁에서 구출하고자 하는 계획을 세웠다.

이와 같이 고종 황제는 을미사변으로 부인 민비가 시해된 후 1년 동안 거의 매일같이 불안을 느끼면서 지냈다.

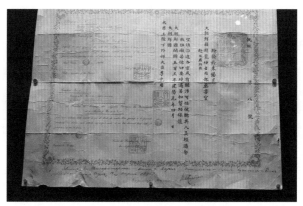

주석면의 신사유람단 참가증

을미사변 후 고종이 매일이다시피 찾는 신하가 있었다. 주석면이었다. 그는 러시아어가 능통해 손탁호텔을 드나드는 서양 외교관들뿐만 아니라 선교사들과의 우의도 돈독했고 무엇보다도 고종이 가장 신뢰하는 신하였다.

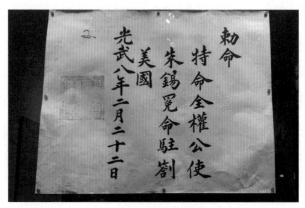
미국 특명전권공사 임명장

고종이 그를 얼마나 신뢰했는가는 그가 걸어온 행적을 보면 알 수 있다. 함경남도 출신에다가 별다른 교육도 받지 못했는데도 경기도 관찰사, 충청도 관찰사, 중추원 의관, 중추원 찬정, 강원도 관찰사, 군부대신 서리, 주미 특별공사 등으로 임용된 것을 보면 알 수 있다. 그보다도 더한 것은 1901년 평리원 재판장인 김영준 등이 외국 공사관에 익명서를 투입하는 등 정변을 꽤했지만 이 사실을 알고도 처벌하지 않아 백령도 종신 유배형을 선고받았지만 1년 후 특별 사면되어 1904년에 의정부 찬정, 미국 특명전권공사까지 임명되었다.

고종이 계속 불안해하자, 석면이 고종을 위해서 우선적으로 해야 할 일은 음식 준비와 왕의 처소에 불침번을 두는 것이었다. 이를 위해서는 믿어야 할 사람을 두어야 하는데 그런 조건을 갖춘 사람은 정동구락부를 이용하는 선교사들과 미국 공사관 관헌이나 러시아 공사관 관원이었다. 이런 점 때문에 그는 자주 손탁호텔로 가서 손탁과 구락부 멤버들을 만나

불침번도 정하고 식사까지도 신경을 써야 했다.

그다음으로 해야 할 일은 러시아 공관이나 미국공관으로 파천이었다.

일본의 서슬이 시퍼런 상황에서 파천을 쉽사리 행할 수 없었다.

손탁호텔 터

손탁호텔

서양식 호텔로, 1902년(고종 39) 독일 여성 손탁(Sontag: 한자명 孫鐸)이
건립하였다. 손탁은 1885년 초내 한국 주재 러시아 대리공사 베베르(Karl
Ivanovich Veber)와 함께 서울에 도착해 베베르 부부의 추천으로 궁궐에

들어가 양식 조리와 외빈 접대를 담당하였다. 그러다 명성황후의 신임을 얻어 정계의 배후에서 활약하다가 1895년 고종으로부터 정동(貞洞)에 있는 가옥을 하사받아 외국인들의 집회 장소로 사용하였다.

1902년 10월에는 이 가옥을 헐고 2층의 서양식 호텔을 지었는데, 이 호텔이 바로 손탁호텔이다. 1층은 보통실과 식당, 2층은 귀빈실로 이루어졌고, 1층과 2층의 창 사이의 벽을 작게 하고 벽 전면을 아케이드 모양으로 구성하는 등 러시아의 전형적인 건물 형태를 취하였다. 미국을 주축으로 결성된 정동구락부의 모임 장소로 사용되었을 정도로 구한말 서구 열강의 외교관들이 외교 각축을 펼친 곳으로 유명하다.

1918년 문을 닫은 뒤 이화학당에서 사들여 기숙사로 사용하다가 1923년 호텔을 헐고 새 건물을 지었다. 그러나 6.25 전쟁 때 폭격을 당해 폐허로 남아 있다가 1969년 3층짜리 호텔로 지어져 이후 여관과 식당으로 운영되었다. 지금의 정동교회와 정동극장 뒤에서 경향신문사 쪽으로 올라가는 길에 호텔의 터가 남아 있다.

출처: 두산백과

정동 구락부

당시 정동에는 미국, 영국, 러시아 등 각국 공사관들을 비롯해 서양인들이 운영하던 음식점, 호텔과 선교사들의 주택들이 밀집되어 있어 정치 사교와 외교 활동의 중심지가 되었다. 정동에 주재하던 외국인들은 1892년

6월 2일 서울 주재 외교관과 영사단 클럽, 일명 서울 클럽을 결성했다. 서울 클럽은 당시 손탁이 운영하는 손탁 호텔에서 자주 모임을 가졌다. 조선 정치인들 역시 정동을 드나들며 각국 외교관들과 친분을 쌓는 한편 정치, 외교적으로 밀접한 관계를 갖게 되었다. 이들 가운데 특히 미국, 러시아와 가까웠던 정치인들을 중심으로 정동파라는 하나의 세력이 형성되었다. 정동파 인물들은 1894년 이전 고종의 반청 자주외교 정책에 부응하여 외교관이나 유학생으로 외국에서 체류했던 경력을 갖고 있었다. 즉 1888년 초대 주미 정권 공사와 수행원이었던 박정양, 이완용, 이채연, 이하영 등과 갑신정변에 연루되어 망명 도는 유학했던 서광범, 윤치호 등의 인사들이 정동파를 형성했다. 이들은 갑오개혁 당시 정동의 각국 외교관 및 선교사들의 후원을 받으며 정치적으로 세력을 확장하였다.

1895년 삼국 간섭으로 일본의 영향력이 약화되고 러시아의 영향력이 확대되면서 친러파 내지 민씨 척족이었던 이윤영, 이범진, 민영환, 안상호 등이 친미파와 협력하여 일본의 영향력을 약화시키고자 정동파에 가담했다.

이들 조선 정치인들과 서울 클럽의 베베르를 비롯한 외교관들 및 선교사들은 함께 반일과 친미, 친러를 내세우며 사교 모임을 넘어 정치 세력으로 부상하였다. 이들이 주로 모임을 가졌던 손탁 호텔이 정동에 소재하고 있어 정동파라고 불렸다.

출처: 윤치호 일기 중에서

정동교회

아관파천이 일어나다

1895년 을미사변이 일어난 후 일본 제국주의자들과 친일 세력으로부터 감금당한 고종은 부인인 명성왕후처럼 자신도 언제 죽임을 당할지 모른다는 공포감에 시달려 하루라도 빨리 경복궁을 벗어나려고 했다.

그 첫 번째 시도가 1895년 11월 28일 미국 공사관으로 피신을 꾀한 춘생문 사건이다. 그러나 이 사건은 다른 사람도 아닌 자신의 경호를 책임진 친위 대장의 밀고로 실패하고 만다.

두 번째 시도는 그로부터 3개월 후인 1986년 2월 25일 새벽에 거행된

구 러시아 공사관 주변 길

아관 망명이다.

아관파천(아관 망명)은 조선의 왕인 고종과 왕태자인 순종이 을미사변 이후 일본군과 친일 내각이 장악한 경복궁을 탈출해 러시아 공사관으로 옮겨 피신한 사건이다.

이 사건으로 정세는 뒤바뀐다. 자기 마음대로 경복궁을 드나들었던 일본 제국주의자들도 러시아의 허가 없이는 공사관으로 들어갈 수 없어 고종을 더 이상 압박할 수 없어 친일 내각이 붕괴된다.

일본의 서슬이 퍼런 시기에 아관파천이 성공하기까지는 주석면을 비롯한 친러파와 러시아 공사 측의 철저한 준비가 있었다. 파천이 성공하기 위해서 가장 신경을 쓴 것은 거사 일이었다. 이들은 파천 날짜를 1896년 2월 25일 새벽으로 잡았다. 이 날짜를 선택한 것은 두 가지의 정국상황을 고려한 것이었다.

첫째는 1896년 2월 2일 조선 왕실 보호를 위해 러시아 해군이 코르닐호프를 타고 인천항에 입항한 후 2월 10일 서울로 와 러시아 공사관 경비가 강화되었고, 둘째는 전해에 일어난 을미사변을 규탄하는 의병들의 봉기가 전국적으로 확산되자 적이나 다름없는 김홍집 내각의 관군은 물론 일본군까지 지방으로 내려가 도성이 빈 상태였던 점이다.

파천이 성공하자 친일 내각은 다시 된서리를 맞아야 했고 일본의 힘은 예전 같지 못했다. 정세는 급속히 러시아 쪽으로 기울었다.

춘생문 사건

1895년 11월 28일 조선에서 발생한 사건. 친미·친러파가 고종을 경복궁에서 구출해 미국 공사관으로 데려가려다 실패한 사건으로 아관파천으로 이어지게 된다.

고종은 일본이 언제 자신을 암살할지 몰라 전전긍긍했다. 심지어 일본의 독살을 염려해 서양 선교사들이 제공한 통조림으로 연명할 정도였다.

한편 친일 세력의 반대파들은 고종을 경복궁에서 구출하여 김홍집 내각의 실각을 노렸다. 소위 정동파로 불리는 친미파와 친러파들이 이를 주도했는데 구체적으로 시종 임최수와 참령 이도철 등이 계획을 수립하고 시종원경 이재순과 정동파 이범진, 이윤용, 이완용, 윤웅렬, 윤치호, 김홍륙 등이 직간접적으로 호응했으며 친위대 중대장 남만리, 이규홍 등 장교들까지 가담했다. 서양 선교사 언더우드, 에비슨, 헐버트, 러시아 공사 카를 이바노비치 베베르도 돕겠다고 나섰다.

11월 28일, 임최수 등 30여 명이 훈련원에 들어간 후 친위대 병력 800여 명이 경복궁으로 움직였다. 당초 계획은 건춘문을 뚫고 들어가 고종을 동소문 밖으로 데리고 나오는 것이었으나 여의치 않아 북장문과 춘생문 사이의 담을 넘어갔다.

그러나 이미 사전에 친위대 장교인 안경수가 외부대신 김윤식에게 고종을 궁 밖으로 빼내려 한다고 밀고 했고 이진호도 서리 군부대신 어윤중에게 밀고했다. 이에 궁궐의 숙위병들이 거세게 저항했고 어윤중이 친위대 병사들에게 항복을 권해 결국 거사는 실패했다.

출처: 나무위키

전하! 빨리 업히소서!

아관파천 당일 새벽 이를 가장 가까이서서 지켜보고 거사를 주도하다 시피 한 사람이 있다. 주초영의 증조할아버지 주석면 옹이다. 그는 고종 의 안전한 파천을 위해서 러시아 공사관 측과 고종 측 사이를 오가며 파 천에 대비해 오다가 약속된 시간에 고종과 세자에게 궁녀 옷으로 갈아입 힌 후 손수 고종을 등에 업고 달려가 가마에 태운 신하였다.

"저의 증조부는 8척 장신에다 힘이 장사였지만 얼마나 긴장했던지 '하 마터면 왕을 땅에 떨어뜨릴 뻔했으며 세자와 궁녀가 탄 가마가 춘생문을 통과하자 전율을 느꼈다.'고 했어요."

덕수궁

찾지 못하는 묘

그의 중조부는 72세의 나이로 중국 왕청현 깊숙한 산속에서 오두막집에서 눈을 감았으니 "미상"으로 되어 있는 사망년도는 1933년이 된다.

조선말기의 고위 공직자가 언제, 어떻게, 왜 중국 왕청현 백두산 꼭짜기로 끌려와 일제 헌병대 1개 소대에 의해 왜 감금되었는지는 알 수 없다.

공의 장례를 치를 때도 몹시 경계를 했다고 한다. 만약 공의 무덤이 알려진다면 일제가 왕청현 산속에 감금했다는 사실이 알려질 것이고 이로 인해 러일 관계에도 악영향을 미칠 수 있어 일제가 비밀리에 처리할 가능성이 있어 감시가 소홀한 틈을 타 장례를 치렀다. 이때도 일제가 혹시라도 묘를 파헤칠까 봐 마을 사람들은 관을 4개 만들어 3개의 관에는 나무를 넣어 위장한 후 각 조가 동서남북 4개의 파트로 나누어 매장했다고 한다.

장례를 치른 후 일제의 감시가 두려워 곧바로 묘소를 갈 수 없어 얼마간의 시일이 지난 뒤에 찾아갔으나 깊은 산속이라 잡초가 우거져 위치를 찾을 수 없어 방치된 상태다.

구한말 격동기에 일제에 대항해 왕권과 나라를 지키고자 목숨까지 내던지며 고종을 지키고자 했던 옹은 백두산 깊숙한 골에서 누구의 돌봄도 받지 못한 채 혼자 외롭게 잠들어 있다니 안타까울 따름이다.

유품에 눈독 들인 연변대학 교수

그의 할아버지가 돌아가자 가장 관심을 많이 가진 사람은 연변대학 역사학과 교수들이었고 그중에서도 고영일 교수가 가장 집요했다고 한다. 그는 구한말 조선의 정세 연구를 위해서 주석면의 유품이 필요하다고 해 빌려갔다. 그런데 누군가가 그 유품의 가치를 알고 김일성에게 잘 보이기 위해 중요한 유품을 가지고 북한으로 도망을 갔다고 했다.

주석면의 유품

나머지 유품이라도 찾기 위해 1980년대 초 그의 증손자인 주초영이 고 교수를 찾아갔을 때 그는 이미 작고했으며 대학 관계자에게 돌려 달라고

했지만 문화대혁명 때 정부에서 몰수해 국가에 귀속시켰기 때문에 돌려
줄 수 없다는 대답만 받을 뿐이었다.

공의 손자를 보호해 준 김일성

공이 깊숙한 산속에 감금된 상태라 연락도 두절되고 먹고살기가 힘들자 공의 아들 주국룡은 일제에 대한 사무친 원한을 가져 이른 나이에 항일 투쟁에 나섰다. 그는 왕청을 비롯해 주변에 사는 청년들을 모아 항일유격대를 조직해 일본군과 결사항전을 벌리면서 전과도 수없이 올렸다. 1930년대 중반에는 김일성의 부대는 300여 명인데 반해 주국룡의 부대원은 500여 명이 넘어서 일본군에게는 김일성보다는 주국룡이 더 눈엣가시가 되어 30살이 되기도 전에 희생되었다.

그가 일본군과 맞서 치열하게 싸울 때 왕청현의 깊숙한 산속에 오태일이라는 노인이 약초를 캐면서 혼자 살았다고 한다. 그 노인은 항일 투사들이 집 옆을 지날 때 재워도 주고 음식도 제공하고 부상당한 대원들을 치료도 하면서 은밀하게 도왔다.

그 당시 김일성 부대의 항일 투사도 자주 들렀고 주국룡 부대원들도 가서 신세를 지곤 했지만 김일성과 주국룡은 한 번도 만난 적은 없었다. 그러나 그들은 노인을 통해서 일본군에 대한 정보를 주고받아 간접적으로는 아는 사이가 되었다.

광복 후 김일성은 북한으로 돌아가 주석이 되자 은인인 오태일을 평양으로 불러들였다. 그는 김일성의 후광으로 영향력이 있는 인사가 되어 젊은 나이게 희생된 주국룡 장군을 잊지 못해 김일성과 상의 후 그의 아들 주용파를 평양으로 불러들여 강건 군관학교에 입학 시킨다. 하지만 용파는 몸이 약해 중도에 포기하자 진로를 바꿔 김일성 종합대학으로 편입시킨다. 입학 후 얼마 되지 않아 6.25 전쟁이 발발하자 오태일은 그를 단동으로 피신시킨다. 하지만 그곳도 안전치 못해 다시 북경으로 보낸다. 그후에도 계속 연락이 왔지만 그는 북한으로 돌아가지 않고 중국에서 살고 있다.

필자는 주석면의 증손자인 주초영을 두 번 만났다. 첫 번째 만남에서는 그의 증조부의 활동과 생애에 관련된 이야기만 나누었고 두 번째 만남에서는 여름 방학을 얼마 두지 않은 시기라 왕청으로 가 산소도 찾아보고 연변 대학에도 가 관계자를 만날 계획을 세우느라 정작 중요한 그의 증조부가 언제, 어디서, 어떻게, 왜 중국 왕청현 백두산 골짜기로 끌려와 오두막집에서 죽는 날까지 일제 헌병 1개 소대에 의해 감금된 채 살아야 했었는지 그 이유를 묻지 못했다.

방학을 앞두고 왕청으로 갈 날짜와 계획 등에 관해 알아 보기 위해 몇 번이나 전화를 했지만 아무런 반응이 없었다. 추측컨대 또다시 뇌졸중이 재발한 것 같았다.

첫 번째 만남이 있고난 후 오랫동안 연락이 없어 통화를 시도했지만 연결이 되지 못했던 적이 있었는데 뒤에 알고 보니 뇌졸중으로 쓰러져 반신불수에 언어 장애까지 왔던 것이다. 집중적인 치료를 받고 완치되어 기뻐했는데….

그와 만난 지 벌써 3년이 지났고 현재까지도 통화를 시도하지만 아무런 반응이 없어 필자가 알고 싶은 의문점을 끝내 듣지 못하고 있다.

참고문헌

○

〈간행본〉

김광탁《밀산시 조선족 100년사》민족출판사. 2007

서명훈《하얼빈시 조선족 100년사》민족출판사. 2007

서명훈《안중근과 하얼빈 흑룡강》조선족 출판사. 2005

서명훈《안중근 하얼빈에서 열 하루》흑룡강 미술출판사. 2005

연수현《연수현 조선족 100년사》민족출판사. 2012

한득수《상지시 조선민족사》민족출판사. 2013

서병철《북풍은 남풍이 되어》희망사업단. 2018

오상시《조선족 100년사》민족출판사. 2012

가목사《조선족 100년사》민족출판사. 2010

목단강《조선족 100년사》민족출판사. 2007

리정걸《안중근 연구》흑룡강 조선민족 출판사. 2009

상지시《상지시 조선민족사》민족출판사. 2009

밀산시《밀산 조선족 백년사》민족출판사. 2007

밀산시《조선족역사문화애술종합작품집》흑룡강 조선민족출판사. 2012

하얼빈시《조선민족 100년사 화》민족출판사. 2007

이민《風雪征程》흑룡강 인민출판사. 2012

김우종《동북지역 조선인 항일력사 1권~10권》흑룡강민족출판사. 2011

김춘선《중국 조선족 사료전집 1권~12권》연변인민출판사. 2014

심영숙《중국 조선족 력사독본》민족출판사. 2016

김성민《일본 세균전》흑룡강출판사. 2010

박태균《한국전쟁》책과 함께. 2005

서중석《신흥무관학교와 망명자들》역사비평사. 2002

이은숙《서간도 시종기》일조각. 2017

박환《만주지역 한인민족 운동의 재발견》국학자료원. 2014

박환《만주벌 호랑이 김좌진 장군》도서출판 선인. 2010

백산안희제선생순국70년추모위원회《백산 안희제의 생애와 민족운동》도서출판 선인. 2013

〈신문〉

길림신문, 흑룡강 신문, 연변일보 등 각종 일간지

〈사전〉

두산백과

송화강에서
우수리강까지 상

ⓒ 주철수, 2024

초판 1쇄 발행 2024년 3월 8일

지은이   주철수
펴낸이   이기봉
편집   좋은땅 편집팀
펴낸곳   도서출판 좋은땅
주소   서울특별시 마포구 양화로12길 26 지월드빌딩 (서교동 395-7)
전화   02)374-8616~7
팩스   02)374-8614
이메일   gworldbook@naver.com
홈페이지   www.g-world.co.kr

ISBN   979-11-388-1581-9 (04810)
ISBN   979-11-388-1580-2 (세트)